ro
ro
ro

rororo

Peter Høeg, 1957 in Kopenhagen geboren, studierte Schauspiel, Tanz und Literaturwissenschaften. Mit dem Roman »Fräulein Smillas Gespür für Schnee« der auch als Verfilmung sehr erfolgreich war, wurde er international berühmt. Nach zahlreichen Reisen gründete er eine Stiftung zugunsten von Frauen und Kindern in Entwicklungsländern. Peter Høeg lebt heute in der Nähe von Kopenhagen.

»Ein schlaues Spiel auf mehreren Ebenen: Peter Høegs Roman erzählt Science-Fiction von gestern mit Bedenken von heute ... Dass Peter Høeg schreiben kann, dass ihm schwer entkommt, wer nur ein wenig Sinn für paranormale Phänomene hat, ist keine Neuigkeit. Er schafft eine Benutzeroberfläche – eine Matrix, wenn man so will –, unter der die Phantasien im Leser befeuert werden.« *Frankfurter Allgemeine Zeitung*

»Peter Høeg verknüpft recherchiertes Material aus den Neurowissenschaften ... mit geradezu magisch wirkenden Seltsamkeiten und vor allem mit einer imposanten Frauenfigur. Mit der Grundfrage, was es ... bedeuten würde, die Gedankenwelten anderer betreten und manipulieren zu können, sowie mit einer raffinierten Erzähltechnik hat er einen bis zum Schluss am Haken.« *Deutschlandfunk Kultur*

»Magisch, mit vielen Räumen zwischen den Sätzen, die vom Leser aufgefüllt werden müssen.« *NDR Kultur*

PETER
HØEG

DURCH DEINE AUGEN

Roman

Aus dem Dänischen von
Peter Urban-Halle

Rowohlt Taschenbuch Verlag

Die Originalausgabe erschien 2018 unter dem Titel »Gennem dine øjne« bei Rosinante in Kopenhagen.

Veröffentlicht im Rowohlt Taschenbuch Verlag, Hamburg, Januar 2021

Covergestaltung any.way, Hamburg,
nach dem Original von Carl Hanser Verlag GmbH & Co. KG, Peter-Andreas Hassiepen, München
Coverabbildung Klaus Vedfelt / Getty Images
Satz Sabon Next bei Pinkuin Satz und Datentechnik, Berlin
Druck und Bindung CPI books GmbH, Leck, Germany
ISBN 978-3-499-00329-5

ERSTER TEIL

ERSTMALS HÖRTE ICH von der Klinik, als ich Simon, meinen Pflegebruder, nach seinem ersten Selbstmordversuch im Krankenhaus von Nykøbing auf Seeland besuchte.

Er hatte ein Einzelzimmer, und als ich hereinkam, saß er in seinem Bett und hatte das weiße Krankenhaus-T-Shirt an, sein Kopf wirkte sehr groß.

Er sah aus wie ein zweijähriges Kind.

Seine Mutter hatte mir mal erzählt, es sei eine schwierige Geburt gewesen, vor allem wegen des Kopfes.

Jetzt erschien sein Kopf noch größer als sonst.

Simon hatte Frau und Kinder und ein halbes Leben hinter sich, als ich ihn dort besuchte. Er hatte einen Körper, den man durchtrainiert nennen könnte, er stemmte Gewichte und joggte. Und eine Persönlichkeit, die viele als charmant und energisch bezeichneten.

Aber in dieser Situation hier im Krankenhaus schienen das ganze Training und die Persönlichkeit nur Schalen zu sein, die das beschützen sollten, was er wirklich war. Ein kleines Kind.

Wir unterhielten uns mit gedämpfter Stimme. Über die letzten Tage, woran er sich so erinnerte; viel kam dabei nicht heraus. Er hatte zwei Flaschen Schnaps geleert, ein Glas mit hundert Paracetamol in sich hineingeschüttet und sich dann ins Auto gesetzt.

Er sprach mit stiller Würde, wie unter Schock.

Dabei waren wir uns so nahe wie damals als Kinder.

Und da verstand ich plötzlich etwas. Formulieren konnte ich es noch nicht, das kam erst später, das Verständnis war eher physisch: Dass seine Tat einen Sinn hatte. Dass der Selbstmordversuch der Versuch des Kindes war, seine Schalen zu sprengen, um mit der Welt in Kontakt zu kommen. Und dass es entscheidend war, dass das Kind nicht wieder eingesperrt wurde.

Denn wäre das der Fall, käme noch ein Versuch. Der erfolgreich wäre.

Nach einer halben Stunde kam eine Krankenschwester und sagte, er brauche jetzt Ruhe.

Sie ging mit mir den Flur entlang.

»Er hat Glück gehabt«, sagte sie.

Irgendwie eine überraschende Aussage, fand ich. Über jemanden, der versucht hatte, sich das Leben zu nehmen.

»Er hat die Tabletten und den Alkohol überlebt. Und den Verkehrsunfall. Laut Polizei hätten Zeugen erzählt, er sei eine Böschung runtergefahren, das Auto habe sich überschlagen, sei durch eine Hecke gebrochen, auf ein Feld gerast und dann wieder auf die Straße. Das hat er lebend überstanden. Und das Paracetamol. Normalerweise hat man einen lebenslangen Leberschaden bei einer solchen Menge im Blut, man kann sogar sterben davon. Aber auch das scheint er zu schaffen. Ein Risiko besteht immer noch. Aber wir glauben, er kommt durch. Insofern ist er dem Tod dreimal von der Schippe gesprungen. Er hat Glück gehabt.«

WIR SIND IN Christianshavn aufgewachsen, damals war es noch ein Armenviertel.

Ich war fünf Jahre alt und er vier, als ich ihn zum ersten Mal sah, auf dem Platz hinter der Christianskirche. Meine Mutter ging oft mit mir dahin, es gab dort Sandkästen, Bänke, wilden Wein und Sonne auf den grauen Mauern. Und es war sehr still.

Dort sah ich ihn zum ersten Mal, wie gesagt.

Bei manchen Menschen, die eine wichtige Rolle in unserm Leben spielen, erinnern wir uns sehr genau an die erste Begegnung. Vielleicht weil der erste Blick besonders durchdringend sein kann. Vielleicht weil wir nichts erwarten und keine gemeinsame Geschichte haben und die Begegnung daher ganz »rein« sein und etwas geschehen kann, für das es kein Wort gibt.

Ich erinnere mich an seine Wangen, wie sie rot wurden. Sein kurz geschorenes Haar. Den Blick, mit dem er mich und meine Mutter anschaute, achtsam und offen zugleich.

Wir spielten zusammen, irgendwann muss meiner Mutter aufgefallen sein, dass er mit seiner Schwester allein da war. Zwei Kinder von vier und zwei Jahren, allein.

Wir begleiteten sie nach Hause, und obwohl meine Mutter nichts sagte, merkte ich, dass sie besorgt war.

Sie wohnten in einem dunklen Hinterhof in der Wildersgade, ihre Mutter machte die Tür auf, meine Mutter bekam einen kleinen Schock.

Von da an sahen wir uns, so oft es ging, häufig kam er zu uns und hatte seine Schwester dabei, Maria.

Ab und zu durften sie bei uns übernachten, wenn wir darum baten. Meine Mutter hatte nichts dagegen, dann ging sie in die

Wildersgade, um die Erlaubnis ihrer Mutter einzuholen, sie hatte kein Telefon.

Sie war allein mit den Kindern, nachts ging sie putzen, und tagsüber schlief sie meistens, die Nachbarn sahen nach den Kindern.

Manchmal wollte meine Mutter sie nicht wecken, dann ließ sie nur einen Zettel da.

Simon schlief bei mir im Bett, Maria auf einer Matratze auf dem Boden. Er legte sie mit großer Sorgfalt hin, obwohl er doch selber noch so klein war. Wenn meine Mutter gute Nacht gesagt und das Licht gelöscht und die Tür geschlossen hatte, setzte er sich zu ihr. Sie hatte eine Stoffpuppe, die sie immer bei sich hatte, er sprach mit der Puppe und zog Marias Decke zurecht, und immer sagte er zuletzt: »Ich liege genau neben dir.«

Dann legte er sich zu mir, und wir unterhielten uns leise im Dunkeln.

Irgendwann wurden die Pausen zwischen seinen geflüsterten Worten länger, und dann kam der Augenblick, immer beim Ausatmen, in dem er in den Schlaf hinüberglitt.

Dann lag ich im Dunkeln und hatte das Gefühl, auf ihn aufpassen zu müssen. Als wäre er mein kleiner Bruder.

Er passte auf Maria auf. Maria passte auf ihre Puppe auf. Ich versuchte, auf ihn aufzupassen. Meine Eltern versuchten, auf mich aufzupassen. Seine Mutter tat es auch. Und die Nachbarn.

So ist diese Welt auch. Sie ist nicht nur Krieg und Gier und Ausrottung der Arten. Sie besteht auch aus Ketten von Menschen, die aufeinander aufpassen.

Am nächsten Tag besuchte ich ihn wieder im Krankenhaus.

Da hatte er schon angefangen, sich zurückzuziehen.

»Gestern«, sagte ich, »war's wie in unserer Kindheit, wir waren wieder am Anfang. War es für dich auch so?«

»Ja«, sagte er, »nein, vielleicht.«

Dieselbe Schwester wie am Tag zuvor beendete unser Gespräch, sie machte die Tür zum Krankenzimmer zu, wir blieben draußen noch etwas stehen.

»Wir sind zusammen aufgewachsen«, sagte ich. »Irgendwann ist der Kontakt abgerissen. Jetzt haben wir uns wiedergesehen. Ich wünschte, ich könnte in ihn hineintreten und auf bestimmte Dinge zeigen und sagen: Das und das und das, das darfst du nicht vergessen.«

»Ich hab das schon mal erlebt«, sagte sie. »Ich sah einen Menschen, der auf diese Weise auf etwas hinwies, innerlich. Ich machte ein Praktikum, eine Woche nur, ich kann mich an den Namen der Einrichtung nicht mehr genau erinnern, jedenfalls wurde sie die Klinik am Ende der Straße genannt. Sie liegt südlich von Aarhus, am Wasser, sie gehört zur Universitätsklinik. Die Telefonnummer hab ich noch.«

An der Art, wie sie es sagte, erkannte ich, dass ihr Hinweis folgenschwer sein würde.

Sie ging die Telefonnummer holen.

»Die Leiterin heißt Lisa«, sagte sie.

Schon bevor sie ihn genannt hatte, war mir klar, wie der Name lauten würde.

ÜBER DIE TELEFONNUMMER bekam ich auch die Adresse heraus, es war gleich nördlich des Moesgård-Museums bei Aarhus, in einem Gebäude, das mehrere Institute der medizinischen Fakultät beherbergte, neben der Nummer stand »Institut für neuropsychologische Bildgebung«.

Ich rief an und hatte ein ziemlich junges Mädchen am Apparat.

»Individuelle Termine sind leider nicht vorgesehen«, sagte sie.

Ich wartete. Ich wusste, dass mich das Schicksal ans Ziel bringen würde.

»Alle sechs Monate haben wir einen Tag der offenen Tür«, sagte sie. »Der nächste ist am Mittwoch.«

Von der Hauptstraße zwischen Aarhus und Odder musste man abbiegen und einige Kilometer durch dichten Wald und Moränenhügel fahren. Dann öffnete sich die Landschaft zum Wasser hin, der große graue Betonbau lag an einem Hang, der zum Strand hinunterführte.

Ein Ort, der nicht dazu gedacht war, Gäste zu empfangen, das sah man, er war eher introvertiert, eine Forschungseinrichtung eben.

Hinweisschilder gab es nicht. Am Haupteingang saß ein Wachmann hinter einem Schalter. Hinter ihm erstreckte sich ein langer Flur, in dem Türen zu Büros und Laboren offen standen. Ich sagte ihm, ich würde die Abteilung für neuropsychologische Bildgebung suchen. Er betrachtete mich eingehend und nachdenklich.

»Das sind die süßen Mädels im Keller«, sagte er.

Irgendetwas in seinem Tonfall konnte ich nicht entschlüsseln, es war eine Mischung aus Humor, Freundlichkeit und Wachsamkeit.

Ich ging um das Gebäude herum. Weil es an einem Abhang lag, musste man, wenn man von der Straße kam, eine Treppe hinuntergehen, um ins unterste Stockwerk zu gelangen. Als wäre es ein tief gelegener Keller. Aber durch die Hanglage befanden sich die Fenster der Abteilung auf Parterreniveau.

Eine Frau im weißen Kittel öffnete die Tür. Sie gab mir die Hand und sagte, sie heiße Lisa.

Es dauerte ein wenig, ehe ich reagieren konnte, sie wartete geduldig. Dann gab ich ihr die Hand und nannte meinen Namen. In ihrem Gesicht zeigten sich keinerlei Anzeichen dafür, dass sie mich erkannte.

Sie sah aus wie damals, als ich sie zum letzten Mal gesehen hatte. Da waren wir sieben Jahre alt.

Das kann natürlich nicht stimmen, aber so erlebte ich es. Dass sie immer noch dieselbe war.

Ich hatte das schon mal gesehen, auf Kinderbildern von Menschen, die ich nur als Erwachsene kannte. Dass es sich ganz deutlich um denselben Menschen handelte, damals wie heute. Als bestünde die sogenannte Entwicklung vor allem in der Entfaltung dessen, was wir schon mitbringen, wenn wir zur Welt kommen.

Oder darin, dass wir nicht die Möglichkeit bekommen, es zu entfalten.

Sie wies immer noch die gleiche seltene Kombination auf: hellblonde Haare, so hell, dass sie beinahe weiß waren, und eine von der Sonne tief gebraunte Haut.

Ich dachte, sie muss sich viel unter freiem Himmel aufhalten.

Später fand ich heraus, dass sie sehr viel arbeitete, das heißt, die einzige Zeit, in der sie Sonne abbekam, waren die zwanzig Minuten Mittagspause mit ihren Assistenten draußen vor der Tür.

Sie hatte ihr Haar hochgesteckt. Vom Haaransatz quer über die Stirn und die linke Schläfe verlief eine Narbe.

Wir waren acht Zuhörer, wir sollten uns vorstellen, es waren ein Arzt, eine Psychologin, zwei Studentinnen, zwei Rentner, ein Lehrer und ich.

Wir saßen auf Stühlen, die an der einen Wand aufgereiht waren. Durch große Fenster blickten wir aufs Wasser.

Wegen des starken Gefälles des Grundstücks waren die Wände auffällig hoch, mindestens sechs Meter, man hätte problemlos eine Zwischendecke einziehen können.

Auf den Armlehnen unserer Stühle war jeweils ein kleines Tablett befestigt, auf dem so etwas wie eine Lesebrille mit dünnem Gestell lag.

In der Mitte des Raums standen, einander zugewandt, drei Stühle, auf einem saß eine Art Schaufensterpuppe.

Sie trug einen weißen Kittel. Der obere Teil des Kopfes steckte in einem Ding, das an die Trockenhauben beim Friseur erinnerte.

Über dem Stuhl mit der Puppe waren dicke Plastikröhren angebracht, sie bildeten einen Kreis von knapp zwei Metern Durchmesser.

Lisa drückte auf einen Schalter, draußen vor den Fenstern glitten Rollläden herunter, kurz darauf innen Verdunklungsvorhänge. Von beiden Seiten des Raums schob sich eine Wand vor die Fenster, die vom Boden bis zur Decke reichte. Die Wand war dick, vielleicht dreißig Zentimeter; als die beiden Hälften sich trafen, ging ein Deckenlicht an.

Sie ging zu dem Stuhl mit der Puppe und zeigte auf die Plastikröhren.

»Das ist ein MRT-Scanner.«

Sie legte ihre Hand auf die Haube.

»EEG. Das misst die Hirnströme. Der Patient sitzt auf dem Stuhl, auf dem jetzt die Puppe sitzt.«

Sie berührte die Tastatur eines Rechners, der neben ihrem Stuhl stand, das Licht wurde gedämpft.

»Ich möchte Sie bitten, die Brille aufzusetzen.«

Wir setzten sie auf. In der Fassung war Fensterglas, visuell veränderte sich nichts. Außer dass in beiden Gläsern direkt vor der Pupille eine winzige schwarze Perle oder Glaskugel eingelassen war, kleiner als ein Stecknadelkopf.

»Die Brillen haben eine Art 3-D-Effekt.«

In der Dunkelheit tauchte auf dem einen leeren Stuhl neben der Puppe eine Gestalt auf, eine Gestalt aus blauweißem Licht.

»Wir sammeln die Ergebnisse der Scannings, bearbeiten sie, interpretieren sie graphisch und schicken sie durch einen holographischen Projektor. Was wir jetzt sehen, ist eine Filmaufnahme.«

Es war ein unbekleideter Mann, Geschlecht und Gesicht waren unscharf, anonymisiert, der Rest der Gestalt war lebensecht. Unter der fast durchsichtigen Hautoberfläche erkannte man die inneren Organe, dahinter ahnte man das

Skelett. Auch den Schädel, unter den Schädelplatten das Gehirn.

Sie berührte eine Taste.

»Das MRT-Scanning liefert fünfzig Schnittbilder pro Sekunde. Dann fügen wir das EEG hinzu, das die Hirnströme misst. Den verschiedenen Amplituden ordnen wir Farben zu.«

Im Kopf der Lichtfigur und drum herum erschien ein pulsierendes Farbenspiel.

»Jetzt fügen wir die Messungen der elektromagnetischen Aktivität inner- und außerhalb des Körpers hinzu.«

Farbige Muster sprangen durch und um den ganzen Körper herum.

»Wir messen Puls, Blutdruck und die Leitfähigkeit der Haut. Und geben diesen Messungen eine visuelle Form und eine Farbe.«

Das Farbenspiel und die Bewegungen rund um den blauen Körper verdichteten sich. Wir saßen vor einem Menschen aus Licht, der von pulsierenden Regenbogenfarben umgeben war.

»Der Patient auf dem Stuhl, auf dem jetzt die Puppe sitzt, sieht sich auf diese Weise der dreidimensionalen Karte seines eigenen biologischen Systems gegenüber, von Sekunde zu Sekunde aktualisiert. Jeweils für sich werden diese Scannings und Messungen in den meisten großen Krankenhäusern vorgenommen, jeden Tag. Alles, was wir gemacht haben, ist zunächst einmal, sie zusammenzusetzen, sie graphisch zu deuten und durch einen holographischen Projektor zu schicken.«

Sie ging auf die Lichtgestalt zu.

»Der Patient, den wir hier gefilmt haben, hatte vor drei Jahren einen schweren Unfall. Seitdem konnte er nicht mehr arbeiten. Er wurde psychiatrisch und neurologisch untersucht. Es wurde nichts gefunden. Er sagt, sein Körper habe nach dem Unfall Lähmungserscheinungen, sobald er sich in Situationen befinde, in denen er Verantwortung für andere habe. Dass er seinen Körper als grau und kraftlos erlebe. Diese Erfahrung speisen wir in das Hologramm ein.«

Sie berührte die Tasten, die Muskulatur der Lichtgestalt färbte sich schwach gräulich.

»Weiter erzählt er, dass er in solchen Situationen den Kontakt zum Brustbereich und dem physischen Herzen verliere. Auch das bilden wir ab.«

Sie berührte eine Taste, Brustbereich und Herz der Figur verengten sich.

»Er sagt, seine Gedanken entzögen ihm die Macht.«

Die wogenden Farben rund um den Kopf und abwärts durch den Körper veränderten ihren Charakter.

»Wir arbeiten hier an etwas, was die Medizin nie zuvor gemacht hat: Wir sind dabei, ein Gespräch einzuleiten, und zwar zwischen dem, wie der Patient sich selbst erlebt, und dem, was unsere Messinstrumente von seiner Biologie registrieren. Wenn er die Empfindung eines inneren Chaos beschreibt, wenn er sich die Erinnerungen daran zurückruft, wo dieses Chaos stattfand, dann können wir sehen, dass sich das Muster der Hirnströme verändert. Dass sich der Stoffwechsel ändert. Dass der Herzrhythmus anders wird, der Blutdruck, die Hormonproduktion, die Leitfähigkeit der Haut. Wir wissen nicht, warum das so ist. Aber indem wir diesen messbaren Veränderungen einen graphischen Ausdruck geben, dieses Lichtdisplay, und es entsprechend den Erfahrungen der Patienten farblich tönen, erschaffen sie selber, mit unserer Hilfe, eine Karte, mit der sie tiefer in sich selbst hineinschauen können, als es ihnen sonst möglich gewesen wäre. Indem sie dem dreidimensionalen Bild von sich selbst gegenübersitzen, können sie, gemeinsam mit uns, diese Karte betreten. So fühlt es sich an. Als fingen Körper und Bewusstsein an, durchsichtig zu werden. Zugänglich.«

Sie stellte sich hinter die Lichtfigur.

»Dieser Patient hat zwei schwere Unfälle gehabt. Im Abstand von einigen Jahren. Die Muster, die wir bei beiden Unfällen messen, deuten darauf hin, dass es zwischen ihnen einen engen Zusammenhang gibt. Das haben wir dem Gerät zu verdanken. Wir können Zusammenhänge und Wiederholungen erkennen, wir können Muster erkennen. Bevor sie zum Bewusstsein vordringen. Muster, zu denen vorzudringen es einer langjährigen Therapie bedurft hätte. Die womöglich nie entdeckt worden wären. Nun werden wir ihm helfen können, einige dieser Schäden zu bemerken, loszulassen und auf diese Weise loszuwerden. Traumata sind nichts, was irgendwann einmal geschah. Sie sind etwas, das wir festhalten, jetzt, jede Sekunde.«

Sie schaltete den Projektor aus, er erlosch allmählich, die blaue Gestalt löste sich langsam auf und verschwand, der Raum wurde schwarz.

Sie ließ die Dunkelheit andauern, vielleicht eine Minute.

Nicht um einen bestimmten Effekt zu erreichen. Sondern

um uns Zeit zu geben, in die gewöhnliche, äußere Wirklichkeit zurückzukehren.

Nach und nach wurde es heller im Raum, wie nach einer Kinovorstellung. Die beiden Wandhälften glitten zur Seite, auch die Verdunklung und die Rollläden gingen wieder auf. Man konnte wieder das Meer sehen.

»Wer kann es ertragen, so eine Karte von sich zu sehen?«

Es war der Arzt, der die Frage stellte.

»Wenige. Für viele, die in der Psychiatrie gelandet sind, ist das Leid so tief und die Persönlichkeit so fragil, dass es nicht darum geht, eine Tür nach innen zu öffnen. Sondern darum, das Innere bestmöglich zuzudecken. Und die meisten anderen sind nicht daran interessiert, sich selbst zu begegnen.«

»Warum nicht?«

Sie überlegte ihre Antwort sehr sorgfältig.

»Unsere Welt ist ein Strom, der sich fünfhundert Jahre lang nach außen bewegt hat. Jeder Schritt nach innen ist ein Schritt gegen den Strom.«

Die Zuhörer erhoben sich einer nach dem anderen, sie gaben ihr alle die Hand.

Ich war der Letzte.

»Ich habe einen Pflegebruder«, sagte ich. »Er hat versucht, sich das Leben zu nehmen. Ich befürchte, er wird es noch einmal versuchen, und dann wird es klappen. Es ist etwas in ihm, das nicht sterben will. Sie könnten ihm behilflich sein, es hervorzuholen.«

Sie schüttelte den Kopf.

»Wir haben mehrere Jahre Wartezeit. Man muss vom Hausarzt in die Psychiatrie oder ins Zentrum für funktionelle Leiden überwiesen werden und von dort weiter zu uns. Selbst dann haben letztlich nur die wenigsten den Mut dazu.«

»Ich habe Angst, dass er stirbt.«

Sie hielt mir die Tür auf.

»Wir haben zu wenig Ressourcen. Danke, dass Sie da waren.«

In dieser Nacht konnte ich nicht schlafen. Gegen vier Uhr morgens stand ich auf und setzte mich ins Auto. Zu dieser Stunde waren die Straßen leer. Um fünf war ich am Institut, auf dem Weg von der Hauptstraße zum Gebäude fuhr ich an einem schwarzen Kastenwagen vorbei, der ohne Licht am Straßenrand hielt.

Ich nahm eine Decke aus dem Auto mit, lehnte mich mit dem Rücken an die Glasscheiben und sah die Sonne über der Bucht aufgehen.

Der Wachmann, den ich gestern am Empfang gesehen hatte, kam am Gebäude entlang auf mich zu. Ich erklärte ihm, was ich hier wollte, er fragte mich nach meinen Papieren, ich zeigte ihm meinen Führerschein, und er ließ mich sitzen.

Kurz darauf kamen zwei Polizeibeamte, auch ihnen gegenüber wies ich mich aus, auch sie ließen mich sitzen.

Lisa kam eine Stunde später. Sie blieb einen Moment vor mir stehen und sah mich an, dann setzte sie sich neben mich.

So saßen wir vielleicht fünf Minuten, für zwei Fremde ist es ungewöhnlich, so lange zu schweigen.

Für sie war ich ein Fremder.

»Sie haben noch ein anderes Motiv«, sagte sie, »als nur Ihren Bruder.«

Sie suchte keine Konfrontation. Sie konstatierte lediglich eine Tatsache, wie sie sie sah. Als wäre ich durchsichtig, wie die Lichtgestalt von gestern.

Aus irgendeinem Grund wusste ich: Wenn ich jetzt nicht richtig antwortete, wären sie und dieser Ort hier für mich für immer verschlossen.

»Es gibt etwas, wonach ich immer gesucht habe«, sagte ich. »Ich habe nach wirklichen Begegnungen gesucht. Zwischen Menschen. Sie sind sehr selten. Und sehr kurz, oft bemerken wir nicht einmal, dass sie gerade stattfinden. Wir wissen nicht, was wir tun müssen, damit sie sich wiederholen. Die ersten solcher Begegnungen erlebte ich, als ich klein war. Zuerst mit Simon, meinem Pflegebruder. Und dann mit einem andern Kind, einem Mädchen, im Kindergarten.«

Sie stand langsam auf.

»Ich habe mit einigen großen Therapeuten gearbeitet«, sagte sie. »Während meiner Ausbildung. Psychiatern und Psychologen. Hier und im Ausland. Menschen, bei denen insgesamt 50 000 Patienten in Therapie waren. Ich habe ihnen allen dieselbe Frage gestellt: Warum kommen die Menschen zu Ihnen? Was ist der Grund ihres Leidens? Sie antworteten, dass die Patienten alle das Gleiche sagen. Dass sie keinen wirklichen Kontakt erleben. Ich habe diese Klinik aufgebaut, um herauszufinden, was sich zwischen die Menschen stellt. Was der Begegnung im Wege steht. Was nötig ist, damit Menschen einander sehen.«

Sie schloss die Tür auf.

»In einer Woche haben wir eine Therapiesitzung. Können Sie kommen?«

Sie stellte die Frage wie nebenbei. Es war wieder ein Test. Fiel ich durch, hätte ich sie zum letzten Mal gesehen.

Ich nickte.

Als ich vom Parkplatz fuhr, sah ich wieder die Polizeibeamten.

ICH WOHNE IN der Nähe der Mutter meiner Kinder.

An dem Abend klopfte ich bei ihr an, es wurde schon dunkel.

Sie warf mir einen Blick zu, dann trat sie zur Seite, sie hatte die unausgesprochene Frage in meinen Augen gelesen, ob ich die Mädchen kurz sehen dürfe.

»Sie schlafen«, sagte sie.

Ich trat ins Kinderzimmer und setzte mich auf einen Stuhl neben ihrem Bett. Ich lauschte ihren Atemzügen.

Wir schreien und atmen ein, wenn wir geboren werden, und atmen aus beim Sterben. Die Atemzüge bilden das feine Netz, das alle Lebensereignisse verbindet.

Die Jüngere hatte nicht geschrien, als sie zur Welt kam, die Geburt war sehr still gewesen, sehr ruhig, sie war sanft herausgeglitten, die Hebamme hatte sie auf ein warmes Handtuch gelegt, dann war sie eingeschlafen. Ohne den üblichen Schrei.

Ihre Mutter setzte sich neben mich. So verharrten wir ein Weilchen, ohne ein Wort zu sagen.

Die Jüngere lachte im Schlaf. Ein perlendes, herzliches Lachen. Wie Bläschen, die in einem moussierenden Wein nach oben steigen.

Es geschah oft, sicher einmal die Woche.

Sie war fünf Jahre alt, sie hatte immer im Schlaf gelacht.

Außer während der Scheidung. Ein Jahr lang hatte sie im Schlaf nicht gelacht.

Dann kam es wieder.

Es musste eine tiefe Freude sein, dachte ich. Trotz allem, was sie erlebt hatte, musste eine tiefe Freude in ihr sein, da sie doch so oft im Schlaf zum Ausdruck kam.

Wir gingen ins Wohnzimmer. Die Mutter der Mädchen ist Juristin, sie arbeitet für die dänische Reichspolizei, sie hat mit der Dokumentation von Kriegsverbrechen zu tun. Sie unterliegt strengster Schweigepflicht, deshalb kam es nur selten vor, dass ich sie nach etwas fragte, was mit ihrer Arbeit zu tun hatte.

»Ich versuche, Simon in einer Art Therapie unterzubringen«, sagte ich. »In einer Einrichtung mit Verbindung zur Universität. Sie liegt nördlich vom Moesgård-Museum, am Wasser. Da patrouilliert regelmäßig die Polizei. Ist das normal für Uni-Institutionen?«

Sie reichte mir einen Block und einen Bleistift. Ich schrieb die Adresse auf.

Im Flur blieben wir stehen.

»Wenn wir uns schon als Kinder kennengelernt und uns dreißig Jahr nicht gesehen hätten«, sagte ich, »würdest du mich wiedererkennen?«

Sie nickte, ohne zu zögern.

AM FOLGENDEN MITTWOCH kam ich eine Viertelstunde vor dem Termin, zu dem Lisa mich bestellt hatte.

Sie war mit drei jungen Assistenten da, einem Mann und zwei Frauen. Sie halfen mir in einen grünen Kittel, eine Art OP-Kittel, aber etwas schwerer. Meine Haare bedeckten sie mit einer Haube aus dem gleichen Stoff.

»Wir tragen den gleichen Kittel wie der Patient«, sagte sie. »Die Elektronik ist sehr empfindlich. Die Kittel sind sterilisiert und enthalten Messgeräte, damit wir die Scanningbilder korrigieren können, wenn unsere Körper irgendwelche Störungen aussenden.«

Ein älterer Mann betrat den Raum. Lisa stellte uns vor, sein Name war Villiam. Ich erkannte den mageren, drahtigen Körper der Lichtgestalt.

Ich merkte, dass sie ihm von mir erzählt und er meiner Anwesenheit zugestimmt hatte.

Ihm wurde der Kittel übergestreift, um das Handgelenk wurde ihm ein Blutdruckmesser geschnallt, und ihm wurde ein Handschuh angezogen, der vermutlich einen Feuchtigkeitsmesser enthielt. Er nahm auf dem Stuhl Platz, Lisa setzte sich ihm gegenüber, die Assistenten und ich saßen an der Wand. Rollläden, Vorhänge und die beiden Wandhälften schlossen sich.

Wir setzten unsre Brillen auf. Sie waren sehr leicht.

Lisa bediente eine Tastatur, die auf einem Tischchen neben ihr angebracht war. Sie musste den Projektor eingeschaltet haben, denn auf dem dritten Stuhl, neben dem Patienten, erschien das Scanningbild, als wäre es außerhalb von uns selbst. Zuerst rein, blau, dann kamen die übrigen Scannings dazu, die regenbogenfarbenen Wiedergaben der Hirnströme und die fließenden elektromagnetischen Felder.

Sie fragte, wie es ihm gehe. Sie bat ihn, tief einzuatmen, es sah aus, als wären sie beide in ein Gespräch mit einer dritten Person vertieft, die ganz aus Licht bestand.

»Ist es möglich, an den zweiten Unfall zu denken«, fragte sie.

»Ich wurde von einem Pferd getreten. Ich bin vorher ein wenig getrabt, ich verstand ein bisschen was von Pferden. Ich wollte nicht wieder fischen gehen, nach dem ersten Unfall. Also habe ich mich um Pferde gekümmert. Irgendwann in der Box hat das Pferd ausgeschlagen. Ich striegele es gerade und stehe hinter ihm. An mehr kann ich mich nicht erinnern. Ich liege fünf Tage im Koma, alle sind sicher, dass ich sterben würde.«

Die Lichtgestalt trübte sich ein. Die linke Seite zog sich zusammen.

Lisa zeigte darauf.

»Ja«, sagte er. »Jetzt kommt es. Wenn ich davon erzähle, geht's los, ich habe Schwierigkeiten, meinen Körper zu spüren.«

»Von den fünf Tagen – wissen Sie da noch irgendetwas?«

Er schaute vor sich hin. Sein Blick wurde leer, sah ich, während er versuchte, in sein Inneres zu sehen. Er schüttelte den Kopf.

Sie wies auf die Lichtgestalt.

»Schauen Sie mal, die Farben auf der Rückseite des Kopfes. Das haben wir beide schon mal gesehen. Wenn Sie sich einer Sache nähern, deren Erinnerung schwer oder unangenehm ist, entsteht dieses Muster. Zum Beispiel, wenn Sie von der Sekunde vor dem Unfall berichten. Oder jetzt vom Koma.«

Er sah auf das Hologramm. Und zugleich in sich hinein. In die Vergangenheit. Er schüttelte den Kopf.

»Ich war in tiefer Bewusstlosigkeit. Aber da ist was … da kommt was …«

Er stand langsam auf. Es war klar, was er wollte. Er wollte das Hologramm anfassen, um ihm mehr Informationen zu entlocken. Er streckte die Hände aus, sie glitten durchs Licht.

Das ließ ihn wieder zu sich kommen.

»Wir machen eine Pause«, sagte sie.

Er setzte sich hin, sie rückte ihren Stuhl zu ihm heran und legte ihm die Hand auf den Arm.

Die Lichtgestalt verblasste, es wurde dunkel. Das elektrische Licht flammte auf und wurde stärker, Wand, Läden und Vorhänge gingen auf.

»Bleiben Sie sitzen. Man wird Ihnen etwas zu essen geben.«

Sie erhob sich und nickte mir zu, ich folgte ihr in ihr Büro.

Sie stellte den Wasserkocher an, schüttete aus einer Blechdose ein grünes Pulver in zwei Trinkschälchen, goss kaltes, dann heißes Wasser hinein, schlug das Pulver mit einem Gerät, das einem Rasierpinsel ähnelte, zu einem grünen Schaum auf. Sie goss noch Wasser nach, schlug nochmals auf und reichte mir die Schale. Ich wusste, was das war, es war grüner Tee. Sie hatte ihn mir schon gegeben, als ich ihn zum ersten Mal probiert hatte – vor dreißig Jahren.

»Er ist ganz nahe dran«, sagte sie. »Es wird es von selber an die Bewusstseinsoberfläche schaffen, kann nicht mehr lange dauern.«

Durch den Dampf, der aus den Schalen aufstieg, sahen wir uns an.

»Wir sind zusammen in den Kindergarten gegangen«, sagte ich. »Du und ich. Und mein Pflegebruder Simon. In den Kindergarten der Carlsberg Brauereien in Valby.«

Sie rührte sich nicht. Mir kamen Zweifel, ob sie mich überhaupt gehört hatte.

»Es gab einen Autounfall«, sagte sie. »Als ich sieben war. Das Auto kam aus einer Seitenstraße. Meine Eltern kamen beide ums Leben. Ich saß hinten. Ich erinnere mich an nichts, was vor dem Unfall lag. Sämtliche Erinnerungen an die ersten sieben Jahre sind wie ausgelöscht.«

Ich versuchte, mir das Ausmaß ihres Verlustes vorzustellen. Es war unmöglich. Es war, als stünde ich vor einem großen dunklen Kontinent.

»Wir sind oft bei dir gewesen«, sagte ich. »Simon und ich. Im Kindergarten haben wir zusammen gespielt. Jeden Tag.«

Wir schwiegen wieder und warteten. Ihre Hände spielten mit einer Schachtel aus schwarzem Karton.

»Wie waren meine Eltern?«

Ich entschied mich, die Wahrheit zu sagen.

»Sie waren so, dass man sie am liebsten selber als Eltern gehabt hätte. Alle Kinder, die bei euch zu Besuch waren, haben sich das gewünscht.«

Sie stellte die Trinkschale ab.

»Villiam kommt morgen, zur selben Zeit, kannst du da sein?«

Das war eine Bedingung. Wenn sie Simon irgendwann helfen sollte, musste ich Bedingungen annehmen, die ich noch nicht genau kannte.

Ich nickte.

DER NÄCHSTE TAG begann ohne einleitende Fragen. Als ich ankam, saß Villiam schon auf dem Stuhl, wir bekamen unsere Kittel, setzten unsre Brillen auf, die Scanner wurden angeschaltet, das Hologramm kam zum Vorschein.

»Erzählen Sie uns von Ihrem ersten Unfall«, sagte sie, »wie Sie von dem Schiff überfahren wurden.«

»Ich hatte einen Trawler, ganz neue Motoren, sie schnurrten wie eine Katze, wir waren auf dem Weg in die Barentssee.«

Sein Gesichtsausdruck hatte sich verändert. Als hätte er einen Entschluss gefasst.

»Es herrscht dichter Nebel, der Küstenfrachter taucht aus dem Nebel auf, wir haben keine Chance. Er drückt unsre Steuerbordseite ein, wir sind vier an Bord, die drei andern schlafen unten, genau da, wo wir gerammt wurden, ich bin sicher, sie sind tot. Aber dann kommen sie an Deck, und wir flüchten uns ins Rettungsboot. Das Schiff sinkt in weniger als zehn Minuten. Der Küstenfrachter dreht bei und sammelt uns ein. Wir werden gut behandelt. Aber er ist in Panama registriert. Die Versicherung zahlt keine Öre. Ich verliere alles. Mit drei kleinen Kindern. Auf der Brücke sehe ich seinen Radar. Er reicht nicht weiter als sechzehn Seemeilen. Mit so einer Ausrüstung hätte ich nie den Hafen verlassen.«

Seine Stimme war tonlos.

»Als der Küstenfrachter aus dem Nebel auftaucht und Sie rammt, was spüren Sie da?«

Er schaute zurück in die Zeit.

»Die Vibrationen. Kurz bevor ich ihn sehe, spüre ich die Vibrationen seiner Motoren.«

»Und dann sehen Sie das Schiff.«

»Es türmt sich über uns auf. Ich denke an nichts.«

»Doch«, sagte sie. »Und Sie können sich daran erinnern.«

Ihre Worte waren sanft und unerbittlich zugleich. Die Lichtfigur trübte sich noch mehr ein, ihre linke Seite zog sich zusammen.

»Ich denke an meine Leute. Dass sie jetzt umkommen. Weil ich nicht auf sie aufgepasst habe.«

»Weiter«, sagte sie.

Sie drängte ihn zurück. Gewissermaßen ihm selbst entgegen.

Sein Gesicht zog sich zusammen. Er näherte sich einer Erinnerung, die wehtat.

»An die Kleinen zu Hause. Ich sehe sie vor mir. Die Kinder. Ich denke, jetzt ertrinke ich und lasse sie im Stich.«

Ich sah die Bilder des Zusammenstoßes vor meinen Augen, als wäre ich selbst dabei gewesen. Als wäre ich dabei, als geschähe das alles jetzt, in diesem Augenblick.

Lisa streckte die Hand aus. Erst dachte ich, sie wolle das Hologramm berühren. Aber sie zeigte auf etwas.

»Das Muster. Auf der linken Seite über dem Herzen. Es involviert den ganzen Körper. Das gleiche Muster, wie als Sie vom Pferd getreten wurden.«

Seine Augen glänzten, vielleicht vor Rührung. Oder aufgrund des Schocks.

»Kurz bevor das Pferd mich trifft. Da sehe ich, wie sich seine Rückenmuskeln straffen. Und ich weiß, jetzt werde ich getroffen. Ich denke an die Familie. An die Kinder und denke, jetzt passiert es schon wieder, ich lass sie im Stich. Und diesmal gibt es keine Rettung.«

Er legte sich die Hand aufs Herz. Das ganze Hologramm wurde trüb und zog sich zusammen.

»Haben Sie etwas falsch gemacht, als Seemann, weil Sie im Nebel an der Stelle und zu dem Zeitpunkt unterwegs waren?«

Er schüttelte den Kopf.

»Wir waren Berufsfischer. Der Küstenfrachter hatte nicht die erforderliche Ausrüstung.«

»Haben Sie in der Box einen Fehler gemacht, bei dem Pferd?«

Er schüttelte den Kopf.

»Trotzdem empfinden Sie Schuld an dem, was passiert ist.«

Sie sahen sich in die Augen.

»Sie haben Ihre Arbeit getan und Ihre Verantwortung gegenüber der Familie nicht vernachlässigt. Was Ihnen zugestoßen ist, lag außerhalb Ihrer Kontrolle. Trotzdem empfinden Sie Schuld. Sie reden sich selbst ein, Sie hätten etwas tun müssen, um den Unfall zu vermeiden. Damit maßen Sie sich an, die Ereignisse steuern zu können, als ob Sie über die ganze Welt bestimmen würden.«

Das Hologramm fing an, sich zu verändern. Die Grautöne verblassten. Die linke Seite nahm langsam zu.

»Als wären Sie ... Gott.«

»Ich konnte nicht anders. Trotzdem ... schäme ich mich.«

»Schuld ist etwas, an dem wir festhalten. Das ist eine Geschichte, die wir immer wieder auf eine ganz bestimmte Art und Weise erzählen.«

Es wurde still. Beide sahen sie auf die Lichtgestalt. Die regenbogenfarbene Wiedergabe dessen, was sie als elektromagnetisches Feld des Körpers beschrieben hatte, veränderte sich.

Als wären wir Zeugen eines lautlosen Bewusstseinsgesprächs zwischen den drei Gestalten in der Mitte des Raums. Zwischen ihr, ihm und dem holographischen Licht.

Sie schaltete den Projektor aus. Einige Minuten lang saßen wir im Dunkeln. Dann glitt die Wand zur Seite, und die Verdunkelungen gingen hoch.

Villiam stand auf. Er gab uns die Hand. Dann wurde er von einer Assistentin hinausbegleitet.

Wir blieben sitzen, Lisa und die beiden andern Assistenten, die junge Frau und der junge Mann.

»Was ist da passiert«, fragte ich. »Ich meine, am Schluss, als es so still war.«

»Er arbeitet direkt mit der Karte seines eigenen Innern. Und entdeckt, wo und wie er die Geschichte von der Schuld erzählt und festgehalten hat. Wie der Körper sie erzählt hat. Dreißig Jahre lang. In der Stille kann er die Schuld allmählich loslassen. Und eine grundlegende Geschichte seines Lebens abwickeln.«

»Er ist dabei, freigelassen zu werden«, sagte ich.

»Nein.«

Ich verstand sie nicht.

»Alles, was wir getan haben, ist, ihm dabei zu helfen, eine Geschichte durch eine andere zu ersetzen.«

Sie berührte die Tastatur, die Lichtgestalt erschien auf dem Stuhl. Wegen des Tageslichts etwas schwächer, aber voll sichtbar.

»Das ist die Filmaufnahme. Von dem Moment an, wo er von der Schiffskollision erzählt. Guck dir das Muster an.«

Sie tippte auf die Tasten, eine Struktur schwarzer, gelber und roter Farben erschien.

Wieder berührte sie die Tasten, mit Gefühl, wie eine Pianistin. Die Struktur wurde still und statisch. Der Rest der Gestalt verschwand. Nur das farbige Muster blieb in der Luft hängen. Wie eine Gewebeprobe aus Licht.

Sie verschob das festgehaltene Muster nach rechts. Die Lichtgestalt kam wieder zum Vorschein.

»Die Aufnahme von gestern. Wo er davon erzählt, wie er niedergetreten wurde. Die gleiche Struktur.«

Das gleiche Muster wurde sichtbar. Sie isolierte es vom Rest der Gestalt. Der blaue Lichtkörper verschwand. Nur die beiden Muster waren noch da, nebeneinander schwebend.

»Eine grundlegende Struktur, tief in seinem Körper und seiner Persönlichkeit. Sie verändert sich praktisch nicht, wenn er von den Ereignissen berichtet. Ändert sich nicht, wenn wir uns in das Geschehene vertiefen. Oder wenn er mit den verdrängten Erinnerungen in Kontakt kommt. Mit der Schuld. Das heißt, es muss noch tiefer liegen. Aber was ist es? Ist es eine noch grundsätzlichere Geschichte?«

Sie sah uns nacheinander an.

»Wir hatten hier in der Klinik einen Patienten, er war Bergsteiger. Er war hier wegen zwei schweren Abstürzen. Beide Male Solobesteigungen. Wie bei Villiam bewegten wir uns immer tiefer durch seine Geschichten. Seine Lebensgeschichten. Bis ein Muster zum Vorschein kam, das sich nicht veränderte. Ich warnte ihn davor, wieder in die Berge zu gehen, ehe er das Muster verstanden hatte. Eine Woche später kam er auf dem Piz Bernina ums Leben. Er hinterließ eine Frau und ein kleines Kind. Wie soll man das Muster nennen? Das tiefer liegt als die persönliche Geschichte. Und das anscheinend darüber entscheidet, ob ein Mensch stirbt oder lebt.«

»Das Schicksal«, sagte ich.

»Das Schicksal ist auch eine Geschichte. Was würde passieren, wenn es möglich wäre, ihr auf den Grund zu gehen? Sie aufzulösen? Was geschieht, wenn ein Mensch nur einen kurzen Augenblick aufhört, irgendeine Geschichte zu erzählen?«

Ich ging mit ihr zu ihrem Arbeitszimmer. An einer Pinnwand hingen Fotos kleinerer Kinder, aus irgendeinem Grund wusste ich, dass es nicht ihre waren.

Eine Kinderzeichnung zeigte ein Eichhörnchen, das auf dem Rücken einer Schildkröte tanzte, auf der Zeichnung stand »Maja liebt Tante Lisa«.

»Es gibt keinen holographischen Projektor«, sagte ich. »Die technischen Probleme sind noch nicht gelöst. Warum sehen wir also die Lichtfigur?«

Sie stand mit dem Rücken zu mir, sie füllte Wasser in den

Wasserkocher. Erst hielt sie inne. Dann drehte sie sich langsam um.

Sie lächelte schwach. Als hätte sie meine Frage erwartet oder erhofft.

»Im Brillenglas sitzt ein kleiner Laserprojektor. Der projiziert die bearbeiteten Scanningergebnisse unmittelbar auf die Netzhaut. Das Auge produziert selber die Illusion, dass sich das Bild außerhalb von uns befindet. Die Idee kam mir während meiner Studienzeit. Aber es hat zwanzig Jahre gedauert, um sie zu entwickeln. Sie ist noch geheim. Ein vertraulicher Patentantrag ist in Bearbeitung.«

Sie nahm die kleine schwarze Schachtel in die Hand und spielte damit. Legte sie wieder hin. Sie richtete sich auf. Mir ging langsam auf, dass sie damit das Ende der Unterhaltung signalisierte.

»Hast du Kinder?«

Ich nickte.

»Wie viele?«

»Zwei.«

»Wie alt?«

»Fünf und sieben.«

»Ich hoffe, du hast dir alles gut überlegt.«

Ich verstand sie nicht.

»Mit zwei Kindern muss alles wohlüberlegt sein. Das hier …«

Sie suchte nach Worten.

»Das hier ist … eine Herausforderung. Und zwar mehr als der Piz Bernina. Noch sind wir im Wald, am Fuß des Berges. Noch hat die Steigung nicht angefangen.«

SIE HATTE MICH gebeten, um sechs Uhr morgens da zu sein, es war in der folgenden Woche.

Als ich ankam, sah ich sofort, dass sie schon lange vor mir da gewesen war.

Mitten im Raum standen vier Stühle. Die großen Messapparate waren hereingerollt worden. Um jeden Stuhl herum war der weiße Rohrbogen eines MRT-Scanners installiert. Auf Bügeln hingen unsere Kittel.

»Ich habe mir gedacht, dass wir heute versuchen, uns beide zu scannen.«

Sie wartete. Vielleicht auf Einwände. Oder Fragen.

Ich sagte nichts. Sie wollte mir zeigen, was auf Simon zukäme. Sie wollte, dass ich den Weg selber beschritt, den Simon gehen sollte.

Sie half mir in den Kittel. Ich setzte mich auf einen Stuhl, der mit der Apparatur verbunden war. Sie fragte nicht, ob ich schon einmal in einem Scanner gewesen war. Das Gerät wurde angeschaltet, es gab einen Laut wie ein tiefes Knurren von sich.

»Nukleare magnetische Resonanz«, sagte sie. »Das Wasserstoffmolekül funktioniert aufgrund seiner Masse wie ein kleiner Stabmagnet. Der Scanner bildet ein Magnetfeld, das fünfzigtausendmal größer als das der Erde ist. Das erfordert eine so hohe Stromstärke, dass sie nur in supraleitenden Materialien etabliert werden kann. Sie werden mit flüssigem Helium runtergekühlt. Was wir real messen, ist die relative Wasserkonzentration im Gehirn. Was spürst du?«

»Eine Art Druck. Ist nicht leicht, das Gefühl genau zu benennen.«

»Die Hälfte derjenigen, die gescannt werden, sagen, sie würden irgendwas registrieren.«

Sie stülpte mir die Haube über. Schaltete sie ein. Ich fühlte nichts.

»EEG, Elektroenzephalografie, eine Nervenzelle ist wie eine kleine Batterie, mit Elektroden in der Haube messen wir das elektrische Potential.«

Sie setzte sich hin. Rollläden, Vorhänge und Wand gingen zu. Wir setzten unsre Brillen auf. Einen Augenblick lang saßen wir still im Dunkeln.

Ich registrierte die Klemme des Pulsmessers an meinem Finger. Die flache Scheibe im Kittel, die den Herzrhythmus und die elektromagnetische Strahlung maß. Den Blutdruckmesser am Handgelenk. Die schwer zu erklärende Wahrnehmung der Kraft, die in der ganzen Apparatur steckte.

Dann erschienen die beiden Lichtgestalten auf den beiden Stühlen uns gegenüber.

Sie ließ mir Zeit. Ich studierte die leuchtende Projektion der Scanningbilder meines Körpers, ich sah sie an, ich sah in sie hinein. Ich bewegte mich, die blaue Lichtgestalt bewegte sich auch. Ich versuchte, die Muskeln anzuspannen, den Rhythmus meiner Atemzüge zu variieren, und ich sah, wie sich die flimmernden, rätselhaften Schattierungen aus Regenbogenfarben veränderten, genauso wie die Flüssigkeitsströme in dem blauen Körper.

»Gib mir mal deine Hand.«

Wir saßen eng beieinander, ich reichte ihr meine Hand, sie drückte sie.

»Noch einmal, jetzt langsam.«

Wir wiederholten die Bewegung in Zeitlupe, sie zeigte auf die beiden Lichtgestalten, die sich die Hand gaben.

»Gib acht auf die physischen Aspekte der Berührung. Es tritt eine leichte Veränderung im Stoffwechsel des ganzen Körpers ein. Schau mal, wie das elektrische Feld rund ums Herz sich verändert. Und schau dir die Aktivität im dorsalen Vagus an. Wir gehen davon aus, dass das Korrelate zu den drei Hauptfaktoren eines Händedrucks sind: der physische Kontakt. Die empathische Aktivität ist durch das Herz reflektiert. Und die Anwesenheit, die Bewusstseinsqualität ist im Augenkontakt reflektiert. Steh mal auf.«

Ich stand auf.

»Jetzt umarmen wir uns.«

Ich umarmte sie. Sie umarmte mich. Und wir sahen, wie die beiden Lichtgestalten aufstanden und sich umarmten.

»Achte auf die intensivierte physische Reaktion. Bei einer Umarmung sind sich die Körper sehr, sehr nahe. Guck mal, die Veränderungen im Herzbereich. Auch die Herzen sind sich näher. Und da, die Veränderungen in der Sehrinde, hinter und über dem Kleinhirn. Bei einer Umarmung muss man, einem bestimmten Maß an Vertrauen oder Hingabe entsprechend, die Kontrolle aufgeben, die im Blick liegt.«

In der Berührung, im Kontakt, war sie ganz anwesend. Aber ihre Aufmerksamkeit war auf die Lichtgestalten gerichtet. Oder eher auf etwas hinter ihnen.

In diesem Augenblick fühlte ich, dass sie nicht nach der Begegnung zwischen Menschen suchte. Sondern nach etwas Tieferem. Etwas, das hinter der Begegnung lag.

Wir setzten uns wieder hin.

»Erzähl mir von dem Kindergarten«, sagte sie.

So war sie schon vor dreißig Jahren gewesen. Direkt.

»Es müssen ungefähr siebzig Kinder gewesen sein, verteilt auf drei Räume. Vormittags schliefen alle eine Stunde bis Mittag, in einem Schlafsaal mit Feldbetten. Das Bettzeug war grün-weiß kariert, aus dem gleichen Stoff wie die Kleider und Schürzen der Kindergärtnerinnen.«

Ich sah ihr in die Augen.

»Grün-weiß kariert«, wiederholte ich.

Ihre Augen waren leer.

»Ein Raum war für die Kleinen, einer für die Mittleren, einer für die Großen. Im ersten Stock war die Krippe. An die Schmalseiten der Räume hatte Hans Scherfig Urwälder gemalt. Grüne Dschungel. Mit vielen Tieren. Im Hintergrund ging der Regenwald in Blau über und löste sich auf.«

Ich fixierte sie.

»Ein grüner Dschungel«, sagte ich noch einmal, »der blau wird und sich auflöst.«

»Du willst meiner Erinnerung auf die Sprünge helfen.«

»Du hast das damals gesagt. Dass Farben Türen sein können.«

Sie schüttelte bekümmert den Kopf.

»Die Erinnerungen sind alle weg.«

»Wir drei kamen gleichzeitig in den Kindergarten. Meine Mutter arbeitete in der Buchhaltung von Carlsberg. Sie sorgte dafür, dass Simon und seine Schwester auch aufgenommen wurden. Du, Simon und ich konnten in der Mittagspause nicht schlafen. Sie legten uns nebeneinander. Wir lagen da ganz still. Das machte man damals so. Eine andere Zeit. Aber wir konnten nicht einschlafen. Eines Tages kam Fräulein Grove. Es war die Leiterin, die Vorsteherin. Eine Frau mit einer gewissen Vornehmheit. Die andern Fräulein waren alle in Uniform, sie hatte ihre eigenen Sachen an. Sie trug einen dicken Goldring. Mit einem großen Edelstein. Fräulein Jonna war bei ihr. Eine junge Frau, die sauber machte. Sie blieben stehen und sahen uns an. ›Sie werden nie einschlafen‹, sagte Fräulein Jonna. ›Am besten lässt man sie aufbleiben. Sie können draußen sein. Sie werden die andern nicht stören.‹ Die beiden Frauen drehten sich um und gingen. Wir setzten uns auf. Und spürten den Widerwillen der stellvertretenden Leiterin, Fräulein Christiansen, die aufpasste. Wir brachen ja die Regeln. Wir setzten uns draußen auf eine Bank in die Sonne. Da waren wir drei zum ersten Mal zusammen. Wir waren ein Klub. Der Klub der schlaflosen Kinder.«

Lisa drückte auf eine Taste, Wand, Vorhänge und Läden gingen auf. Die blauen Figuren verschwanden.

Sie blieb sitzen.

»Es war im Sommer«, sagte ich. »Gleich nach unserer Ankunft im Kindergarten ging's ins Ferienlager. Nach Carlsberggården, das war eine Anlage, die die Brauerei am Kattegat hatte. Wir waren drei Wochen dort. So war es damals. Wir waren die Jüngsten. Die andern schliefen im Schlafsaal. Fräulein Jonna ließ vier Bettchen in ihr Zimmer stellen. Für dich, Simon, mich und ein Mädchen, das Conny hieß. Wir vier waren die Jüngsten. Da schliefen wir. Im Ferienlager fanden wir zueinander.«

Ich befreite mich von den Kabeln, die mich mit den Scannern verbanden, und stand auf.

»Fräulein Jonna zeigte uns ein Lerchennest«, sagte ich. »Jeden Tag gingen wir mit ihr hin. Ganz vorsichtig. Im Nest lagen Eier. Wir sahen, wie sie ausgebrütet wurden, wie die Jungen größer wurden und fliegen lernten. Sie verließen das Nest an dem Tag, als wir wieder nach Hause sollten. Sie nahm das Nest mit aufs Zimmer und fragte, wer das Nest haben sollte. Da sagte Simon: ›Lisa soll es haben.‹ Fräulein Jonna sah uns nacheinander an. Wir nickten. Sie schlug das Nest in Seidenpapier ein und gab es dir.«

»Warum?«, fragte sie. »Warum bekam ich das Nest?«

»Weil wir zu der Zeit mit dem Reisen angefangen hatten.«

Ich zog den Kittel aus, sie stand auf.

Wir fingen an zusammenzupacken.

ZWEI TAGE SPÄTER rief sie mich an und bat mich, am nächsten Tag zu kommen.

Im Wald zwischen Hauptstraße und Institut drosselte ich das Tempo und fuhr langsam an dem schwarzen Kastenwagen vorbei, der immer hier stand, wenn ich vorbeikam, dunkel, glänzend, unmotiviert. Ich sah keinen Menschen.

In der Klinik sah ich Villiam zum letzten Mal.

Auch diesmal ging es gleich zur Sache. Wir zogen uns den Kittel an, setzten die Brillen auf, er bekam seine Messgeräte, nahm mit Lisa Platz, sie stellte die Apparate an, das Hologramm erschien.

»Woran können Sie sich erinnern, als Sie im Koma lagen, während der fünf Tage?«

»An nichts«, sagte er. »Ich war vollkommen weg.«

»Manchmal erinnert man sich doch an etwas. Das kann wie ein Traum erlebt werden.«

Sie sahen beide in das blaue Licht. Es trübte sich ein. Im Hinterkopf traten Schmerzspuren hervor. Der Lichtkörper wurde asymmetrisch, die linke Seite fing an, sich zusammenzuziehen. Alles Zeichen des Unbehagens, das ihn, wie wir verstanden hatten, erwartete, wenn er in sein Inneres schaute.

»Es war, als wäre ich in einer Wüste«, sagte er. »Und könnte nicht weg. Ich konnte nicht stehen bleiben, ich musste immer weitergehen. Daran kann ich mich erinnern. Als wäre ich wieder dort. Ich bin wieder da.«

»Ist jemand bei Ihnen?«

Er schaute in die Wüste.

»Die Kinder. Und ihre Mutter. Sie gehen von mir weg. Aber warum? Es ist, als ob sie mich aufgeben würden.«

Sein Körper war ruhig, aber das Hologramm krümmte sich.

Das musste Trauer sein.

»Aber das ist unmöglich«, sagte er. »Die Scheidung kam erst mehrere Jahre später. Wieso verlassen sie mich?«

»Kann es sein«, fragte sie, »dass Sie es sind, der sie verlässt?«

Sie war total fokussiert. Ihre ganze Aufmerksamkeit war auf ihn und die blaue Lichtkarte gerichtet.

In diesem Augenblick war sie mit ihm in der Wüste. Und nur deswegen konnte er selbst einen Augenblick lang dort sein. Er war nicht allein.

»Ja«, sagte er langsam, »ich gehe von ihnen weg. Warum tue ich das?«

Sie antwortete nicht.

»Dann entschließe ich mich«, sagte er. »Ich entschließe mich zu leben. Und dann wache ich allmählich auf.«

Er sank wieder auf den Stuhl zurück, sie schaltete die Projektoren aus. Die Motoren für die Verdunkelungen summten, Tageslicht floss in den Raum wie eine Flüssigkeit.

»Warum entferne ich mich von ihnen? Warum wollte ich nicht mehr leben?«

Er stand auf und trat zu ihr. Die Kabel zog er hinter sich her.

»Warum wollte ich sterben?«

»Wir merken nicht, was wir haben, bevor wir es nicht mehr haben«, sagte sie. »Oder kurz davor sind, es zu verlieren. Mitunter streben Menschen nach dem Tod, um würdigen zu können, dass sie leben.«

Sein Gesicht war leer, er stand unter Schock. Ich weiß nicht, ob er sie gehört hatte. Sie führte ihn zum Schreibtisch.

»Wir lassen Sie nach Hause bringen«, sagte sie. »Sie können nicht selber fahren.«

Sie und ihre Assistenten begannen mit dem Aufräumen, ein Krankenwagenfahrer holte Villiam ab.

Ich war an der Wand sitzen geblieben, sie kam und setzte sich mir gegenüber.

»Was ist da passiert?«, fragte ich. »Hat er das mit der Wüste erfunden, oder ist es wirklich eine Erinnerung aus seinem Koma?«

»Das werden wir nie erfahren. Vielleicht ist es auch nicht wichtig.«

Ich verstand sie nicht.

»Die Vergangenheit gibt es nicht«, sagte sie. »Es gibt Spuren. Darüber konstruieren wir eine Erzählung. Die immer etwas künstlich Geschaffenes ist. Hier in der Klinik suchen wir nicht nach der wahren Erzählung. Die gibt es nicht. Wir suchen nach einer Erzählung, die das Leiden lindert.«

Sie stand auf, ich folgte ihr ins Arbeitszimmer.

»Wir sind an einem gefährlichen Punkt«, sagte ich. »Meinst du, er hat die Kollision selbst veranlasst? Und die Sache mit dem Pferd?«

Sie stellte den Wasserkocher an, goss erst kaltes, dann heißes Wasser auf das grüne Pulver und schlug den Tee schaumig. Ihre Mitarbeiter waren hereingekommen, es wurde voll in dem kleinen Büro.

»Wir stellen Fragen«, sagte sie. »Die Menschen müssen selber antworten.«

Ich dachte an Simon. Er war bis zum Tod gegangen, um sich selbst zu spüren. ›Wir merken erst, was wir haben, wenn wir es nicht mehr haben. Oder kurz davor sind, es zu verlieren.‹ Das hatte sie gesagt.

»Wenn wir hinter einer Schale leben«, sagte ich, »und diese Schale uns voneinander isoliert, wenn die beiden Unfälle deines Patienten, des Bergsteigers, dazu dienten, die Schale zu zerbrechen. Um die Liebe zu spüren. Die Liebe zu Frau und Kind. Was ist dann mit dem dritten Unfall? Was ist dann mit dem Tod? Wozu sollte das gut sein?«

»Worum du mich bittest, ist eine Erklärung, die beruhigt. Erklärungen beruhigen immer. Du möchtest Trost.«

Sie verteilte die Tassen.

»Erzähl mir von den schlaflosen Kindern«, sagte sie.

Sie setzte sich mir gegenüber. Was ich jetzt sagte, würden alle hören.

Ich dachte an unsere Umarmung vor einigen Tagen. Ich hatte jetzt dasselbe Gefühl. Ihre Grenzen lagen woanders als bei andern Menschen. Es gab bei ihr nichts Privates oder Persönliches. Alles war Forschung.

»Der Kindergarten hatte von Carlsberg alte Bierfässer bekommen, die waren sehr groß. Sie waren aussortiert worden, jetzt hatte man Türen und Fenster hineingesägt und einen Boden gelegt, mit Bänken und einem Tisch. Da drin saßen wir, wir drei, wenn die andern schliefen. Da fing es an. Da entdeckten wir, dass man ins Bewusstsein eines anderen Menschen gelangen kann.«

»VOR DEM KINDERGARTEN lag ein Spielplatz«, sagte ich. »Auf einer Rasenfläche, die an einem Zaun aus Maschendraht aufhörte. Hinter dem Zaun war der Bahngraben. Von dem alten Bierfass konnten wir in den Graben sehen. Die Böschungen waren bewachsen. Manchmal entdeckten wir Tiere. Füchse. Einen Dachs. Einmal einen weißen Damhirsch. Simon sagte, die Tiere kämen aus den großen Wäldern, die vor der Stadt liegen. Er hatte die Wälder gesehen, vom Zug aus. Er erzählte sogar, er hätte Wölfe gesehen. Und eine Herde grasender Wildpferde. Alles, worüber Simon berichtete, sah man gewissermaßen mit eigenen Augen. Wir erzählten uns gegenseitig, wie die Pferde aussahen. Wir konnten ihre goldenen Mähnen sehen. Sie sprühten Funken, wie Feuer. Und die Flecke auf ihrem Fell. Das entdeckten wir damals, als wir dort saßen und die anderen schliefen. Dass es eine andere Welt gab. Und dass wir sie miteinander teilen konnten.«

»Aus der Entwicklungspsychologie weiß man, dass Kinder mit fünf Jahren noch nicht eindeutig zwischen Phantasie und Wirklichkeit unterscheiden können.«

Sagte die eine Assistentin. Beunruhigt. Als ahnte sie, worauf wir uns zubewegten.

»Abwechselnd erzählten wir uns, wo die Züge hinfuhren«, sagte ich. »Und wie die Welt da draußen aussah.«

»Was hast du erzählt?«

Die Frage kam von Lisa.

»Ich erzählte vom Meer, davon, dass jenseits der Stadt das Meer lag. Ich erzählte, Valby sei eine Insel. Und wir seien auf allen Seiten von Wasser umgeben. Wenn ein Zug vorbeirauschte, war es so laut, dass wir ganz still wurden. Wenn er von einer Diesellokomotive gezogen wurde, waren wir eingehüllt in schwarzen Rauch. Und den Geruch verbrannten Öls. Eines Tages hast du was erzählt.«

Ich sah Lisa an.

»Es war kalt, es muss also im Winter gewesen sein. Auf dem Bretterboden im Fass lag Sand vom Sandkasten. Das Holz roch immer noch leicht nach Bier. Dann sagtest du: ›Die Welt draußen ist nicht wirklich. Nur Valby gibt es. Und vielleicht Kopenhagen. Wenn die Menschen aus Kopenhagen hinausfahren, schlafen sie ein. Und träumen, sie würden weiterreisen. Aber alles, was sie sehen, ist nur ihr Traum. Die großen Wälder, das Meer, die Wölfe, alles ein Traum. Wo Valby aufhört, ist alles voller Autos und Straßenbahnen. Sie halten dort. Und in ihnen sitzen Menschen und schlafen. Und träumen davon weiterzureisen. Ich hab es selber gesehen‹, sagtest du. ›Einmal, als ich mit meinen Eltern im Auto fuhr. Ich sah, wie sie müde wurden. Ich wurde auch müde. Aber kurz bevor ich einschlief, sah ich die Plätze. Mit den Menschen, die in ihren Autos sitzen und schlafen. Manche schliefen auch im Stehen. Valby gibt es. Der Rest der Welt ist ein Traum.‹ Und wir sahen es selber vor uns, als du das erzählt hast. Wir wussten, es war wahr. ›Das müssen wir sehen‹, hat Simon dann gesagt. Wir sind aufgestanden und über die niedrige Pforte zum Enghavevej geklettert. Auf der Brücke über den Bahngraben sind wir stehen geblieben. Und sind mit dem Blick den Schienen gefolgt. Den geraden Eisenbahngleisen. Die in einem Traum endeten. Wir ließen mehrere Züge unter uns durchsausen, ehe wir weitermachten. Wir ließen uns in den schwarzen Rauch hüllen. Er war so dicht, dass die Welt einen Moment lang verschwand. Wir sahen uns nicht mehr, wir verloren uns. Im nächsten Augenblick löste er sich auf und war weg. Wir kamen bis zum Toftegårds Plads, ehe sie uns zurückholten. Fräulein Grove selber kam uns holen, sie hatte einen Mercedes. Wir spürten die Aufregung, als wir zurückkamen, es war das erste Mal, dass Kinder ohne Erlaubnis das Gelände verlassen hatten. Sie nahm uns mit in ihr Büro. Es war im ersten Stock und hatte einen Schreibtisch und eine Polstergruppe mit Sesseln und einem Tischchen. Auf dem Sofa saß Fräulein Jonna. Sie waren beide sehr ernst. ›Jetzt erzählt mal‹, sagte Fräulein Grove. Simon antwortete. ›Wir wollten die Autos sehen‹, sagte er, ›und die Straßenbahnen. Wo die Leute schlafen. Auch die, die im Stehen schlafen. Und davon träumen, dass es das Meer und die großen Wälder gibt. Fräulein Grove! Dabei gibt es doch nur Valby! Und den Kindergarten. Der Rest der Welt ist ein Traum.‹ Sie sah uns nacheinander an. ›Ihr dürft das nie wieder tun, hört ihr‹, sagte sie. ›Ihr müsst mir versprechen, das Kindergartengelände nie mehr ohne Erlaubnis zu verlassen. Denn sonst kann ich, können wir, nicht mehr … auf euch aufpassen.‹ Wir waren erst sechs Jahre alt. In dem Alter kann man Erwachsene noch nicht so richtig entschlüsseln. Aber wir merkten alle drei, dass die Erwachsenen, die beiden Frauen, erkannten, dass zwischen uns Kindern irgendetwas vor sich ging. Etwas Kostbares, das beschützt werden musste. Das merkten wir: Dass wir in diesem Augenblick kurz davorstanden, von zwei Erwachsenen verstanden zu werden.«

Ich sah ihre Assistenten an. Für sie war es gewesen, als wären sie auch im Kindergarten gewesen, mit Lisa und mir. Vielleicht war es den Scannings zu verdanken, dass wir uns allesamt in eine Wirklichkeit begeben hatten, die dreißig Jahre zurücklag.

»Ich kann mich nicht mehr daran erinnern«, sagte Lisa. »An nichts. Ich weiß nicht, ob ich mich auf dich verlassen kann. Ob es wirklich so abgelaufen ist.«

Das stimmte. Sie hatte ihre Geschichte verloren, nun war sie einem anderen Menschen ausgeliefert.

»Simon«, sagte ich, »mein Pflegebruder. Er weiß es noch.«

»Wie hat er versucht, sich umzubringen?«

Es fiel mir nicht leicht, es vor ihren Mitarbeitern sagen zu müssen. Deren und vielleicht auch Lisas Grenzen lagen an anderer Stelle als meine.

»Er trank zwei Flaschen Schnaps, verspeiste hundert Paracetamol, setzte sich in seinen SUV und fuhr zu meinem Sommerhaus. Als Kind ist er oft da oben gewesen. Auch mit seiner Mutter und seiner Schwester, manchmal haben sie sich das Haus ausgeliehen. Da legte er sich in das Bett, in dem seine Mutter immer geschlafen hatte, um zu sterben. Seine geschiedene Frau fand meine Telefonnummer in seinem Kalender und rief mich an. Ich rief einen Rettungswagen, der dann zum Sommerhaus fuhr und ihn ins Krankenhaus brachte, es war höchste Zeit.«

Sie machte Tee, wie sie ihn immer machte, es war ein Ritual. Als müsste wenigstens etwas feste Formen haben, wenn schon diese Welt, in die sie sich hineinarbeitete, das menschliche Bewusstsein nämlich, so unübersichtlich war.

»Selbstmorde werden oft in Ferienhäusern und Kleingärten verübt. Orte, an denen die Menschen als Kinder glückliche Momente erlebt haben.«

Sie reichte die Tassen herum.

»Können wir uns an einen Moment erinnern, nur einen einzigen Moment, in dem wir als Kind eine wirkliche Begegnung erlebt haben? Mit einem Erwachsenen?«

Die Frage kam schockartig, unvermittelt.

Es war auch nicht ganz klar, wem sie eigentlich gestellt worden war. Trotzdem habe ich dann schließlich geantwortet, vielleicht weil ich mich provoziert fühlte.

»Ich hatte eine schöne Kindheit«, sagte ich, »ich wuchs in einer guten Familie auf, ich hab mich oft verstanden gefühlt, oder ich muss mich oft verstanden gefühlt haben.«

Sie sagte nichts, sah mich nur über den Rand der Tasse an.

Ich versuchte, nach innen zu sehen. Über meine Kindheit

hinauszusehen. Mir war unbehaglich zumute, weil ich gegen den Strom anging.

»Wir Menschen haben keine Sprache für unser Inneres«, sagte sie. »Die äußere Welt können wir mit großem Detailreichtum beschreiben. Aber das Innere ist für uns eben unbeschreiblich. Die Hauptsprachen haben keine Wörter dafür. Der einzelne Mensch hat es auch nicht. Das gilt auch für das Erleben der eigenen Physiologie. Die meisten unserer Patienten müssen sich schon anstrengen, um das physische Herz überhaupt zu spüren. Fast keiner kann die Rhythmen der Leber spüren. Den Zyklus der Nieren. Wir registrieren bloß die oberflächlichen Aspekte der Verdauung. Den Zusammenhang zwischen Gemüt und Körper können wir nicht ausdrücken. Wir haben Karten für die Grundstoffe, die Meteorologie, die organischen Verbindungen, Karten ferner Galaxien. Aber die Innenseite von uns selber, des Körpers, des Gemüts und des Bewusstseins ist die unerforschte Landschaft des Erdballs. Der weiße Fleck auf der Weltkarte. Praktisch unerforscht. Hirnforschung und Neuropsychologie haben noch nicht mal angefangen, aufrecht zu gehen. Wir krabbeln noch. Im Dunkeln. Wir sagen, was ich nicht weiß, macht mich nicht heiß. Dabei ist es umgekehrt. Wir leiden, weil wir nicht wissen. Leiden und Unbewusstheit hängen zusammen.«

»Zwischen dem Sommerhaus und dem Nebengebäude war ein Hof«, sagte ich. »Manchmal haben wir da zu Mittag gegessen. Meine Mutter hat ihr Gemüse selber angebaut. Wenn Simon da war, half er ihr im Garten. Die Tatsache, dass er da war, machte etwas mit den Erwachsenen. Es öffnete sie sozusagen. Mein Vater neckte meine Mutter. Plötzlich lachten alle. Und einen kurzen Moment lang fielen die Masken. Einen kurzen Moment lang waren wir einander sehr nah. In der nächsten Sekunde war es vorbei. Die Gesichter der Erwachsenen verschlossen sich. Ich wünschte, ich hätte diese Momente aufbewahren können. Sie an die Wand hängen können. Wie ein Bild. Und alle dazu bringen können, das Bild anzuschauen. Und dann hätte ich gesagt: ›Könnt ihr euch noch daran erinnern? Das war hier, gerade eben. Das ist sehr wichtig. Das ist das Wichtigste.‹«

ICH HOLTE DIE Kleine im Kindergarten ab, der an die Schule angebaut war, ich hatte schon eine Viertelstunde gewartet, bis sie mit Spielen und Abschiednehmen fertig war, als die Große aus der Schule zu uns stieß.

In dieser Viertelstunde hatte ich die »Stille« trainiert.

Als die Mutter der Kinder und ich uns trennten, fiel mir auf, dass ich mit den Kindern nicht still sein konnte.

Ich sage, wir trennten uns, unsere Wege trennten sich, ich sage nicht, dass wir geschieden wurden. In einer Liebesbeziehung gibt es keine Scheidung. Man kann, durch Umstände, die nicht der eigenen Kontrolle unterliegen, genötigt sein auseinanderzugehen, aber geschieden werden kann man nicht. Das ist das Fatale an der Liebe. In ihrem Kern ist sie eine Verbindung, die Zeit und Ort überschreitet.

Das wurde mir seinerzeit klar. Und gleichzeitig wurde mir klar, dass ich mit den Kindern nicht still sein konnte.

Es war die Jüngere, die mich darauf aufmerksam machte. Sie fragte mich eines Tages:

»Papa, wie siehst du aus, wenn du still bist?«

Mit »still« meinte sie nicht »lautlos«. Sie meinte »ruhig«.

Ich blieb stehen und sah sie an. Statt einer Antwort wirbelten mir Bilder durch den Kopf.

Es waren alles Bilder von Bewegungen. In dieser kurzen Zeitspanne, in der ich nach ihrer Frage vor ihr hockte, ging mir auf, dass ich mit den Kindern ständig in Bewegung gewesen war. Auf dem Weg zur Schule. Auf dem Weg von der Schule nach Hause. Auf dem Weg in die Schwimmhalle. Auf dem Weg zum Essen. Zum Abwasch. Zum Gutenachtkuss.

Da entschloss ich mich, die Stille kennenzulernen.

Ich war ein Anfänger. Bin ich immer noch. Da im Kindergarten, als ich darauf wartete, dass meine Kleine ihr Spiel mit ihrer Freundin beendete, war ich ein Anfänger in Sachen Stille.

Irgendwann hörte das Spiel von selbst auf, und die beiden kamen angelaufen. Es war eine der Erfahrungen, die ich in der Stille gemacht habe: dass sich das Leben der Kinder in Rhythmen bewegt, die schwer zu verstehen, aber zu beobachten sind.

Sie hatten mit einem Puppenhaus gespielt. Die Freundin sollte heute zu uns kommen, so war es am Tag zuvor verabredet worden. Unser Haus lag fünfzehn Minuten Fußweg von Schule und Kindergarten entfernt, wir gingen durch den Wald.

Sie unterhielt sich mit ihrer Freundin.

»Wenn das hier ein Puppenhaus wäre«, sagte sie.

Sie machte eine ausholende Geste, die den Wald und den See einschloss.

»Und wir wären die Puppen des Herrgotts.«

Ich habe nie verstanden, wo sie eigentlich den »Herrgott« herhatte. Weder ihre Mutter noch ich sind religiös, die Kinder sind nicht getauft. Aber seit sie sprechen konnte, hatte sie sich für die christliche Vorstellungswelt interessiert, häufig hat sie mich, wenn ich sie im Auto abholte, gebeten, an der Kirche vorbeizufahren und einen Augenblick lang anzuhalten.

Die Freundin war still. Die größere Schwester war still. Einen Augenblick lang lauschten wir alle in die Möglichkeit hinein, die ein fünfjähriges Kind in den Raum gestellt hatte: dass die Welt eine Konstruktion sein könnte, in der ein höheres, freundlich gesinntes Bewusstsein uns führt.

Und ist es uns freundlich gesinnt?

Ich schaute die Kinder an. Einerlei, wie gut eine Scheidung zu verlaufen und zu enden scheint – die Kinder haben die Vergiftung der Atmosphäre erlebt, die dem Ende einer Liebesbeziehung stets vorausgeht. Und haben die Zerlegung ihres Universums erfahren.

Eine Erfahrung, die auf jeden Fall ein Leben lang bestehen bleibt.

ES VERGING EINE Woche, in der ich nichts von Lisa hörte.

Dann rief sie an.

Wir trafen uns am nächsten Morgen, sie, ich und ihre drei Mitarbeiter, es war sehr früh.

Langsam wurde mir das Muster klar. Manche Versuche wollte sie geheim halten. Das waren diejenigen, die so früh lagen.

Als der Raum vorbereitet wurde, ging die Sonne auf.

Sie und ich bekamen Kittel und Brille, die Assistenten schlossen die Kabel an und arbeiteten an den Bildschirmen.

Rollläden, Vorhänge und Wand gingen zu.

»Es ist etwas Wichtiges passiert«, sagte sie. »Wir haben den Zugang zu zehntausend Scanningdaten erhalten, die während der letzten zehn Jahre in Skandinavien erfasst wurden. Das ist eine überwältigende Menge an Informationen. Allein die MRT-Scannings ergeben dreißigtausend Messungen pro Sekunde. Keiner kann diese Unmenge an Material bearbeiten. Wir haben also eine Stichprobe genommen. Kabir hat hundert Personen aus ganz Skandinavien ausgewählt, die eine Sache gemeinsam haben. Sie wurden zu exakt derselben Uhrzeit vor genau zehn Tagen gescannt.«

Kabir war der junge Mann. Er hatte schwarzes, gekräuseltes Haar und mandelförmige Augen. Er wirkte sehr seriös, seine Haut war sehr blass. Ihn umgab die Atmosphäre dessen, der zu viel Zeit vor dem Bildschirm verbracht hatte. Auf dem Weg zu Lisas Arbeitszimmer ging man an seinem vorbei. Seine Tür stand immer offen, seine Rechner hatten keine Gehäuse und waren stattdessen mit einem fünfzig Zentimeter hohen Netz aus Lötungen, Leiterplatten und Transistoren versehen.

Das Licht im Raum verblasste, mit tiefem Summen starteten die Projektoren.

Der Raum bevölkerte sich. An den Wänden erschienen Menschenmengen. Hundert blaue Lichtgestalten.

Sie beugte sich zu mir herüber.

»Tagtäglich werden auf der ganzen Welt Scannings durchgeführt«, sagte sie. »Auch die Verknüpfung von MRT und EEG. Das wirklich Neue ist die Projektion direkt auf die Netzhaut. Laserlicht sind angeregte Photonen. Sie generieren Wärme. Der Projektor selbst war einfach. Das Schwierige war, dass wir eine Hülle entwickeln mussten, die die Wärme aufsaugt. Damit das Auge nicht beschädigt wird. Da kannte ich Kabir schon. Er ist ein Genie. Er hat das hingekriegt.«

Ihre Dankbarkeit war mit Händen zu greifen. Ihre Liebe zu ihm. Wahrscheinlich waren sie ein Paar. Oder waren es gewesen.

»Das ist das Neue. Das und dann die graphischen Darstellungen der Scanningergebnisse. Und dass wir die Patienten ernst nehmen. Den Dialog mit ihnen. Das ist das ganz Große.«

Gesicht und Geschlecht der hundert Lichtmenschen im Raum waren unkenntlich gemacht. Aber die Körper waren lebensecht. Als wären wir in Gesellschaft von hundert Personen aus blauem Licht.

»Du wirst sehen, dass wir eine relativ niedrige Auflösung gewählt haben. Sonst könnten weder die Prozessoren noch die Projektoren die Masse an Informationen bewältigen. Du bist ja vertraut mit der Art, wie wir eventuell entstandene Muster lokalisieren können. Wir haben nachgesehen, ob bei den Personen derartige durchgehende Strukturen festzustellen sind. Natürlich können wir bei dieser Auflösung nicht sehr in die Tiefe gehen. Trotzdem ist das Ergebnis interessant.«

Was jetzt geschah, hatte ich schon bei Villiam gesehen: Schwarze Strukturen kamen und gingen, gleichzeitig bei vielen der hundert Gestalten, bei immer mehr, vielleicht bei allen, klare Muster, scharfe, als wären sie mit Tusche gezeichnet. Bei Villiam waren es zwei Figuren gewesen, jeweils eine aus den beiden Scannings, die bei seinen Berichten von den beiden Unfällen gemacht worden sind.

Hier waren es hundert Menschen.

Der Wechsel zwischen verschiedenen Mustern ging sehr schnell vonstatten. Es war unmöglich, eine wiedererkennbare Struktur zu fixieren. Alles, was ich sehen konnte, war die Übereinstimmung.

Sie schaltete die Projektoren aus, wir saßen im Dunkeln.

»Hundert Menschen, die nichts miteinander zu tun haben«, sagte sie. »Einige wurden in Stockholm gescannt, andere im Krankenhaus Falster, manche in Oslo, in Umeå, im hohen Norden bei Grense Jakobselv oder hier in Hjørring. Warum zeigen ihre Scannings gemeinsame Muster? Das Selbstverständliche haben wir ausgeschlossen. Das, was alle Gehirne und Körper immer zeigen. Wir haben alles gestrichen, was wir verstehen können. Und trotzdem finden wir eine umfassende, nicht triviale Koinzidenz.«

Sie musste auf eine Taste gedrückt haben, denn wieder erschienen an den Wänden die Gestalten aus Licht.

»Diese hundert Personen werden genau jetzt gescannt, jetzt, während wir hier sitzen. Vom mobilen Scanner der Kebnekaise Fjellstation bis Maribo. Von Ålborg bis Malmø und bis Rønne. Wir haben die Erlaubnis, zeitgleich mit ihnen online zu sein.«

Die Scanner um mich und Lisa herum starteten. Ich registrierte ein seltsames Mittelding zwischen Druck und Nichtdruck. Und einen leichten Schwindel.

Auf den beiden Stühlen vor uns erschienen die blauen Konturen unserer Scannings.

»Ein EEG ist nicht angeschlossen. Nur das MRT. Um uns mit diesen etwa hundert vergleichbar zu machen. Wir sind jetzt mit ihnen zusammen, in Echtzeit. Jetzt bitten wir Kabir, nach musterbildenden Koinzidenzen zu fragen.«

Auf ihrem und meinem Hologramm traten schwarze Muster hervor, die sich blitzschnell abwechselten. Und auf den Lichtmenschen an den Wänden.

Ich musste in mich hineinhorchen und -fühlen, es ging nicht anders. In den Teil von mir, den die Messapparatur einfing, von dem ich nichts wusste, der mich aber mit hundert wildfremden Menschen zu verbinden schien. Und zwar in diesem Augenblick.

»Was ist das?«, fragte sie.

Ihre Stimme war heiser.

»Was kann hundert fremde Menschen, die durch große Entfernungen voneinander getrennt sind, miteinander verbinden?«

Ich konnte dazu nichts sagen.

»Wären wir nah beieinander, könnte es das Wetter sein. Die

Meteorologie. Die morgendlichen Nachrichten. Das gleiche Frühstück. Aber es schneit in Abisko Javre, und in Helsingør regnet's. Hier scheint die Sonne, in Tromsø weht ein heftiger Wind. Also muss es etwas anderes sein.«

Die Projektoren wurden ausgeschaltet, das Licht wurde aufgeblendet.

»Wie fühlt es sich an«, fragte sie.

»Bedrohlich.«

Sie stand auf.

»Wir wollen Zusammenhänge«, sagte sie. »Wir träumen davon, anderen Menschen zu begegnen. Aber wenn die Möglichkeit näher rückt, kriegen wir Angst. Vielleicht gibt es gute Gründe, dass der menschliche Kontakt nur sehr maßvoll ist. Vielleicht ist der tiefe Zusammenhang zwischen Menschen auch bedrohlich.«

Die Klinik hatte eine kleine Küche mit einem Esstisch.

»Ich habe was zu essen mitgebracht«, sagte ich.

Ich legte alles auf den Tisch, Brot, Käse, Oliven, Butter und Salat. Das Brot hatte ich selbst gebacken.

Sie zögerte. Und weil sie zögerte, zögerten die andern drei auch.

»Das gemeinsame Essen ist eine Begegnung«, sagte ich. »Die erste Begegnung des Kindes mit der Mutter, wenn es gestillt wird. Die gemeinsamen Mahlzeiten der Familie. Das Abendmahl. Das Hochzeitsessen. Der Leichenschmaus. Die Henkersmahlzeit.«

Sie starrte mich an.

»Wir träumen davon, anderen zu begegnen«, sagte ich.

»Aber wenn sich die Möglichkeit in unerwarteter Form eröffnet, kriegen wir Angst.«

Sie starrte mich an. Dann lachte sie.

Und bediente sich.

»Im Ferienlager von Carlsberggården«, sagte ich, »bekamen wir Zuckerbrote, wenn wir nachmittags zurückkamen. Weißbrotscheiben, dick mit Margarine bestrichen und darauf braunen Zucker.«

Ich sah den Raum vor mir. Die holzbekleideten Wände, die Fichtenholzmöbel. Alles leuchtete. Ich erinnere mich an den Geruch. Des großen Holzgebäudes, das im Winter geschlossen gewesen war und jetzt erwärmt wurde. Durch den Dampf aus den Duschräumen.

Sie legte ihre Hand auf meine. Es war das erste Mal, dass sie mich berührte. Abgesehen von der Umarmung.

In dem Augenblick hatte ich das Gefühl, als sähe ich neben uns unsere Hologramme. Die Strömungen in den Lichtkörpern. Die Bewegungen rund um das Herz. Um die Sehrinde.

»Weißt du, was im tiefsten Innern jeder Wissenschaft liegt?«

Ich schüttelte den Kopf.

»Hilfsbereitschaft. Der Lebensnerv jeder Wissenschaft besteht darin, dass sie weitergegeben werden kann. Im tiefsten Innern, hinter der Karriere, hinter dem Wunsch, die Welt zu verstehen, um sie zu kontrollieren, will man sich zu denen umdrehen, die hinter einem gehen, und ihnen dahin helfen, wo man selber steht. Um sie einst weitergehen zu sehen, wenn man selber innehält.«

Ich sah die drei jungen, offenen Gesichter an.

»Und die Waffen?«, fragte ich. »Die meisten Forscher der Welt arbeiten in der Militärindustrie oder in Sparten, die damit zusammenhängen.«

Sie sagte nichts.

»Wir haben im selben Zimmer geschlafen«, sagte ich, »du, Simon und ich und Conny, in Fräulein Jonnas Zimmer. Dort haben wir entdeckt, dass man in die Träume der anderen gelangen kann.«

CONNY MACHTE INS Bett, Fräulein Jonna sagte nie etwas, kein Vorwurf, sie legte ihr nur einen Gummischutz auf die Matratze und wechselte die Bettwäsche. Jeden Tag. Aber die Kinder merkten es, obwohl wir zweimal pro Woche gebadet wurden. Kinder meiden ein Kind, das nach Pipi riecht.

Eines Abends sagte Simon es ihr.

»Du riechst nach Pipi.«

Sie fing an zu weinen.

»Jede Nacht träume ich von einem Klo«, sagte sie. »Dann setze ich mich hin und mache Pipi. Ich kann nichts dafür.«

Simon sagte, mit seiner kleinen Schwester Maria sei es ganz ähnlich gewesen. Sie hatte auch ins Bett gemacht. Aber dann hatte er angefangen, mitten in der Nacht aufzustehen, sie auf die Toilette zu tragen und wieder ins Bett zu bringen. Es dauerte nicht lange, und die Sache war überstanden.

»Ich werde das mit dir auch machen«, sagte er.

Er konnte sie nicht allein aus dem Bett heben, also haben wir ihm geholfen. Wir versuchten es zwei Nächte hintereinander. Simon wachte auf, aber er schaffte es nicht, uns zu wecken. Wir haben es Fräulein Jonna erzählt. Sie sah uns an. Dann sagte sie: »Stellt euch mal vor, wenn man in Connys Träume reinkommen könnte ...«

Dann ging sie.

Ich schaute zu Lisa hinüber. Die mir in der kleinen Klinikküche gegenübersaß.

»Als Fräulein Jonna gegangen war, sagtest du: ›Wenn wir in Connys Traum reinkommen könnten. Wenn sie vor der Toilette steht. Und ihr sagen könnten, sie solle aufwachen und ins Badezimmer gehen. Wenn wir das könnten.‹«

Wir versuchten es zwei Nächte lang. Im Schlafsaal wurde uns immer eine Gutenachtgeschichte vorgelesen. Dann wurden wir vier in unser Zimmer gebracht. Als Fräulein Jonna das Licht ausgeschaltet hatte und gegangen war, sagte Lisa: »Wir nehmen uns jetzt vor: Heute Nacht träumen wir dasselbe wie Conny.«

Es ging daneben. Wir hatten alle geträumt, aber alle was Verschiedenes. Und Conny hatte ins Bett gemacht. Am dritten Abend, als Fräulein Jonna die Tür hinter sich zugemacht hatte, setzte Lisa sich im Bett auf. Sie legte etwas auf ihre Bettdecke, es war eine Zeichnung. Sie hatte einen Kreis gezogen. Und ihn mit Rot ausgemalt. Soweit ich mich erinnere, war die Farbe bordeauxrot, so würde ich sie jedenfalls heute als Erwachsener nennen: ein Dunkelrot mit einem Schuss Lila.

»Manchmal träume ich, dass ich fliege«, sagte sie. »Anfangs war das nicht so oft so. Dann kam ich auf die Sache mit der Farbe. Vor dem Einschlafen gucke ich auf die Farbe und nehme mir vor: Wenn ich von ihr träume, soll sie mich daran erinnern, dass ich fliegen soll. Es ist einfacher, von einer Farbe zu träumen als von etwas, das man unbedingt tun soll.«

Sie hielt den roten Kreis in die Höhe. Ich spürte, wie er glühte. Kinder können eine Farbe geradezu trinken.

In dieser Nacht träumten sie und ich von dem roten Kreis. In der nächsten Nacht auch Simon. Dann kamen ein paar Nächte, in denen keiner von uns etwas träumte. Dann träumte auch Conny von der Farbe. Nicht von dem Kreis, sondern der Farbe. Es war die erste Nacht, in der sie nicht ins Bett machte. Am Morgen wollte Fräulein Jonna wie üblich das Laken wechseln und sah, dass es trocken war. Sie sagte nichts, aber sie merkte, dass es im Zimmer ganz still war. Sie schaute uns nacheinander an. Wir saßen auf unseren Betten, alle außer Conny, und schauten das trockene Laken an. Wir sagten nichts. Es war wie mit dem Vogelnest. In den drei Wochen hatten wir den andern Kindern kein einziges Wort davon erzählt.

Schon damals müssen wir gewusst haben, dass wir angefangen hatten zu reisen.

AN DEM TAG, an dem Conny zum ersten Mal nicht ins Bett gemacht hatte, bekamen wir Päckchen.

Die Kindergärtnerinnen lagerten die eingehenden Sendungen zunächst, einmal in der Woche wurden sie ausgeteilt.

In den drei Wochen, in denen wir dort waren, bekamen Conny und Simon kein Päckchen und keinen einzigen Brief. Carlsbergs Kindergarten war vorzugsweise für die Kinder der Brauereiarbeiter vorgesehen, die Arbeit in den Abfüllräumen war Schichtarbeit zu niedrigem Lohn, viele Arbeiter waren Alkoholiker, man durfte Bier trinken, sobald man morgens angefangen hatte, manche kamen früher zur Arbeit, als sie mussten, nur um trinken zu können.

An diesem Tag saßen wir uns auf dem Rand des Sandkastens gegenüber, Lisa und ich, und beide hatten wir ein Päckchen bekommen.

Ich hatte kleine Plastiksoldaten bekommen und sie bunte Glaskugeln.

Die Sonne schien. Der Duft nach frisch gemähtem Gras zog durch die Luft, nach Harz aus dem Wäldchen, nach Tang und kaltem Salzwasser vom Meer. Nach Strandrosen. Die Jungs der Wirtschafterin spielten Fußball auf ein Tor, ich hörte ihren nordwestseeländischen Dialekt.

»Man spielt besser mit Spielzeug, das man geteilt hat«, sagte sie.

Auf den Gedanken war ich noch nie gekommen. Ich weiß noch heute genau, wie sie aussah, als sie das sagte. So als wäre sie sehr viel älter.

Dabei war sie nicht altklug, sie wiederholte nicht einfach etwas, was sie von jemand anderem gehört hatte. Nein, das kam aus ihr selber, aus ihrem tiefsten Innern. Als gäbe es in ihr einen Menschen, der mehr wusste, als man wissen konnte, wenn man sechs Jahre alt war.

Die Soldaten, die ich geschickt bekommen hatte, waren mit kleinen Gussnähten auf einer Platte befestigt. Vorsichtig teilte ich die Platte in zwei.

An dem Abend, nachdem das Licht gelöscht worden war, setzte sich Lisa wieder im Bett auf und machte das Licht an.

Sie hielt das Blatt mit dem roten Kreis in die Höhe, so dass wir es alle sehen konnten.

»Wir sind noch nicht fertig«, sagte sie. »Wir waren noch nicht in Connys Traum zu Besuch.«

Mir sträubten sich die Haare. Und zwar ganz konkret, damals hatten die Jungen alle einen Igel, damit man die Läuse schneller herauskämmen konnte. Ich merkte, wie mir meine kurzen, hellen Kopf- und Nackenhaare zu Berge standen.

Natürlich hatten wir angenommen, wir seien fertig. Wo Conny doch nicht mehr ins Bett gemacht hatte. Wir waren sechs Jahre alt. Über eine Woche lang hatten wir einen Plan und ein Geheimnis für uns behalten. Das ist ganz schön lange, wenn man sechs ist. Jetzt hatten wir den Plan aufgegeben, jetzt hatten wir anderes im Sinn.

Bis sich Lisa im Bett aufsetzte.

Was ich fühlte, was mir Gänsehaut verursachte, waren die Beharrlichkeit und diese klare Linie bei einer Gleichaltrigen. Das hatte ich noch nie erlebt, das kannte ich nicht.

»Die rote Farbe ist eine Tür«, sagte Lisa. »Wenn wir sie im Traum sehen, gehen wir hin und machen sie auf, und so kommen wir in Connys Traum hinein.«

In der Nacht träumte ich von Carlsberggården, und ich wusste, da war etwas, an das ich mich erinnern sollte. Ich träumte, ich ging an den Strand, ich kletterte über die Dünen und sah, dass Lisa neben mir ging. Ich wusste, da war etwas, an das ich mich erinnern sollte.

Kurz bevor ich das Meer erblickte, wandte ich den Kopf und sah Lisa an und bemerkte, dass die Sandböschung neben ihr rot war. Ich wusste, das war eine Tür, ich ging hin und machte sie auf, und dann war ich im Zimmer, in Fräulein Jonnas Zimmer, in dem wir schliefen.

Ich dachte, ich müsse aufgewacht sein, denn ich sah die drei andern. Aber dann sah ich auch mich selber, ich sah Peter von außen in seinem Bett, in meinem Bett, und da wusste ich, das war ein Traum.

Ich ging oder schwebte eher zu Conny, sie schlug die Augen auf, und ich sagte zu ihr: »Du musst aufs Klo gehen«, und sie stand auf und ging raus und kam wieder und legte sich hin und schlief ein, und dann verblasste der Traum, und dann muss ich geschlafen haben.

Wir müssen alle vier früh wach geworden sein. Es war hell, aber aus der Küche oder dem Speisesaal kamen keine Geräusche, wir setzten uns auf.

Conny schlug die Decke beiseite.

»Alles trocken«, sagte sie. »Ich hab geträumt, dass Peter zu mir sagt, ich soll aufs Klo gehen.«

»Ich habe geträumt, ich gehe neben Lisa«, sagte ich, »am Strand, da war die Düne rot, und es gab eine Tür, da bin ich durchgegangen, und auf einmal war ich hier im Zimmer, ich habe uns alle vier gesehen, sogar mich selber. Dann habe ich zu Conny gesagt, sie soll rausgehen, pinkeln.«

Eine Weile war es still. Dann sagte Lisa: »Ich habe geträumt, ich gehe neben Peter. Am Wasser. Dann kamen wir an eine rote Tür. Peter ist hindurchgegangen.«

LISA UND ICH hatten aufgeräumt und saßen uns am Küchentisch gegenüber, die Assistenten waren nach Hause gegangen.

»Wie war das«, fragte sie, »in Connys Traum gewesen zu sein? Und in Lisas, also meinem? Zum ersten Mal?«

Ich blickte zurück. Die Erinnerung war klar. Sie war echt; nicht sie, sondern die mehr als dreißig Jahre, die dazwischen lagen, schienen unwirklich. Als wäre die Zeit selbst unwirklich.

»Es war wie mit unseren Päckchen«, sagte ich. »Wie mit dem Teilen des Spielzeugs. Im Traum eines anderen Menschen anwesend zu sein, bedeutet, etwas geteilt zu haben. Etwas ungeheuer Kostbares. Und dann war da noch etwas anderes. Das Erlebnis hatte was mit Freiheit zu tun.«

Sie hielt etwas in der geschlossenen Hand, sie öffnete sie. Auf der Handfläche lag eine kleine Plastikhülle, vier mal fünf Zentimeter groß, in der sich eine weiße zylindrische Kapsel befand, ungefähr so groß wie eine Vitaminpille.

»Wann musst du zu Hause sein?«

Wir sahen uns an. Ihre Frage war ein Projektor, der sein grelles Licht auf einen entscheidenden Unterschied unserer Lebensumstände warf.

In diesem Augenblick empfand ich meine Kinder wie eine physische Verlängerung meines Körpers.

Sie merkte es auch.

»Die Mädchen sind bei ihrer Mutter«, sagte ich.

»Ketalar«, sagte sie. »Bis in die achtziger Jahre wurde es bei der Anästhesie verwendet. Es hat einen muskelentspannenden Effekt. Nach einer Reihe von Versuchen wurde es aus dem

Verkehr gezogen. Es verursacht Bewusstseinsstörungen. Nach der Injektion einer halluzinativen Dosis hat das Bewusstsein den Eindruck, von einem Punkt am Hinterkopf aus in den Raum geschleudert zu werden. Der Effekt hält zwanzig Minuten an. Dies hier ist eine stark verdünnte Dosis. In Tablettenform fängt es nach einer Viertelstunde an zu wirken. Und der Effekt ist anders, gedämpft.«

Ich nahm ein halbes Glas Wasser. Ließ die Kapsel einen Moment lang im Mund.

Dann trank ich und schluckte sie.

Wir saßen auf unseren Stühlen. Die Scanner und alle Projektoren waren angeschaltet. Auf zwei Stühlen uns gegenüber saßen die Lichtkarten von uns selbst, von unsern Körpern, an den Wänden standen die hundert Menschen, die heute früh gescannt worden waren.

Mir wurde bewusst, dass wir allein im Gebäude waren.

»Wir sind allein«, sagte ich.

»Das ist die Wirkung. So fängt es an.«

Ich verstand sie nicht.

»Die Persönlichkeit jedes Menschen ist eine Firewall, eine Brandmauer gegen die Umgebung. Die meisten Halluzinogene lockern diesen Schutz oder lösen ihn auf. Wir wissen noch nicht, ob der Effekt real oder eingebildet ist, die Wissenschaft hat noch keinen Begriffsapparat, der einen entsprechenden Test ermöglichen würde. Oder zwischen Phantasie und Wirklichkeit unterscheiden könnte. Aber du fängst jetzt an zu erleben, dass du die Anwesenheit oder Abwesenheit anderer Menschen deutlicher wahrnimmst.«

Ich betrachtete die hundert Menschen an den Wänden.

»Horch in dich hinein«, sagte sie. »Wir begegnen andern Menschen nicht bei ihnen oder auf halbem Wege im Raum zwischen ihnen und uns. Wir begegnen anderen in uns selbst.«

Ich horchte in mich hinein. Zuerst merkte ich nichts. Dann traf mich auf einmal das Gefühl der hundert Menschen, die uns umgaben, wie ein Schlag.

»Was registrierst du?«, fragte sie.

»Leiden.«

Es war ein physisches Gefühl. Mein ganzer Körper zog sich zusammen.

»Das ist der Schmerzkörper. Sie sind alle hundert in einem Krankenhaus oder einer Klinik, wo sie wegen eines Leidens gescannt wurden. Oder wo der Verdacht bestand, dass sie ein Leiden haben. Dadurch wird der Tod für sie wirklicher. Wenn der Tod wirklich wird, rückt das physische Leiden näher. Diese Empfindung nenne ich Schmerzkörper. Du registrierst den Schmerzkörper dieser hundert Personen.«

Der nächste Wechsel kam ohne Vorwarnung. Von außen betrachtet gab es keine Veränderung im Blickfeld. Aber nach innen registrierte ich, dass die hundert Lichtkörper und die Persönlichkeiten dahinter näher rückten. Als pressten sie sich gegen mich.

»Sie kommen näher«, sagte ich.

»Nein«, sagte sie. »Sie sind die ganze Zeit da gewesen. Es verändert sich nichts. Was aber geschieht, ist, dass du es jetzt entdeckst. Die Nähe zu anderen entdeckst, die immer da ist.«

Eine Barriere zerbrach. In einer Reihe von Schlägen, die meinen Körper und mein Hirn durchfuhren, fluteten Bilder vom Alltag anderer Menschen, fremder Menschen durch mich hindurch. Ihre Wohnungen, ihre Häuser, Toiletten, Gerüche, ihre Nacktheit, ihre Kinder, Männer, Frauen, Hunde.

Mein Körper reagierte mit spontanem Widerwillen gegen diese aufgezwungene, überwältigende Intimität. Ich wollte mir die Brille abreißen. Da legte sich eine Hand auf meinen Arm. Lisa stand neben mir.

»Einen Moment noch«, sagte sie, »noch einen Schritt.«

Ich entspannte mich. Die Bilder verschwanden nicht. Aber jetzt trieben sie ohne nennenswerten Widerstand durch mich hindurch.

»So ist's besser«, sagte sie. »Schmerz an sich ist in Ordnung. Aber Schmerz plus Widerstand wird zu Leiden.«

Sie stand gleich neben mir. Aber ihre Worte kamen von weit her.

Die nächste Welle war zunächst unbegreiflich. Sie war grau. Es war nicht zu sagen, ob es Bilder waren oder eine Atmosphäre, vielleicht sowohl als auch. Es kam zuerst langsam wie eine Tsunamiwelle, die noch weit entfernt war, oder eine Sonnenfinsternis. Die Welle und der Schatten waren zunächst nur wie ein schmaler Rand.

Nach den ersten Bildern konnte ich gerade noch denken: Das hier ist der Zweite Weltkrieg.

Dann riss mich die Welle um.

Ich glaube, ich muss geschrien haben. Die Projektoren erloschen.

Sie muss sie ausgeschaltet haben. Das elektrische Licht ging an.

»Was war denn das«, sagte ich.

Sie hatte ihren Stuhl herangerückt.

»Das waren Bilder aus dem Zweiten Weltkrieg«, sagte ich. »Häuser, Ruinen, Orte, Gesichter, Vernichtungslager. Ich habe keine persönliche Beziehung zum Krieg, er war ja zu Ende, lange bevor ich geboren wurde. Wo kommen diese Bilder her?«

Sie antwortete nicht. Ich wollte hier weg.

»Können wir nicht einen Kaffee trinken?«, fragte ich. »In der Stadt?«

»Nein«, sagte sie.

Der Boden schwankte unter meinen Füßen.

Dann lachte sie.

»Ich mag keinen Kaffee. Aber Tee ist okay.«

WIR TRANKEN TEE in einem Café in Aarhus, am Fluss, unter einem Kastanienbaum. Es war kalt, aber ich konnte nicht drinnen sitzen. Ich wollte nicht unter Menschen sein.

Ich spürte keinen physischen Effekt vom Ketalar. Zu keinem Zeitpunkt. Was ich erlebt hatte, hatte mit dem Medikament nichts zu tun. Was sich hier gezeigt hatte, war eine zuerst überrumpelnde und dann schreckenerregende Seite der Wirklichkeit.

»Was ist da genau passiert«, fragte ich. »Das war keine Halluzination, das hatte nichts mit der Tablette zu tun, das hat sich wirklich angefühlt, was war das?«

Sie beugte sich vor und strich ganz langsam über meinen Arm, vom Ellbogen bis zu den Fingerspitzen.

»Gib acht auf deine Hautoberfläche. Du fühlst, dass du innerhalb der Hautoberfläche wohnst. Das ist etwas, was wir alle fühlen. Die Haut ist die äußere Grenze unserer Persönlichkeit. Sie ist die unvermeidliche und notwendige Barriere zwischen Menschen. In dem Augenblick, als wir darauf kamen, die Scannings zu sammeln, sie durch einen Projektor zu schicken und mit dem Patienten ein Gespräch einzuleiten, während das Scanning stattfand, in dem Augenblick machten wir einen ersten Schritt durch die Barriere. Wir öffneten die Hautoberfläche visuell. Wir machten es den Menschen möglich, in sich selbst hineinzuschauen. Und gleichzeitig in die anderen hineinzuschauen, während sie mit ihnen kommunizieren. Indem wir anfingen, der Beschreibung der Patienten ihres eigenen Inneren, ihres Gefühlslebens und ihrer Körperwahrnehmungen einen graphischen Ausdruck zu geben, sind wir noch einen Schritt weitergegangen. Wir haben das Gefühlsleben und die biologischen Prozesse sichtbar gemacht. Wir haben die Firewall zwischen den Menschen durchlässig gemacht. Mit einer geringen Dosis Ketalar schwächen wir die Abschirmung, von der die Hautoberfläche ein Teil ist, zusätzlich ab.«

»Aber was passiert denn dann?«

»Dann wird der tiefere, zwischenmenschliche Kontakt, der immer da ist, allmählich spürbar. Vielleicht ist es das, was passiert.«

Es war viel Licht in der Luft, es war Frühjahr, kühl, Menschen eilten an unserm Tisch vorbei.

Ich saß in einem Grenzland. Auf der einen Seite sah ich die Passanten wie voneinander Getrennte. Die meisten waren fremd füreinander. Und für mich. Aber gleichzeitig gab es, direkt neben dieser Wirklichkeit, eine andere. In der sie alle zusammenhingen. In der ich die ganze Stadt wie von pulsierenden Feldern des Zusammenhangs durchzogen wahrnahm.

»Vielleicht ist es die Sprache«, sagte ich, »die gemeinsame Sprache, die wir sprechen; ich habe mich immer über die Verbindungskraft der Sprache gewundert. Sie ist überall anwesend, aber unsichtbar, wie die Luft, die wir einatmen. Oder vielleicht eher wie Blut, wie ein unsichtbares Blut, das uns in *einem* großen Sprachkörper verbindet.«

Sie sagte nichts.

»Warum der Zweite Weltkrieg«, fragte ich. »Woher kommen die Bilder? Er ist doch seit Langem vorbei, wo kommen die Bilder her, sie waren lebensecht, echter als ein Film, es war, als würde, was ich da gesehen habe, in der Klinik stattfinden.«

Sie hatte ein paar Münzen für unsern Tee auf den Tisch gelegt, während ich gesprochen hatte, und wollte aufstehen.

Ich fasste sie am Arm. Jedes Mal, wenn wir zu den wichtigen Fragen kamen, wich sie aus.

Mein Griff muss fester gewesen sein, als ich dachte. Sie richtete sich auf, dann beugte sie sich zu mir herunter, und in ihren Augen war ein gefährlicher Ausdruck, den ich noch nie bei ihr gesehen hatte. Oder jedenfalls in den letzten dreißig Jahren nicht.

»Lass mich los«, sagte sie leise.

Ich ließ sie los.

»Was wir betreiben, ist Wissenschaft.«

Sie sprach immer noch leise.

»Du erwartest Antworten. Antworten verschließen die Wirklichkeit. Fragen öffnen sie. Ich habe diesen Versuch ein paar Mal unternommen, nicht sehr oft. Aber bis heute nur mit mir selber. Jedes Mal hab ich das erlebt, was du erlebt hast. Zuerst kommt das Leiden. Nach einer Weile fand ich heraus, dass es die konkrete Situation der Gescannten betrifft, es ist der Schmerzkörper, der kollektive Schmerzkörper. Danach kommt das Gefühl, dass die Menschen auf und in dich eindringen. Das ist der Augenblick, in dem du anfängst, deine eigene Firewall fallen zu lassen. Und entdeckst, dass wir Menschen immer auch unter der Hautoberfläche des andern sind. Danach kommen zuweilen, wie bei dir, Bilder, die scheinbar nichts mit der konkreten Situation zu tun haben. Bilder von Kriegen, aus fernen historischen Epochen. Manchmal dramatische, manchmal banale Bilder. Manchmal können Zeit und Ort bestimmt werden. Dann wieder sind sie unbestimmbar. Arbeiter auf einem Feld. Eine Wüstenlandschaft. Ein Bergmassiv.«

»Wo kommen sie her?«

»Vielleicht ist das Bewusstsein auch kollektiv. In uns, hinter unserer eigenen Firewall, erhalten wir ein Gefühl der Individualität aufrecht. Wenn wir anfangen, diese Verschalung zu lockern, fangen wir auch an, die anderen zu spüren. Die Erfahrungen der anderen. Fangen wir an, uns einer eigentlichen Begegnung mit anderen zu nähern. Fangen wir an zu verstehen, was uns eine solche Begegnung kosten wird. Dieses Erlebnis ist erschütternd. Vielleicht verhält es sich so.«

Wir betrachteten die Menschen, die vorüberströmten. Auf dieser Seite des Flusses. Und auf der andern. Und die Menschen, die auf den Caféterrassen saßen. Die Menschen hinter den Fenstern der Häuser.

»Was spürst du«, fragte ich, »wenn du die Menschen betrachtest?«

»Leid.«

Die Antwort kam ohne jedes Zögern.

»Warum Leid?«

»Wegen der Einsamkeit. Der Erfahrung, von der Welt getrennt zu sein. Von den Menschen.«

»Aber sieh mal, die eng umschlungenen Paare. Die Eltern, die mit ihren Kindern eingekauft haben. Die Freunde. Mütter mit Neugeborenen im Kinderwagen. Ein Junge mit seinem geliebten Hund. Das kann nicht alles Leid sein. Kann es nicht einfach deine eigene Einsamkeit sein, die du verspürst?«

Zum zweiten Mal merkte ich, wie der Zorn in ihr aufstieg. Ja, er wurde so stark, dass er die ganze Stadt zu umfassen schien.

Dann holte sie tief Luft, und das Gefühl verblasste. Sie lächelte. Wie die Sonne, von der sich die Wolken verzogen hatten.

»Wir sind mindestens zwei«, sagte sie. »Du weißt doch noch, was du mir gesagt hast. Dass Menschen sich nie begegnen. Niemals. Also, was das Gefühl der Einsamkeit angeht, sind du und ich jedenfalls nicht allein.«

Sie lachte und hakte sich bei mir unter. Wir machten uns auf den Weg.

Einen Augenblick lang erlebte ich ihr Lachen wie eine Öffnung, wie einen Tunnel, der weit in ihr Wesen hineinreichte.

»Beim nächsten Mal«, sagte sie, »kannst du deinen Bruder mitbringen.«

DIE MUTTER DER Mädchen war damit beschäftigt, ihren niedrigen weißen Holzzaun zu streichen. Ich stellte mich hinter sie.

»Die Polizei patrouilliert stündlich am Institut, und zwar vierundzwanzig Stunden am Tag; das ist eine Absprache mit dem Wirtschaftsministerium«, sagte sie. »Und in den letzten Monaten steht auch immer ein Wagen dort. Man fürchtet Industriespionage. Dort findet eine Art fortgeschrittene medizinische Forschung statt. Wird von einer Frau geleitet, Lisa Skærsgård. Als sie sieben war, verlor sie ihre Eltern bei einem Verkehrsunfall, sie wuchs bei einem Onkel und einer Tante auf. Sie leitet übrigens nicht nur das Institut für Bildgebung. Sondern auch alle anderen Institute. Es heißt Zentrum für Neuropsychologie. Zweihundert Angestellte. Samt einer affilierten großen technischen Abteilung, die zum Technologischen Institut gehört und Verbindung zu Dänemarks Technischer Universität hat. Jede Information darüber ist klassifiziert und vertraulich. Sie ist die Direktorin des Zentrums. Und Professorin.«

Sie strich den Zaun zügig, sorgfältig und entspannt zugleich. Bewundernswert.

»Heute habe ich Bilder aus dem Zweiten Weltkrieg gesehen«, sagte ich. »Innerlich. Tragen wir den Zweiten Weltkrieg in uns?«

Die Sonne schien. Um die Rosen hinterm Zaun summten die Bienen herum.

»Der Krieg ist nie verarbeitet worden. In Deutschland schon gar nicht. Die Frage ›Vati, was hast du im Krieg gemacht?‹ ist nie allgemein gestellt worden. Wenn Kriegstraumata nicht bearbeitet werden, wenn sich die Gesellschaft nicht kollektiv fragt, was damals geschehen ist, wenn man Opfer und Henker nicht zusammenbringt und einen Dialog etabliert, wandern die Traumata von den Eltern auf die Kinder und Kindeskinder über sieben Generationen weiter. Das sind zweihundert Jahre. So lange werden die Narben des Weltkriegs bestehen, an irgendeiner Stelle.«

Wir hörten die Mädchen auf der andern Seite des Hauses, wie sie auf dem Trampolin sprangen.

»Massensterben«, sagte sie, »dass Menschen ein Massensterben verursachen, ist ein Phänomen, das erst hundert Jahre alt ist. Vorher schafften das nur Epidemien, Hunger und Naturkatastrophen. Es wird nicht viel darüber gesprochen. Aber ich habe mich so manches Mal gefragt: Wie ist das möglich?«

Es war, als kämen die Toten zum Vorschein, unter uns, auf dem Bürgersteig.

»Es sind hundert Millionen«, sagte sie. »Hundert Millionen von uns sind in Kriegen und durch die Folgen von Kriegen und Terror in den letzten hundert Jahren umgekommen.«

»Wenn man in das gemeinsame menschliche Bewusstsein blicken könnte«, sagte ich, »und wenn man durch diesen Blick auch den Anblick des Leids auf sich nehmen müsste, wenn man also die hundert Millionen Tote direkt sähe und spürte – was dann?«

»Ich würde alles versuchen, das zu vermeiden.«

Als ich wieder bei mir zu Hause war, blieb ich erst einmal stehen.

Ich schaute in die Küche und ins Wohnzimmer. An dem

Tisch, an dem ich mit den Mädchen aß, wenn sie bei mir waren, standen vier Stühle. Seit der Scheidung blieb der vierte Stuhl leer.

Das erste Jahr war schwierig. Nicht nur, weil die Liebesbeziehung zu Ende war, sondern auch, weil die Familienstruktur zusammengebrochen war. Die unüberwindliche Schwierigkeit für einen Mann, die Leere des vierten Stuhls zu füllen.

Damit war Angst verbunden gewesen.

Jetzt, wie ich hier stand, merkte ich, dass die Angst nachgelassen hatte. Mir kam es vor, als wären die Kinder und ich, jeder von seiner Seite aus, expandiert.

Und schließlich hatten wir den vierten Stuhl ausgefüllt.

ICH HOLTE SIMON im Krankenhaus Frederiksberg in Kopenhagen ab und fuhr mit ihm nach Jütland.

Sie hatten ihn aus Nykøbing in die geschlossene Abteilung überführt. Als ein Gutachten bestätigte, dass er keine Gefahr mehr für sich selbst darstellte, kam er in die offene.

Er war gerade dabei, sich von den anderen Patienten zu verabschieden, als ich kam, es dauerte ein Weilchen. Ein junger Arzt trat auf mich zu.

»Es fällt uns schwer, ihn zu verlieren«, sagte er. »Er war ein Gewinn für die ganze Abteilung. Er hilft den anderen Patienten und muntert sie auf.«

Am Abend kamen wir an, ich kochte eine Suppe und machte sein Bett.

Er aß fast nichts. Als er sich hingelegt hatte, setzte ich mich auf die Bettkante.

Es war dunkel, wir unterhielten uns leise, wie damals als Kinder.

»Maria ist tot«, sagte er.

Ich wollte seine Hand nehmen. Aber ich konnte nicht.

Als wir Kinder waren, haben wir uns, wenn wir unterwegs waren, an den Händen gefasst. Die Kindergärtnerinnen machten mit uns Spaziergänge, lange Spaziergänge, länger als was man Kindern heute zumuten würde, manchmal sind wir bis zum Südhafen gelaufen. In eine Welt schwarzer Kohlenberge, gehüllt in den Duft unbekannter Chemikalien, durchdrungen vom Lärm der Kräne und fremder Maschinen.

Simon und ich haben diese Welt Hand in Hand betreten. Nun war Maria tot. Und nun war es mir erst nicht möglich, seine Hand zu nehmen.

Dann tat ich es doch.

Auf seiner Handfläche war Hornhaut. Damals war die Haut so glatt, einfarbig und perfekt gewesen, dass es mir aufgefallen war. Jetzt war sie rau.

»Am schlimmsten«, sagte er, und seine Stimme wurde noch leiser, »am schlimmsten ist, dass ich nichts mehr fühle. Ich spüre keine Liebe mehr zu den Kindern.«

Eine Erinnerung nahm Gestalt an, wie eine Verdichtung des Mondlichts: Im Kindergarten war das Trinkwasser rationiert. Wahrscheinlich um den Strom der Kinder zu regulieren, die ständig zum Wasserhahn im Wirtschaftsraum liefen.

Das heißt, wir hatten oft ziemlichen Durst.

An einem Tag im Sommer hatte ich geschwitzt und getrunken und war von Fräulein Christiansen, die die Aufsicht hatte, aus dem Wirtschaftsraum geschickt worden. Und ich traute mich nicht, wieder zum Wasserhahn zu gehen.

Da kam Simon aus dem Wirtschaftsraum. Seine Backen waren gebläht, seine Lippen zusammengepresst, seine Augen funkelten. Er hatte nicht geschluckt, er hatte getrunken und am Ende nicht mehr runtergeschluckt, er hatte den Mund voller Wasser.

Er beugte sich zu mir herunter, ich saß im Sandkasten. Er hielt mir das Gesicht entgegen und presste seine Lippen auf meine. Aus seiner offenen, weichen Mundhöhle rann das noch kühle Wasser in meinen Mund.

Daran musste ich denken, wie er hier lag und dem Schlaf entgegendämmerte.

Er atmete aus. Dann schlief er ein.

Ich blieb bei ihm sitzen und lauschte seinen Atemzügen. Sie waren unregelmäßig und unruhig.

Ich legte meine Hand auf seinen Brustkorb und schüttelte ihn ganz vorsichtig. Wie ich es mit meinen eigenen Kindern gemacht hatte, wenn sie einschlafen sollten. Sein Atem wurde ruhiger. Ich hatte es bei Erwachsenen gesehen, die auf einem Schiff oder in einem Auto schliefen, dass das leichte Schwanken den Schlaf vertiefte. Vielleicht weil es uns in vorgeburtliche Zeiten zurückbringt, in die Gebärmutter. Zurück zum Kontakt mit dem Herzschlag und den Bewegungen eines anderen Menschen.

Er schlug die Augen auf.

»Ich habe sie eingeatmet«, sagte er. »Ich war da, als sie starb, und ich habe sie eingeatmet.«

Dann lächelte er.

Von allen Menschen auf der Welt konnte nur ich dieses Lächeln verstehen. Ich und Lisa.

An einem der letzten Tage auf Carlsberggården sahen wir, wie ein Reh totgefahren wurde.

Wir waren in der Eisdiele gewesen und hatten ein Eis bekommen, zweimal die Woche gab es Eis. Wir gingen auf einem Weg, der sich an der asphaltierten Straße entlangzog, Simon, Lisa und ich waren immer weiter zurückgeblieben.

Da kam ein Auto. Damals gab es viel weniger Autos als heute, wenn mal eines vorbeifuhr, blieb man stehen und sah ihm hinterher.

Es war ein schwarzer Volvo.

Als er fast auf unserer Höhe war, lief das Reh über die Fahrbahn.

Zum Bremsen war es zu spät, der Wagen rammte das Reh und schleuderte es ins Gras auf der anderen Straßenseite.

Zwei ältere Leute stiegen aus, ein Mann und eine Frau, der Mann ging ganz steif, wahrscheinlich stand er unter Schock.

Die Frau legte die Hand auf das Tier.

»Es ist tot«, sagte sie.

»Wir müssen die Polizei anrufen«, sagte er.

Dann setzten sie sich ins Auto und fuhren weiter.

Sie hatten uns nicht gesehen. Der Weg, auf dem wir standen, war von der Straße durch eine Reihe von Bäumen und Büschen abgeschirmt.

Als der Wagen weg war, bewegte sich drüben das Unterholz, und langsam wagte sich ein Kitz hervor und stakste zu seiner toten Mutter.

Wir waren mucksmäuschenstill und bewegten uns nicht. Das Kitz bemerkte uns nicht.

Dann fing es an, an seiner Mutter zu schnüffeln.

Es begann an den Hufen der Hinterbeine und arbeitete sich allmählich weiter vor.

Es ging systematisch vor.

Es war keine Untersuchung, das merkten wir. Es wusste, die Mutter war tot, dazu brauchte es keine Untersuchung.

Das Kitz atmete die Mutter ein, das war es. Um so viel wie möglich von ihr mitzunehmen.

WIR WAREN VOR sieben an der Klinik, Lisa und ihre Mitarbeiter hatten schon alles vorbereitet. Im Raum standen drei Stühle, die einander zugewandt waren, dort würden Lisa, Simon und ich sitzen, schräg hinter dem einen Stuhl stand noch ein anderer. Auf ihm würde Simons Lichtgestalt, die Karte seines Inneren, erscheinen.

Sie gab ihm die Hand, in ihrem Gesicht suchte er vergeblich nach einem Zeichen, dass sie ihn wiedererkannte. Dann akzeptierte er die Situation, wie sie war. Ich hatte ihn darauf vorbereitet.

»Du hast mich gerettet«, sagte er. »Als wir Kinder waren. Einmal bist du mit mir in meine Albträume gegangen, das hat mich gerettet. Ist das hier das Gleiche?«

»Vielleicht.«

Die Assistenten halfen uns in unsere Kittel, wir nahmen Platz; Rollläden, Vorhänge und Wand schlossen sich.

»Das hier«, sagte Lisa, »ist der steile Weg. Andere Wege sind einfacher: Glückspillen, kognitive Therapie. Oder einfach weiterleben wie vorher.«

»Hab ich alles probiert«, sagte er. »Wirklich alles. Das hier ist die letzte Chance.«

»Du wirst dir selber begegnen. Bist du bereit dazu?«

Er sah uns nacheinander an.

»Gehst du mit mir?«, fragte er.

Sie nickte.

»Und Peter?«

Ich nickte.

Er neigte den Kopf.

Sie stand auf, sie trug ein Tablett aus Aluminium mit einer Injektionsspritze, Ampullen und einem Stück Gummiband. Sie erklärte ihm kurz die Wirkung von Ketalar und wie klein die Dosis war, dann krempelte sie ihm den Ärmel hoch, wickelte ihm das Gummiband um den Arm, zog den Inhalt der Ampulle in die Spritze hoch, suchte nach einer Vene und injizierte. Wiederholte die Prozedur bei mir. Und bei sich selbst.

Die Scanner starteten mit einem tiefen Brummen. Die Lichtgestalt kam zum Vorschein. Sie erklärte Simon die MRT-Scannings. Das EEG wurde angeschaltet. Rund um Simons Hologramm erschien das Regenbogenlicht.

»Wie erlebst du dich selbst«, fragte sie.

»Ich habe Schwierigkeiten, meinen Körper zu fühlen.«

Sie berührte die Tasten, das Hologramm wurde unbestimmter. Die bildliche Reflexion seines mangelnden Körpergefühls.

»Ich habe vor etwas Angst, das sozusagen unter mir ist«, sagte er, »wie ein graues Loch, ein Abgrund, ich habe Angst davor, da runtergezogen zu werden.«

Sie drückte auf eine Taste, die Lichtgestalt wuchs.

»Wir vergrößern jetzt«, sagte sie.

Das Hologramm war jetzt fünf Meter hoch. Das war neu für mich, die früheren Scanningbilder hatten immer die gleiche Größe wie die gescannte Person.

Wir saßen der vergrößerten Wiedergabe von Simons Körper direkt gegenüber.

»Was würde denn passieren, wenn du hinuntergezogen würdest«, fragte sie, »in das graue Loch?«

Er zögerte. Dann schüttelte er den Kopf.

Es war, als täte sich der Boden unter der blauen Gestalt vor uns auf. Das musste eine Kombination aus dem, was wir sahen, und der Wirkung des Ketalars sein.

Lisa erhob sich.

»Wir stehen auf«, sagte sie zu mir. »Und betreten Simons Bewusstsein.«

Wir erhoben uns alle drei. Das Lichthologramm erhob sich auch. Wir machten alle drei ein paar Schritte nach vorn und traten in das blaue Licht ein.

Im selben Augenblick veränderte sich die Wirklichkeit. Die ersten Schritte machte ich noch in der normalen Wirklichkeit. Kabir und die beiden andern Assistentinnen standen am Rechner, vor mir hatte sich Simon vor der gigantischen Vergrößerung seines eigenen Körpers aufgestellt. Wir drei gingen auf den Lichtkörper zu.

In dem Moment, in dem ich das blaue Licht erreichte, löste sich die äußere Wirklichkeit auf. Wände, Boden und Decke, Schalttafel und Assistenten verschwanden.

Oder richtiger: Sie verblassten. Denn sie waren noch da, aber als etwas Flüchtiges, wie der äußere Rand eines Traums. Das Wirkliche, das Handgreifliche, waren in diesem Augenblick Lisa und Simon. Und vor allem das blaue Licht, die Scanningkarte.

Sie hatte sich verwandelt, sie war nicht mehr bloß eine Karte. Es war eine verdichtete Atmosphäre chaotischer Gefühle, Gedanken und physischer Wahrnehmungen.

Ich hatte den Eindruck, direkt in einen anderen Menschen hineinzugehen, in Simon.

Und gleichzeitig wusste ich, dass ich mit dieser Erfahrung nicht allein stand. Es war nicht meine alleinige Wahrnehmung. Simon und Lisa erging es genauso.

»Was ist das?«, fragte ich.

»Das wissen wir noch nicht«, sagte sie. »Manchmal geschieht es, manchmal nicht. Wir glauben, es ist eine Summe von Faktoren. Die Holographie öffnet den Gesichtskreis, das Ketalar dämpft die Firewall. Und unser Kontakt miteinander, der die gefühlsmäßige Vereinzelung aufbricht. Diese Faktoren, und vielleicht noch einige andere, führen das Gefühl herbei, das Bewusstsein eines andern Menschen betreten zu können.«

Ich spürte Simons Hand. Er hatte meine Hand ergriffen. Und Lisas Hand.

»Ich habe Angst«, sagte er.

Schritt für Schritt gingen wir ins Licht.

Zuerst war es nicht nötig zu sprechen. Wir fühlten alle, was Simon fühlte. Zum ersten Mal in meinem Leben merkte ich, wie es war, ein anderer zu sein.

Allerdings wurde man eine Empfindung nicht los. Ein Unbehagen. Der Mensch, dessen Bewusstsein wir betreten hatten und der Simon war, war in diesem Augenblick eine große Kontraktion der Angst. Man hatte das Gefühl, als befände man sich in einem einzigen qualvollen Krampf. Ja, als wäre man selbst ein qualvoller Krampf.

»Versuch zu entspannen«, sagte Lisa. »Du hast es trainiert, du weißt, wie man den Körper entspannt.«

Er versuchte es. Sein Atem ging kurz und schnell, ich spürte es körperlich, als nähme ich meine eigenen Atemzüge wahr.

»Jetzt kommt der Abgrund«, sagte er.

Dann ging alles sehr schnell. Das Unbehagen verdichtete sich stark. Unsere Atemzüge wurden kürzer und flach, das Gefühl drohenden Erstickens stellte sich ein. Der Puls ging so schnell und angestrengt, dass mich der Gedanke beschlich, es könnten die Anzeichen eines Herzinfarkts sein.

Dann tat sich der Abgrund auf. Die Lichtfigur verlor ihr Fundament, der Boden verschwand. Und zugleich war unsere Sicht derart gestört, dass das Erlebnis kein klares visuelles Bild genannt werden konnte. Es war eher die überwältigend intensive räumliche Angst, verschluckt zu werden.

»Ganz an den Rand.«

Das war Lisas Stimme. Und doch wieder nicht. Es hätte auch Simons sein können. Oder meine.

Wir standen am Rand des Abgrunds.

Die Welt hatte keine Farben mehr, sie waren ins Grau des Abgrunds hinabgesogen worden.

»Was ist das hier?«

Simon hatte gefragt. Aber er hatte auch in meinem Namen, im Namen aller gefragt.

»Eine Depression«, sagte sie.

Die Antwort kam von Lisa. Aber wir hatten sie schon alle formuliert, ehe sie gegeben worden war.

Wir hielten uns an den Händen. Das Grau nahm Gestalt an. Es wurde zu einem verlassenen Kind. Ich sah ein kleines Kind vor mir, das allein zurückgelassen auf einem nackten Fußboden liegt. Und ich sah es nicht nur, im selben Augenblick wurde ich selbst zu diesem Kind.

Ich sah sein Gesicht. Es war Simons kleine Schwester Maria. Neben ihr sah ich Simon. Wie sie aussahen, als ich sie kennenlernte. Aber hier waren sie allein. Verlassen.

Vage wusste ich, dass das, was ich sah, tatsächlich geschehen war. So hatten sie gelegen, wenn ihre Mutter nicht bei Bewusstsein war. Oder wenn sie ganz alleine waren. So hatten sie gelegen und geweint, und keiner hatte sie gehört. Und schließlich hatten sie aufgehört zu weinen.

Es war ein ganz kurzer Moment, in dem ich die Szene vor Augen hatte. Dann verdoppelten sich die Kinder. Wir sahen in oder auf eine Gruppe von Kindern, sie wuchsen zu einer Menge an, und während die Anzahl zunahm, nahm auch das Leid zu, und ich merkte, dass wir uns einem Punkt näherten, an dem der Mensch nicht mehr existieren konnte, wir näherten uns dem Irrsinn.

Plötzlich spürte ich einen Ruck im Körper, Lisa stieß uns zurück. Wir taumelten rückwärts, wir entfernten uns vom Abgrund und aus dem blauen Licht.

WIR SASSEN AUF den Stühlen. Simon hob seinen Arm und schaute ihn verwundert an, der Arm zitterte und war nicht zu kontrollieren.

Wenn ich meinen Arm gehoben hätte, hätte er genauso gezittert.

»Warum«, fragte er, »warum zittere ich so?«

»Wir haben am Rand des Unbewussten gestanden«, sagte sie. »Das bekommt man nicht umsonst.«

»Ich habe gesehen, wie ich jemanden im Stich gelassen habe«, sagte er. »Mich selbst und andere. Jedes einzelne Mal hab ich gesehen.«

Wie er jetzt sprach, so hatte er als kleines Kind gesprochen, ich weiß es noch.

Ich meine damit nicht, dass seine Stimme oder Sprache kindlich war, ganz und gar nicht.

Es war seine Aufrichtigkeit, die die eines Kindes war. So ist er als Kind gewesen. Er ist vollkommen offen gewesen. Viele Jahre später, als ich eine Sprache dafür hatte, verstand ich, dass er damals zuweilen die Offenheit selbst gewesen war.

Eine Offenheit, die Kinder und Erwachsene betraf. Kein Kind im Kindergarten oder in Christianshavn hatte Simon jemals geschlagen, nicht einmal gehänselt. Es wäre nicht möglich gewesen.

Und oft, ich weiß es noch wie heute, bekam ich mit, wie die Erwachsenen ihn so merkwürdig angesehen haben. Als gäbe es da etwas, das sie nicht verstanden.

Als sähen sie in die Offenheit, die er darstellte, und als hätte dieser Blick etwas leicht Erschütterndes für sie.

Diese Offenheit war durch die Zeit und das Schicksal und die Wirklichkeit verschlossen worden.

Doch jetzt, kurz nach dem Selbstmordversuch, war sie wieder gegenwärtig.

»Was geschieht«, fragte er, »wenn man ihn betritt? Den Abgrund? Das Unbewusste? Wenn man sich fallen lässt?«

»Das habe ich nur bei wenigen Menschen erlebt«, sagte sie, »bei ganz wenigen Menschen. Einige waren verändert, als sie zurückkamen, völlig verändert.«

»Und die andern?«

Sie schaute auf den Boden, dann sah sie ihm direkt in die Augen.

»Die sind nie zurückgekommen.«

Man hatte uns etwas zu trinken gegeben, ich weiß nicht mehr, ob es kalt oder warm war, die äußere Welt kehrte zurück, aber nur langsam.

»Du hast uns gerettet«, sagte Simon zu Lisa, »du hast mich und meine Schwester Maria gerettet, als wir klein waren. Unsere Mutter war gestorben, und ich hatte Albträume, ich konnte nicht schlafen, aber du hast entdeckt, wie man in die Träume hineingelangt. Das muss man sich mal vorstellen, dass du das geschafft hast, du warst doch erst sechs! Wir haben alle mitgeholfen, aber die Idee war deine! Wir waren die störrischen Kinder. Die nicht schlafen konnten.«

Er lächelte bei der Erinnerung.

Dann verschwand sein Lächeln, und er wurde ganz ernst wie damals als Kind. Immer war über sein offenes, glattes Gesicht ein Ausdruck geglitten, der exakt sein Inneres spiegelte. Wie wenn man auf eine Wasseroberfläche sieht, in der sich der Himmel spiegelt, und am Himmel und auf dem Wasserspiegel wechseln sich Wolken und Licht unablässig ab.

»Seltsam, dass du dich nicht daran erinnern kannst!«

Er blickte zu mir. Ich war derjenige, der für die zeitliche Abfolge zuständig war.

»Das war schon der dritte Schritt«, sagte ich. »Der erste war, als wir uns gegenseitig erzählten, wo die Züge hinfuhren. Als wir entdeckten, dass wir alle das Gleiche sahen, wenn einer anfing zu erzählen. Der zweite Schritt war, als wir Conny dabei halfen, nicht mehr ins Bett zu machen, indem wir in ihren Traum eintraten. Deine Albträume waren der dritte Schritt.«

»Erzähl mal davon«, sagte Lisa.

Jetzt konnte ich wieder den Raum sehen, der uns umgab. Die Assistenten hatten uns Stühle hingestellt, wir setzten uns.

»Im Ferienlager schliefen wir mit Conny im selben Zimmer«, sagte ich. »Physisch waren wir uns ganz nah. Was da auf dem Spiel stand, war nicht sehr viel. Simon war viel weiter von uns entfernt. Und was da auf dem Spiel stand, war ... viel mehr.«

»Unsere Mutter starb«, sagte Simon. »Sie bekam Brustkrebs

und war neun Monate später tot. Also kamen wir zu unserem Vater. Er war Pole. Als wir klein waren, haben wir ihn höchstens fünfmal gesehen. Er wusste nicht, wie man Butterbrote schmiert. Du und Peter, ihr habt eure Schnitten mit mir und Maria geteilt. Wenn wir aßen, saßen wir vor dem Bild mit dem Dschungel. Beim Essen bin ich immer eingeschlafen. Wegen meiner Albträume. Da hast du uns erklärt, wie wir in den Dschungel hineingehen sollten. In das Bild mit dem Dschungel. In der Nacht. In den Träumen. Bis wir ganz hinten an den See kamen. Dort würde eine Brücke sein. Die in Marias und meinen Traum führte. Und das stimmte. Es hat ein paar Tage gebraucht, aber es stimmte.«

»IM KINDERGARTEN WAREN wir von sieben Uhr morgens bis fünf Uhr nachmittags.

In der Mitte des Tages bekamen wir eine warme Mahlzeit, es gab eine Küche mit einer Wirtschafterin und einem Küchenmädchen, wir kriegten Spaghetti mit Hackfleisch oder Buletten oder Labskaus oder gebratene Scholle mit Petersiliensoße und am Nachmittag belegte Brote.

Das Essen war sorgsam zubereitet und reichlich. Alles im Kindergarten war sorgsam hergerichtet und sauber, wir standen am Anfang der Wohlfahrtsgesellschaft.

Bevor wir aßen, sangen wir ein kleines Lied, wie ein Tischgebet in Versform, am Nachmittag endete das Lied auf die Mettwurst so:

›... die mögen wir, die mögen wir,
die mit den weißen Pünktchen drin.‹

Für den Vormittag hatte jedes Kind sein eigenes Pausenbrot mit, auch Simon und Maria.

Bis ihre Mutter erkrankte und operiert wurde und sie eine Zeit lang beim Vater wohnten. Wenn er sie morgens ablieferte, hatten sie gewöhnlich kein Pausenbrot dabei. Oder er hatte ihnen eine Papiertüte mit Speckschwarten mitgegeben. Einmal hatten sie jeder eine rote Bockwurst dabei, nicht eingepackt, einfach so in der Tasche.

Lisa und ich teilten unser Brot mit Simon. Maria war in der Stube für die Kleinen, die aßen für sich, wir sahen sie nur auf dem Spielplatz.

Wir hatten immer unsere Butterbrotpakete geteilt. Das hatte schon angefangen, kurz nachdem wir uns kennengelernt hatten. Lisa hatte ihre Brotdose aufgemacht. Es war ein Aluminiumkästchen, Ärzte sterilisieren ihre Instrumente in so was, und darin befanden sich verschiedenartige Scheiben Brot und Brathähnchenstücke. Und ein grüner Käse, und zwar nicht ein grün gefärbter Schmierkäse oder so, nein, es muss, wie ich später herausfand, ein richtiger Alpenkäse mit frischen Kräutern gewesen sein, ein kleiner, harter Kegel, mit einem intensiven Geschmack, der mir unbekannt war. Und Oliven.

Lisa sagte: ›Willst du mal kosten?‹

Von da an haben wir uns immer zusammen hingesetzt und unsere Brotdosen gemeinsam geöffnet.

Lisa aß auch von unserm Pausenbrot. Obwohl es nur Roggenbrot war und mit gewöhnlicher Leberwurst mit Roter

Bete und Käse und einer Scheibe Fischfrikadelle belegt war, aß sie es.

Einmal hat Simon eine Bemerkung darüber gemacht: ›Dein Essen ist viel besser, aber du teilst trotzdem mit uns.‹

So wie er es sagte, war es kein Dank, sondern eine Feststellung, er wunderte sich.

›Das Essen schmeckt besser, wenn man es teilt, versuch's mal.‹

Wir kosteten. Ohne ein Wort zu sagen, bissen wir ab, Simon und ich, wir kauten und schluckten. Wahrhaftig. Es schmeckte besser, wenn wir teilten.

Diese Entdeckung hat mich seitdem immer begleitet. Ich weiß auch nicht, warum. Vielleicht gibt es eine physiologische Erklärung dafür, vielleicht werden die Speichelsekretion und die Durchblutung des Gaumens verstärkt, wenn man zu mehreren isst, vielleicht sind wir von der Evolution zum Teilen programmiert. Aber es ist eine Tatsache. Reicht man sein Essen einem anderen und der andere kostet, wird im selben Moment der eigene Appetit und die Freude am Essen verstärkt.

Aber wir mussten aufpassen. Das Essen zu teilen war ein Verstoß gegen die Regeln. Fräulein Christiansen mochte es nicht. Auch die meisten andern Fräulein nicht, also rückten wir eng zusammen, drehten ihrem Tisch, an dem sie Aufsicht hatte, den Rücken zu und schauten, wo sie ihre Augen hatte. Wenn sie wegguckte, tauschten wir schnell unsere Brote aus.

Wir hatte uns so gesetzt, dass wir auf den Dschungel schauten.

An der Schmalseite des Raums hatte Scherfig einen großen Urwald gemalt, bestimmt drei mal sechs Meter groß. Im Vordergrund standen Elefanten und Tapire, hinter ihnen begann der Dschungel, der sich geradezu in die Wand hinein ausdehnte.

Dass Hans Scherfig, der Schriftsteller, ihn gemalt hatte, wussten wir damals nicht. Das wurde mir erst Jahre später klar. Für uns war es eigentlich gar kein Bild. Es war eher ein wirklicher Dschungel.

In der ersten langen Zeit, nachdem Lisa, Simon und ich in den Kindergarten gekommen waren, sprachen wir gar nicht darüber. Aber bei jedem Mittagessen schauten wir uns den Urwald an, und im Stillen wussten wir, dass die beiden andern ihn auch anschauten. Und die meisten andern Kinder auch.

Anfangs sahen wir die Elefanten und Tapire, die großen Tiere im Vordergrund. Wir aßen, und dabei erforschten wir den Rand des Dschungels.

Ich weiß nicht, wie lange wir den Waldrand erkundeten, wir waren sechs Jahre alt, wir hatten nicht die gleiche Zeitempfindung wie die Älteren. Aber vielleicht ein, zwei Monate lang lebten wir in diesem Waldrand.

Dann fingen wir an, im Wald Reisen zu unternehmen. Nach wie vor ohne ein Wort darüber zu verlieren, drangen wir in den Urwald ein.

Wo wir die Affen entdeckten und einen Löwen. Blumen, die wir nie gesehen hatten. Dahinter die Spinnen. Und dahinter die violette Eidechse.

Schließlich erreichten wir den See. Hinter dem See verlor sich die Landschaft in einem grünen Dunst.

Eines Tages stand Simon auf. Beim Essen stand er auf und ging zum See und schaute ihn sich an.

Es war verboten, beim Mittagessen aufzustehen.

›Simon!‹, sagte Fräulein Christiansen.

Simon drehte sich zu ihr um. Ich weiß noch, wie offen sein Gesicht war. Es war fast keine Furcht darin zu bemerken.

Vielleicht kann ein Mensch so offen sein, dass sich nichts in ihm festbeißen kann, alles geht einfach durch ihn hindurch, sogar die Angst.

›Ich möchte sehen, was hinter dem See ist‹, sagte er.

Ich verstand auf der Stelle, was er meinte. Auch Lisa verstand es. Und Conny. Und die andern Kinder.

Die einzige, die nichts verstand, war Fräulein Christiansen.

Sie stand auf und trat zur Wand.

›Das ist ein Bild‹, sagte sie. ›Es ist an die Wand gemalt. Da ist nichts hinter dem See. Das ist ganz flach!‹

Dann schlug sie mit der flachen Hand gegen die Wand.

Man durfte den Dschungel nicht berühren, das hatte man allen Kindern eingeschärft. Und Fräulein Christiansen hatte ihn nicht nur berührt, sondern geschlagen!

Sie setzte sich wieder hin. Simon setzte sich wieder hin.

Schweigend aßen wir weiter. Allmählich kam der Raum wieder zu sich nach diesem Schock. Allmählich wurden die Geräusche der Teller und Milchkannen und Gläser und des Butterbrotpapiers wieder lauter.

Als der Lärm einen schützenden Schleier bildete, flüsterte Lisa:

›Hinter dem See sind noch mehr Tiere.‹

Wir schauten in den Dschungel. Wir sahen durch die Bäume und Lianen und das Unterholz und über die weiten Ebenen, über die wir in den letzten Wochen gereist waren. Wir sahen über den See, bis unsere Blicke das am weitesten entfernte Ufer erreichten.

›Nilpferde‹, sagte sie, ›da im Nebel.‹

Wir sahen die Nilpferde auch. Der Dunst lichtete sich, und wir sahen den Sumpf und die Nilpferde.

›Sie haben Junge‹, sagte Simon.

Wir sahen auch ihre Jungen.

Lisa schüttelte ihre Brotbox aus Aluminium, auf dem Boden lagen die Oliven. Anders als die schwarzen, die es hin und wieder bei uns gab, waren diese so leuchtend grün wie frisch gesprossenes Buchenlaub. Und sie hatten in Olivenöl gelegen, das Öl hatte ihnen einen Regenbogenglanz verliehen, wie hellgrüne Perlen leuchteten sie auf dem grauen Metall.

›Das ist nichts für Kinder!‹

Fräulein Christiansen stand auf einmal direkt hinter uns und schielte in die Brotbox.

Einen Augenblick lang rührten wir uns nicht.

Dann nahm Lisa den Deckel ihrer Brotbox und schloss sie mit einer Geste vollkommener Gehorsamkeit und Kapitulation.

Fräulein Christiansen bewegte sich zum nächsten Tisch.

Es sah aus, als schwebte sie. Die grün-weiß karierten Kleider der Fräulein waren lang, man konnte kaum ihre Beine sehen. Als Fräulein Christiansen einmal damit beschäftigt war, einige Kinder zurechtzuweisen, hatte ich mich von hinten angeschlichen, mich auf den Rücken gelegt und unter ihr Kleid geschoben.

Ich wollte herausfinden, ob sie ein Mensch war oder ein anderes Wesen.

Ich fühlte mich wie in einem Zelt. Von unten hatte ich an ihren Beinen hinaufgesehen, die wie zwei Säulen wirkten. Unten waren sie von langen weißen Strümpfen bedeckt, die schließlich die Knie erreichten und in eine Art Nylonstrümpfe übergingen, die ganz oben zu Hüfthaltern und Strumpfbändern wurden.

Es regte sich etwas in mir, ein intensives Feuer, ein großes Interesse. Wie auf unseren Reisen in den Dschungel fühlte ich in dem Augenblick den starken Drang, unter Fräulein Christiansens Kleiderzelt hinaufzuklettern, an ihren Beinsäulen empor, an dem Hüfthalter und den Strumpfbändern und der extremen Mystik weiblicher Architektur und Unterwäsche vorbei, und ihren Schlüpfer zu erreichen.

Aber dann kapierte ich, in welcher gefährlichen Lage ich mich befand, und arbeitete mich wieder ins Freie, unentdeckt.

Und jetzt, wo Fräulein Christiansen uns und der Brotbox mit den grünen Perlen den Rücken zudrehte, musste ich an den Tag denken, an dem ich ihr Kleid von unten erkundete.

Dann nahm Lisa den Deckel ab. Unsere Hände schnellten vor und schlossen sich um die grünen Perlen. Ließen sie in unsern Mündern verschwinden. Und Lisa legte den Deckel wieder auf die Box.

Während wir behutsam kauten und den Geschmack von frischem Gras, frischer Zitrone und aromatischem, sonnenverwöhntem Öl genossen und die unbeschreibliche Geschmackspalette erlebten, die Oliven für Kinder haben können, verstanden wir alle vier, wo unser Weg uns hinführte: Im gleichen Maße, wie wir die Erwachsenenwelt kennenlernten, bewahrten und erweiterten wir überall, wo diese Welt uns den Dschungel, die Brotbox, die Schlafenszeiten, das Trinkwasser verschloss, jene Welt, die nur für Kinder offen ist.

DER MITTAGSSCHLAF FOLGTE unmittelbar auf das Mittagessen. Die andern Kinder wurden hingelegt, wir saßen vor einem der Fässer.

Es muss im Herbst gewesen sein, es war noch warm genug, um draußen sitzen zu können, aber doch schon ein bisschen kühl.

›Simon‹, sagte Lisa, ›warum schläfst du immer ein beim Essen?‹

›Ich träume so schrecklich‹, antwortete er. ›Meine Mutter ist im Krankenhaus. Wir wohnen bei unserm Vater. Nachts träume ich, dass ich Maria nicht finden kann.‹

›Wir werden dir helfen‹, sagte Lisa. ›Wir besuchen dich in deinem Traum und trösten dich.‹

Sie sagte das, als ob wir davon redeten, zum Sandkasten zu gehen.

›Heute Nacht träumen wir alle zusammen vom Wald. Wir gehen hinein, an den Tieren vorbei, an der Eidechse, bis wir zum See kommen. Den lassen wir auch hinter uns. Wir gehen zwischen den Nilpferden hindurch. Auf der andern Seite liegt dein und Marias Zimmer.‹

In der Nacht erwachte ich und setzte mich in meinem Bett auf, ich war in meinem Zimmer in Christianshavn und machte die kleine Wandlampe an.

An der Wand klebte nicht die Tapete wie sonst, die mit den roten und schwarzen Autos. Stattdessen war dort der große Dschungel aus dem Kindergarten.

Da wusste ich, dass ich träumte. Dass ich die Aufgabe hatte, in den Urwald zu gehen.

Ich stand auf, der Boden war kalt, ich zog meine Hausschuhe an. In Hausschuhen und Schlafanzug ging ich in den Wald.

Ich träumte und sollte in den Wald gehen. Das war alles, was ich wusste.

Die Reise war wohlbekannt. Ich bin ja oft durch den Wald gegangen.

Die Tiere beobachteten mich, aber freundlich. Bäume und Blumen bewegten sich schwach.

Ich kam zum See, über den eine Brücke führte. Die Brücke war normalerweise nicht da, sie hatte mit meiner Aufgabe zu tun.

Auf dem anderen Ufer ging ich durch eine Sumpflandschaft. Da waren die Nilpferde. Es war klar, dass ich mich dem Ziel der Aufgabe näherte.

Aus der Sumpflandschaft trat ich in ein Zimmer.

Ich wusste, das war die Einzimmerwohnung von Simons und Marias Vater im Enghavevej. Obwohl ich nie da gewesen war.

Der Vater schlief auf dem Sofa. In einem Etagenbett schliefen Simon und Maria.

Im Zimmer stand Lisa im Nachthemd.

Da dachte ich an unsere Aufgabe. Und ich wusste, dass es uns gelungen war. Wir befanden uns in Simons Traum.

Wir hörten, wie er mit den Zähnen knirschte. Er bewegte sich unruhig und knirschte mit den Zähnen.

Es war ein unheimliches Geräusch. Er litt im Schlaf.

Wir traten zu ihm hin. Wir berührten ihn nicht, aber wir standen ganz dicht bei ihm.

Er spürte uns und schlug die Augen auf.

Es dauerte ein wenig, bis er es glauben konnte. Dann lächelte er.

Er setzte sich nicht auf. Er blieb einfach liegen und lächelte.

Dann redete er.

›Ich wünschte, ihr wärt meine Familie.‹

Lisa näherte sich noch etwas mehr und beugte sich über ihn.

›Das sind wir‹, sagte sie. ›Wir gehören alle drei zu deiner richtigen Familie.‹

Sein Gesicht entspannte sich, es wurde fast durchsichtig.

Dann sagte Lisa noch etwas.

›Wenn dir etwas passieren sollte‹, sagte sie, ›dann passen wir auf Maria auf. Dann sind wir ihre Familie.‹

Als sie das sagte, wurde sein Gesicht wirklich durchsichtig. Seine Augen schlossen sich, und er sank in den Schlaf zurück.

Im Zimmer waren nicht viele Sachen. Eine Kochnische. Ein Radio. Ein Tisch. Zwei Stühle. Ein paar von Simons und Marias Anziehsachen. Ein Petroleumofen. Ein Fernseher.

Ich wusste – mit dem Wissen eines Kindes, ohne Worte, ohne Begriffe –, dass in diesem Zimmer ein Mann, der mit Kindern keine Erfahrung hatte und in Dänemark ein Fremder war, dass er in diesem Zimmer versuchte, für Simon und Maria sein Bestes zu geben.

Ich drehte mich um und betrat den Urwald. Ich schaffte nur einen Schritt. Dann sank ich weg. Ich muss direkt ins Vergessen und in den tiefen, traumlosen Schlaf gesunken sein.«

Meine Erzählung war zu Ende, wir schwiegen, Lisa, Simon, Kabir, die beiden Assistentinnen und ich.

Lisa starrte in die Luft mit einer Miene, die ich bei ihr noch nie gesehen hatte.

Mit tonloser Stimme sagte sie:

»Die ersten sieben Jahre, vor dem Unfall, auch wenn ich keine Erinnerung daran habe – es ist auch nicht so, dass da gar nichts wäre. Da ist eine Schwärze. Und ein Gefühl von Zeit, die vergangen ist. Von sieben schwarzen Jahren. Aber in der Schwärze ist nie irgendwas gewesen. Bis jetzt. Als du erzählt hast, kam das Bild einer Blume. Aus Plastik. Einer rosaroten Plastikblume.«

Sie stand auf, stellte Simon eine Frage, legte ihm die Hand auf die Schulter, was sie mit den Patienten immer machte, wie ich jetzt wusste, gerade so als wäre es der direkte Weg, etwas über ihren Zustand zu erfahren.

Sie fragte ihn, wie er wieder nach Kopenhagen komme und ob in den nächsten Tagen jemand bei ihm sei. Da sagte ich, ich brächte ihn zurück und dass er nach wie vor in der Klinik sei.

Ihre Hand lag noch auf seiner Schulter, sie stand gedankenverloren da und fühlte sich in etwas ein, von dem ich nicht wusste, was es war.

»Wenn du in vierzehn Tagen wiederkommen könntest«, sagte sie.

Auf dem Weg nach draußen hielt sie mich kurz zurück.

»Morgen früh findet ein Scanning statt.«

Ich nickte.

AN JENEM ABEND machten die Mädchen sich gegenseitig die Haare.

Sie legten eine Decke auf den Boden und zündeten eine Kerze an. In diesem von Decke und Kerze erschaffenen Raum flocht die ältere der jüngeren Schwester Zöpfe.

Es war eine Beschäftigung ohne Ziel und Zweck. Das Haareflechten war wie eine endlose Geste, Haar, das geflochten, wieder aufgelöst, wieder geflochten wird.

Ich war nicht nur der Beobachter. Ich war ein Teil des Raums.

Und der Raum war älter als die Kinder. Älter als ich.

Wir, die Kinder und ich, befanden uns in etwas, das immer gewesen ist und immer sein wird.

Die Große unterbrach ihre Tätigkeit. Ihre Finger schwebten mit den Locken der Kleinen in der Luft. Ihr Blick war auf einen Punkt an der weißen Wand gerichtet.

Ich folgte ihrem Blick nicht, ich wusste, da wäre nichts zu sehen. Ihre Aufmerksamkeit war nicht nach außen gerichtet. Sie weilte, sehr konzentriert, in einem Gleichgewicht zwischen Innen- und Außenschau.

Es ging eine Art Energiewelle von ihr aus. Sie war ein Kind, das in einer Alltagssituation kurz innegehalten hatte. Trotzdem hatte ihr Innehalten eine dämpfende Wirkung auf alles um sie herum. Dämpfend und aufrüttelnd. Wir andern, die Schwester und ich, waren mit einem Mal ganz gegenwärtig.

Wie lange das anhielt? Vielleicht fünfzehn Sekunden.

Dann bemerkte sie, dass wir sie beobachteten. Sie sah mich an. Und lachte, fröhlich und verlegen zugleich.

Wir wussten beide, dass wir in diesem anonymen Augenblick etwas geteilt hatten, das wir nie zuvor geteilt hatten.

»Manchmal«, sagte sie, »sehe ich auf einen Punkt. Und alles andere verschwindet. Und dann komme ich wieder heim zu mir.«

Danach wandte sie sich wieder dem Flechten zu.

Ich wusste, der Augenblick enthielt einen Schlüssel. Aber ich wusste nicht zu was. Dass die Reise in Simons Bewusstsein an diesem Vormittag, der Raum des Haareflechtens und nun die Aussage der Großen vom Heimkommen zu sich selbst, dass all dies zusammengehörte. Als spielte die Wirklichkeit eine bestimmte Musik, die darauf beharrte, gehört zu werden.

Ich saß bei den Kindern, bis sie eingeschlafen waren und noch ein wenig länger.

Das Einschlafen hatte Phasen wie bei einem Taucher, der sich allmählich ins blaue Dunkel des Schlafs sinken ließ.

Zuerst wurde der Atem regelmäßig. Aber noch war überm Körper eine leichte Unruhe, das Echo der Aktivitäten des Tages.

Dann kam die Wärme. Sie steigerte sich zur Hitze.

Ich hob ihre Decken, fächelte ihnen kurz damit Luft zu und ließ sie wieder auf sie sinken.

Das wiederholte ich ein paar Mal. Dann schienen sie die Nachttemperatur erreicht zu haben.

Der Tiefschlaf trat ein.

Er kam von einer Sekunde auf die andere. Im Augenblick des Tiefschlafs verließen sie in gewissem Sinne den Raum. Als gäbe es, solange sie und ich wach waren, eine konstante Verbindung zwischen uns. Mit dem Eintauchen in den Tiefschlaf brach die Verbindung ab.

Als wäre der Schlaf die Ankündigung dessen, was geschieht, wenn wir im Tod einander verlassen.

ALS ICH AM nächsten Morgen eintraf, hatten die Assistenten schon alle Vorbereitungen getroffen. Drei Scanner waren aufgestellt und drei Kittel bereitgelegt worden.

»Die Patientin ist eine alte Dame«, sagte Lisa. »Durch ein Erlebnis, das die Hornhaut ihrer Augen zerstörte, ist sie mit neun Jahren blind geworden. Sieben Jahre brauchte sie, um die Blindheit zu akzeptieren, es war ein Trauerprozess. Sie kommt jetzt seit einem halben Jahr zu uns, seitdem haben wir mit dieser Trauer gearbeitet. Heute wollen wir zu dem Ereignis selber vordringen; sie ist auf deine Anwesenheit vorbereitet.«

Lisa machte einen Schritt auf mich zu. Wie sie es immer tat, wenn sie etwas besonders Wichtiges mitzuteilen hatte.

»Ich habe«, sagte sie, »immer jemanden gesucht, der mich begleiten könnte. An solche Orte. Meinst du, du könntest es sein?«

Ich wusste nicht, was ich sagen sollte. Ich wusste etwas, was sie nicht wusste. Ich wusste etwas darüber, welchen Preis es haben konnte, sie auf dem Weg nach innen zu begleiten.

Ich schätzte die Frau auf etwa achtzig Jahre. Ein Fahrer hielt ihr die Tür auf, sie trug teure Kleidung, sie hatte einen Blindenhund dabei, einen beigefarbenen Königspudel.

Er ging direkt neben ihr, er strahlte Ruhe und Wachsamkeit aus. Als man ihr den Kittel angezogen und ihr geholfen hatte, unter dem Scanningportal Platz zu nehmen, legte sich der Hund so dicht neben sie, dass er ihr Bein berührte.

Eine Assistentin breitete eine weiße Decke über den Hund, die Sensoren enthalten musste, durch die auch die Scanningsignale des Hundes kalibriert werden konnten.

Ich gab der Dame die Hand und stellte mich vor, es war, als sähen ihre Augen mich an.

Sie lächelte, mit der Hypersensibilität, die Blinden zuweilen eigen ist, hatte sie meine Überraschung bemerkt.

»Das ist sozial«, sagte sie, »und ein wenig eitel. Ich habe gelernt, meinen Blick nach der Stimme zu richten, um dem Gespräch einen Hauch von Normalität zu geben. Aber ich sehe nichts.«

Sie hielt weiter meine Hand, ihr blinder Blick und ihre sehende Aufmerksamkeit wandten sich fragend an Lisa.

»Peter wird mit uns ins Hologramm gehen«, sagte Lisa. »Er wird Ihnen beschreiben, was wir sehen, was erscheint. Während ich die Apparatur steuere.«

Sie startete den Scanner. Auf dem freien Stuhl wuchs das blaue Scanningbild der Frau hervor.

Neben dem Bild lag ein Hund aus Licht. Weil der Blindenhund im Registrierungsfeld des Scanners lag, war er ein Teil der Projektion.

Die Assistentin brachte drei Injektionsspritzen. Die blinde

Dame befühlte die Oberseite ihres Unterarms, fand eine Vene und setzte sich mit fließender Präzision selbst die Spritze. Wieder bemerkte sie meine Verwunderung, wandte mir die blinden Augen zu und lächelte. Ich streckte Lisa den Arm entgegen, die feine Kanüle drang ein, und ich fühlte den minimalen Schmerz und die Kühle des Salzwassers, in dem das Ketalar aufgelöst war.

Lisa vergrößerte das Hologramm, die Lichtgestalt der Frau wuchs zu vielleicht fünf Meter Höhe an. Lisa zog die Projektion vom Stuhl fort. Im Raum schwebte die dreifach vergrößerte holographische Wiedergabe der blinden Dame und ihres Hundes.

Lisa sprach zu ihr, leise und konzentriert.

»Wir werden durch Ihren Solarplexus hineingehen. Sie erleben dann zum ersten Mal diese Form von Kontakt mit zwei Menschen, das Erlebnis ist nicht anders als bei den Sitzungen, als wir nur zu zweit waren.«

Sie steuerte die Projektion ein wenig nach unten, so dass das Zwerchfell der Lichtgestalt sich vor uns befand. Sie gab mir ein Zeichen, wir standen auf und gingen auf das Licht zu.

Um die Mitte des Hologramms zu erreichen, trat ich durch den blauen Hund aus Licht.

Wegen der Vergrößerung umschlossen mich kurz die Konturen des Tieres.

Die Bewusstseinsveränderung kam schlagartig. Ohne Vorwarnung wurde mein Wahrnehmungsapparat von einer Sekunde auf die nächste erweitert. Sicht, Gehör und Geruchssinn wurden schärfer, was mit einer räumlichen Erweiterung gleichbedeutend war. Es war, als ob ich durch die vergrößerte

Reichweite meiner Sinne den Raum bis in seine fernsten Ecken ausfüllte.

Gleichzeitig erlebte ich in diesem Augenblick alle wahrnehmbaren Details mit unerträglicher Intensität. Alle Körperdüfte, die Reinigungsmittel, die im Raum benutzt worden waren, die abwaschbare Latexfarbe der Oberflächen roch ich, den Geruch der Menschen, überwältigend intensiv und nuanciert. Ich hörte das Geräusch aller Apparaturen, aller Ventilatoren, die nahen und die in fernen Räumen, die Atemzüge aller Menschen, das Reiben der Textilien an anderen Textilien.

Eine Intensität, die bis an die Schmerzgrenze ging.

Die blinde Dame musste registriert haben, was da geschah.

»Sein Geruchssinn«, sagte sie, »ist eine Million Mal empfindlicher und nuancierter als unserer.«

Ich hatte teil am Bewusstsein des Hundes.

Während ich dies erkannte, registrierte ich allerdings etwas, das keine Wahrnehmung war. Es war die Erfahrung einer Art von Würde, die nicht menschlich war, aber nicht zu leugnen.

Die blinden Augen der Dame suchten nach meinen. Und Lisas. Wir gingen aufeinander zu.

»Kann ein Tier Würde empfinden«, fragte ich.

Die Frau lachte.

»Er ist ein Blindenhund. Seit er ein Welpe war, wurde er unterrichtet. Er hat siebentausend Trainingsstunden hinter sich. Er hat eine Aufgabe. Tiere, die eine Aufgabe haben, entwickeln Würde.«

Ich vernahm nicht nur in ihren Worten ihre Liebe zu dem Hund, ich merkte sie in meinem eigenen Herzen. Ich habe nie selber Tiere gehabt. Zum ersten Mal verstand ich, dass zwischen Tieren und Menschen Liebe sein kann.

Der blaue Lichthund betrachtete mich. Der wirkliche Hund betrachtete mich. Ich wusste, dass er auf irgendeine Art, auf seine Art, registriert hatte, dass ich durch sein Bewusstsein gegangen war.

Wir näherten uns dem Hologramm der Frau. Der Bereich des Zwerchfells vor uns war groß wie ein Tor. Wir traten hindurch. In die digitale Wiedergabe ihres Körpers und ihres Bewusstseins.

Das Erste, was ich merkte, war Alarmbereitschaft. Die Frau hatte Angst.

In dem Augenblick, als ihre Angst deutlich wurde, verschwand die äußere Welt. Wie es bei Simons Scanning passiert war. Welcher Teil dieses durchs Ketalar bewirkten Effekts optisch war, nämlich im Innern des Hologramms zu sein, und welcher gewöhnliche menschliche Einfühlung, war nicht zu entscheiden.

Lisa hielt eine Fernbedienung in der Hand. Damit steuerte sie die Apparatur.

»Wir haben mit Ihrer Trauer gearbeitet«, sagte sie. »In einem langen Prozess. Sie haben gesagt, heute wollen Sie über das Ereignis selber sprechen.«

Die Angst im Lichtkörper um mich herum nahm zu.

Ich bemerkte einen beginnenden Druck in meinen Augen. Mir war, als käme er von innen.

»Während des Krieges wohnten wir am Hellerup Torv«, sagte die Frau. »Wir haben Juden versteckt. Mein Onkel hatte einen Wohnraum auf dem Speicher für sie ausgebaut.«

Sie hielt inne.

»Meine Augen tun weh«, sagte sie.

Der Schmerz in meinen eigenen Augen nahm zu. Ich sah Lisa an. Ihre Augen waren rötlich. Und feucht.

»Ist es möglich«, sagte sie zu der Frau, »ist es möglich, den Schmerz einfach … zu akzeptieren?«

Ich blickte aus dem Hologramm heraus auf den Lichthund. Wie die übrige Umgebung waren auch seine Konturen verschwommen. Aber ich sah, dass er den Kopf gehoben hatte und zu uns hereinsah.

»Eines Tages hält ein SS-Auto vor dem Haus. Und wir hatten acht Juden bei uns wohnen.«

Der Schmerz in den Augen wurde noch stärker.

»Wir fühlen den Schmerz in den Augen«, sagte Lisa. »Peter und ich, wir fühlen ihn beide. Und die Angst. Wir teilen sie mit Ihnen.«

Ich fing an, Bilder zu sehen. Sie traten aus dem flimmernden blauen Licht vor mir. Es war nicht klar, ob sie außer- oder innerhalb von mir existierten oder beides. Ob ich sie selbst hervorgebracht hatte oder ob ich schlicht sah, was die Frau sah.

Lisa wandte sich an sie.

»Woher wissen Sie, dass es ein Auto der SS ist?«

»Es ist auch nicht das Auto, das ich erkenne. Es sind die Uniformen.«

»Woher kennen Sie die denn?«

Der Schmerz in den Augen nahm zu.

»Das weiß ich nicht. Woher ich sie kenne, weiß ich nicht.«

Ihre Stimme war flach und tonlos.

Ich fühlte eine Last. Als läge etwas Schweres auf mir.

»Irgendetwas lastet auf mir«, sagte die Frau. »Als wenn etwas auf mir läge. Das mich ersticken will.«

»Ich spüre es auch«, sagte Lisa.

Die Angst nahm zu. Es war das gleiche Gefühl wie mit Simon am Rande des Abgrunds.

»Ich hab Angst, dass ich das nicht durchstehen kann«, sagte die Frau. »Dass ich die Kraft nicht habe.«

Ich sah Lisas Gesicht. Im Weiß ihrer Augen waren kleine Blutsprenkel entstanden. Bei mir musste es genauso sein.

Die Frau hatte angefangen zu zittern. Ich registrierte das Gleiche bei mir, ich zitterte auch. Vor dem Kommenden.

Die Frau streckte ihre Hand aus, ich trat einen Schritt näher und ergriff sie.

»Was sehen Sie?«, fragte sie.

Ihre Stimme war nicht mehr tonlos. Sie war schmerzerfüllt.

Ich versuchte, durch den Nebel vor meinen Augen zu blicken. Das zu sehen, was langsam zum Vorschein kam, was über mir war. Ich blickte hoch.

Da konnte ich es sehen. Doch zunächst war es so unwirklich, dass ich es nicht benennen konnte.

Ich sah Schuhe. Damenschuhe, Herrenschuhe, Kinderschuhe. Aber altmodische. Und unwirklich groß. Als gehörten sie Riesen.

»Schuhe«, sagte ich. »Wir liegen unter einem Berg von Schuhen.«

Der Puls der Frau wurde schneller, er raste. Ich sah zu Lisa hinüber. Sie war alarmiert, man sah es an ihrem Gesicht.

Und gleichzeitig lag, mitten in der alarmierten Wachsamkeit, eine gyroskopische Ruhe.

»Wo sind wir«, fragte Lisa. »Wo befinden wir uns?«

»Ich weiß es nicht«, sagte die Frau. »Ich kann es nicht sehen.«

Wir warteten.

»Wir sind in Kaunas«, sagte sie. »In Litauen. Ich kam 1941 nach Dänemark. Aus Litauen eingeschmuggelt.«

»An welchem Tag?«

Ihr Puls sackte ab. Sie bewegte sich in eine Art von Ruhe hinein, Lisa und ich auch. Eine Furcht einflößende Ruhe. Die Passivität bedingungsloser Aufgabe.

»Es ist Sonnabend, der 4. Oktober. Der Sonnabend nach Yom Kippur. Wir haben im Kleinen Ghetto gewohnt. Von dort haben uns die Männer zum Neunten Fort getrieben. Wo man ein großes Loch gegraben hatte. Wir müssen unsere Kleider ablegen. Sie haben einen Bagger, der die Schuhe aufsammelt. In dem Augenblick, in dem die Schaufel kippt, gerate ich unter die Schuhe. Ich werde verschüttet. Keiner hat es bemerkt. Verdeckt von den Schuhen, höre ich, wie sie erschossen werden. Meine Mutter, mein Vater, alle. Männer, Frauen und Kinder.«

Ich sah die Bilder vor mir. Wurden sie von ihrer Stimme hervorgerufen, von dem Scanninghologramm, dem Medikament, von dem, was sie sagte – keine Ahnung. Aber die Bilder waren scharf, wie in einem Film.

»Schließlich war es still. In der Stille hört man ein Kind, das nach seiner Mutter ruft. Ich kenne die Stimme nicht. Aber es ist ein Kind, das nach seiner Mutter ruft. Unten aus der Grube neben mir. Dann nähern sich Schritte.«

Sie hielt inne. Wir standen an der Grenze zur Blindheit.

»Können Sie es sehen?«, fragte Lisa. »Peter und ich sehen es mit Ihnen. Können Sie etwas sehen?«

»Zwischen den Schuhen hat sich ein kleiner Tunnel gebildet. Durch ihn kann ich den Mann sehen. Er trägt eine graue Uniform. Dort sehe ich ganz deutlich die SS-Uniform. Dann schießt er zweimal. Und dann wird es ganz still.«

»Daher«, sagte Lisa, »erkennen Sie die SS-Uniform wieder. Als sie vor Ihrem Haus am Hellerup Torv halten.«

»Ja. Von dort kenne ich sie.«

»Und was geht Ihnen durch den Kopf.«

»Mir geht durch den Kopf, dass wir jetzt alle sterben müssen.«

Irgendetwas passierte mit meinen Augen.

Erst dachte ich, Lisa habe auf den Schalter für den Schallschutz und die Verdunkelungen gedrückt. Ich dachte, ich sähe das Tageslicht.

Dann merkte ich, dass es das Licht vom Hologramm war. Dass mein Sehvermögen so geschwächt gewesen war, dass es um mich herum fast schwarz gewesen war. Dass es sich jetzt wieder erholte und das Licht des Projektors wieder sichtbar wurde.

»Ich kann sehen«, sagte die Frau. »Ich sehe Licht!«

Mein erstes Gefühl war, dass ich mir Sorgen um sie machte. Es musste eine Halluzination sein. Ihre Hornhaut war zersprengt, sie ist doch fast ihr Leben lang blind gewesen.

»Peter und ich treten jetzt aus dem Hologramm«, sagte Lisa. »Sie werden merken, dass wir aus dem Kontakt herausgehen. Es ist möglich, dass das Licht, das Sie jetzt sehen, dann wieder verschwindet.«

Wir traten rückwärts aus der blauen Gestalt. Wieder berührte ich das Hologramm des Hundes. Für den Bruchteil einer Sekunde baute sich die extrem erweiterte Wahrnehmung der Welt wieder auf. Ich machte einen weiteren Schritt rückwärts, und die Wahrnehmung verschwand.

»Das Licht ist weg«, sagte die Frau.

Man hatte den Eindruck, sie spreche nicht mit ihrer eigenen Stimme. Was eben geschehen war, hatte für einen Augenblick das aufgelöst oder aufgehoben, was sie war.

»Vielleicht habe ich mit Ihren Augen gesehen«, sagte sie. »Jetzt, wo Sie weg sind, bin ich wieder blind.«

»Nein«, sagte Lisa. »Sie haben mit Ihren Augen gesehen.«

»Werde ich wieder sehen können?«

»Ob Sie Konturen sehen werden, weiß ich nicht. Aber das Licht wird zurückkommen. Vermutlich wie ein länglicher, blasser Sonnenaufgang.«

Die Frau riss die Augen auf.

»Wie ein länglicher, blasser Sonnenaufgang …«

Sie wiederholte es langsam.

Lisa und ich nahmen auf den Stühlen Platz.

Meine Augen brannten, als wären sie mit feinem Sand gefüllt. Ich hatte etwas Ähnliches schon einmal als Kind erlebt, als ich zugesehen hatte, wie in einer Straße Rohre verlegt wurden. Ich hatte in die Flamme des Schweißgeräts geschaut, bis der Schweißer mich entdeckt und mit wedelnden Handbewegungen weggeschickt hatte.

Ich hatte es erlebt, als wäre das weißviolette Zentrum der Flamme die Tür zu einer andern Welt gewesen.

In der Nacht danach war ich aufgewacht, und mir war, als

wären meine Augen voller Sand. In der Notfallstation hatten sie mir etwas Schmerzstillendes gegeben und gesagt, ich hätte »Schweißeraugen«.

Genau so war es jetzt auch.

Die Frau erzählte weiter.

»Das Auto mit den Männern startet. Der Motor wird angelassen. Sie fahren weg. Sie kommen nicht ins Haus. Ich kann sehen, wie sie wegfahren.«

Lisa musste die Scanner ausgestellt haben. Jemand hatte den Fahrer der Dame geholt, er half ihr vom Stuhl, der Hund erhob sich und folgte ihnen, aufrecht und konzentriert wie eine dritte Person. Lisa sprach noch mit ihnen, ich hörte nicht, was gesagt wurde.

Als sie zurückkam, setzte sie sich mir gegenüber.

»Wie konntest du ihr versprechen, sie würde Licht sehen«, sagte ich, »woher weißt du, dass es zurückkommt, sie hat eine Diagnose, die Hornhäute sind zerstört, sie war ihr Leben lang blind!«

»Jede Diagnose ist eine Erzählung. Immer partiell und nie vollständig.«

Ich verstand sie nicht.

Sie war aufgestanden und hatte sich hinter mich gestellt. Sie legte mir die Hände auf die Schultern, die Berührung war ganz und gar unpersönlich.

Ihre Finger gruben sich in die Muskulatur, mir wurde bewusst, dass ich kurz davor gewesen war, aus meinem Körper gezogen zu werden.

»Es gibt bei ihr kein Phänomen, das ihre Hornhaut zersprengt hat. Das wusste ich auf der Stelle, als sie es mir zum ersten Mal erzählte. Sie hat sich nur auf diese Erzählung festgelegt.«

»Ihre Blindheit?«

»Die gibt es, um sich nicht an das Ereignis zu erinnern. Den Mord an ihrem Vater und ihrer Mutter. Und an dem Kind. Es ist eine psychologische Blindheit. Ich kenne das. Frauen, die einer Gruppenvergewaltigung ausgesetzt waren. Oder Massaker überlebt haben. Es hat sie blind gemacht. Ihr System hat die Blindheit gewählt.«

Sie ließ mich los, blieb aber hinter mir stehen.

»Sie ist in Birkerød geboren«, sagte sie. »Ich habe ihren Geburtsschein gesehen. Es ist gar nicht sicher, ob sie jemals in Litauen gewesen ist.«

Ganz langsam fing der Raum an, sich vor meinen Augen zu drehen.

»Das heißt, sie lügt?«

»Sie hat die Wahrheit gesagt. Wie sie sie sieht. Wie sie heute erscheint.«

Ich war unfähig, etwas zu sagen.

»Ich habe auf diese Weise schon vor eintausendsechshundert Menschen gesessen. An diesen Apparaten. Wenn man sich ins Leben der Menschen hineinbewegt, an ihren biographischen Spuren entlang, fangen die Geschichten an zu fließen. Je weiter wir zurückkommen, desto schwieriger sind sie festzulegen. Vielleicht war sie in Litauen. Vielleicht emigrierte die Familie dahin, vielleicht wurden ihre Eltern ermordet und sie selber wieder nach Dänemark zurückadoptiert. Vielleicht hat sie die Geschichte von einem anderen Kind gehört. Das ist unwichtig.«

»Das ist sehr wichtig. Für sie ist es absolut wichtig.«

»Wichtig ist, ob die Geschichte ihr hilft. Ob es bei dem, der erzählt, etwas heilt. Wir suchen nicht die Wahrheit. Wir verhelfen den Menschen zu einer Geschichte, mit der sie leben können.«

»Wann wissen wir, ob es gelungen ist?«

»Es gibt nur zwei Kriterien: Dass die Erzählung, zu der der Patient sich vorgearbeitet hat, das Leiden mindert. Und dass wir unser Bestes getan haben.«

»Ich habe die Bilder gesehen. Die Schuhe. Ich habe ihr Gewicht gespürt. Und die Angst. Das war wirklich.«

»Heute Nacht träumst du. Während der Traum sich entwickelt, ist er wirklich.«

Die Assistenten waren gegangen. Ich hatte gesehen, wie sie gingen. Ich war mir nicht sicher, ob sie jemals da gewesen waren.

»Wenn die Wirklichkeit eine Erzählung ist, ein Traum, etwas künstlich Hergestelltes, was ist dann wirklich? Was ist außerhalb des Traums? Was würde geschehen, wenn man aufwachte?«

Sie antwortete nicht.

Ich wurde wütend auf sie.

»Du kannst dich nicht an deine ersten sieben Jahre erinnern! Vielleicht ist das kein Hirnschaden. Vielleicht war es kein Schädelbruch. Du bist blind in Bezug auf deine ersten sieben Jahre! Vielleicht hast du die Blindheit selber gewählt!«

Mein Zorn stieg. Das überwältigende Gefühl, manipuliert zu werden.

»Du hast mich gewählt«, sagte ich. »Um dir zu helfen, die Sache zu erledigen. Um dir dabei zu helfen, im Rahmen dieser siebenjährigen Dunkelheit, eine Geschichte zu erzählen, mit der du leben kannst.«

Ich stand auf. Um zu gehen und nie mehr wiederzukommen.

Sie bewegte sich blitzschnell. Wie damals im Kindergarten. Wenn wir schaukelten, hatte sie immer ganz still stehen und warten können. Vor dem aufgehängten Traktorreifen. Und in wirklich allerletzter Sekunde, als wir schon die Augen zugemacht hatten, weil wir genau wussten, jetzt würden wir sie rammen, war sie weggehechtet und stand irgendwo anders, weit weg, und lachte vor Glück.

Jetzt versperrte sie mir den Weg. Ich hatte nicht einmal gesehen, dass sie sich bewegt hatte.

»Und wenn es so wäre«, sagte sie. »Wenn es wirklich so wäre. Dass ich, gleich beim ersten Mal, als ich dich sah, dachte, vielleicht könnte er …«

»Könnte was?«

Sie kniff die Augen zusammen.

»Mit mir in die Dunkelheit gehen.«

Ich versuchte, an ihr vorbeizukommen. Sie packte mich. Sie war einen Kopf kleiner als ich, aber ihre Kraft hielt mich auf. Ich konnte mich nicht mehr bewegen.

Sie zischte mir zu:

»Weißt du, wie schwer es ist, eine wie mich zu finden? Die einen nach innen führen kann. Und was meinst du, wie viele Apparaturen wie die hier auf der Welt rumstehen?«

Sie zeigte auf die Scanner und die Schalttafel.

»Woher weißt du, dass ich dir etwas nützen kann«, fragte ich.

Sie schüttelte den Kopf.

»Irgendwas war da. Schon gleich beim ersten Mal. Vielleicht habe ich dich wiedererkannt. Vielleicht ist doch nicht alles ganz dunkel. Vielleicht kann ich mich an dich erinnern. Vielleicht ist irgendetwas an dir, das ich kenne.«

Sie berührte mich. Es war keine erotische Berührung, kein Appell. Sie ließ ihre Finger über meine Schultern und meine Arme gleiten, als untersuchte sie etwas, als versuchte sie, unseren Kontakt und diesen Raum und sein Licht mit etwas zu verbinden, das tief in ihrem eigenen Dunkel verwahrt war.

Sie sah mich an.

»Ich wusste immer, dass eines Tages jemand kommen würde. Ich wusste nicht, dass du es sein würdest, denn ich erinnere mich nicht an dich. Aber ich wusste, dass irgendwann jemand aus dem Dunkel erscheinen würde.«

Sie ließ mich los, ich wandte mich ab und ging aus der Tür.

ICH HATTE DIE Kinder eben ins Bett gebracht, da musste ich an den Tag denken, als wir von Carlsberggården nach Hause zurückgekommen waren.

Wir stiegen aus dem Bus, und die Eltern waren schon da, um uns abzuholen.

Simon, Lisa und ich standen dicht beieinander.

Wir sahen unsere Eltern an. Sie waren uns entgegengekommen, waren aber stehen geblieben.

Sie müssen uns angesehen haben, dass sich etwas verändert hatte. Es war, als würden wir sie nicht erkennen. Als wäre zwischen ihnen und uns eine Fremdheit entstanden, die sie nicht verstanden.

Tatsächlich fühlten wir in diesem Moment nicht, dass diese Menschen unsere Eltern waren und wir doch eigentlich zusammengehörten. Unsere wirkliche Familie waren nicht die Erwachsenen. Unsere wirkliche Familie waren wir, Lisa, Simon und ich.

So standen wir uns gegenüber. Wir drei und unsere Eltern. Wie festgefroren auf jeder Seite einer Kluft unerklärlicher Fremdheit.

Dann kam Maria auf uns zu. Erst ging sie, dann rannte sie und warf sich Simon in die Arme.

Sie fasste ihn an der Hand und zog ihn am Bus entlang, von einer Kinder- und Elterngruppe zur nächsten.

»Das ist mein Simon«, rief sie dabei, »das ist mein Simon!«

Das brach den Bann. Die Familien waren wiederhergestellt. Wir erkannten unsere Eltern.

Aber einen kurzen Augenblick lang hatten wir etwas gesehen. Dass es unter den Familienbanden etwas Tieferes geben kann. Eine andere Zusammengehörigkeit.

Es wurde an die Tür geklopft. Das Geräusch brachte mich ins Wohnzimmer zurück. Ich machte auf.

Draußen stand Lisa.

Sie sagte nichts. Ich sagte nichts.

Ich trat zur Seite, sie kam herein. Zog ihre Schuhe aus, wie man es auf dem Land machte. Ich legte den Finger auf die Lippen und deutete ins Wohnzimmer. Mein Haus ist nicht groß, die Kinder schliefen in dem großen Bett im Wohnzimmer, das ein paar Stufen unterhalb der Küche liegt.

Sie nickte. Während ich Tee machte, blieb sie stehen und betrachtete die Kinder.

Ich stellte Stühle auf die Terrasse und schloss die Tür zum Wohnzimmer. Dort schauten wir zu, wie das letzte Licht des Sonnenuntergangs am Horizont verglühte. Das Dorf liegt auf dem Höhenrücken Jütlands, von der Terrasse blickt man auf die weite Landschaft hinunter.

Es dunkelte. Vereinzelte Lichter blinkten in der Ferne von einsam liegenden Höfen herüber, zwischen denen sich große Felder oder Heidegebiete oder Wälder erstreckten. Und man bildete sich ein, weit hinten im Westen die Nordsee erahnen zu können.

»Ich sehe die Rose immer noch«, sagte sie. »Wie einen Lichtfleck in sieben Jahren Dunkelheit. Es ist das erste Mal überhaupt. Das erste Mal seit dem Unfall. Ich sehe die Vase. Ohne Wasser. Sie ist blau. Sie steht auf einem Nachttisch. Im Bett liegt eine Frau und schläft. Ihre Haare sind schwarz und gebürstet und glatt. Ich muss wissen, ob das stimmen kann. Ist das eine wirkliche Erinnerung?«

Sie sah mich an, und ich ahnte, was es für einen Menschen bedeutet, seine Geschichte verloren zu haben und nun vor der Möglichkeit zu stehen, einen Schimmer davon zurückzuerhalten.

»Ihr Haar war glatt«, sagte ich, »weil sie zu Bett gegangen war und schlief. Wir sahen sie zum ersten Mal mit glatten Haaren. Tagsüber war es immer geflochten und hochgesteckt.«

Ihre Augen hingen an meinen Lippen.

»Das Bild ist wirklich«, sagte ich. »Die Frau im Bett ist Fräulein Christiansen. Wir wollten den Erwachsenen helfen. Die Mutter von Simon und Maria starb, und deshalb wollten wir den Erwachsenen helfen.«

WIR WAREN DA, als es so weit war. Als der Tod eintrat.

Wir wussten, sie hatte Krebs. Sie war dünn geworden und hatte die Haare verloren und trug ein Kopftuch, damals steckte die Chemotherapie noch in ihren Anfängen. Der Vater der Kinder kümmerte sich um sie. Wenn wir Simon besuchten, lag sie auf einem Feldbett, das im Wohnzimmer aufgestellt war.

Obwohl alle wussten, dass sie krank war, glaube ich trotzdem, dass der Tod unerwartet kam. Außer vielleicht für sie selbst.

An dem Nachmittag waren wir bei Simon. Wir spielten auf dem Fußboden mit Lego, Maria, Simon, Lisa und ich. Der Vater saß auf dem Sofa und sah müde aus, die Mutter lag im Bett und schaute uns zu.

Die Legosteine hatten Simon und Maria von uns bekommen, von meiner Familie, sie hatten kaum Spielsachen. Es gab damals nicht viel Spielzeug. Die Legosteine müssen auch ziemlich neu gewesen sein, es gab nicht viele verschiedene

Steine, eigentlich nur die Platten, auf denen man bauen konnte, und die gewöhnlichen Steine und Dachschindeln, Türen und Fenster und vereinzelte Räder.

Wir lagen also auf dem Boden und spielten. Da veränderte sich die Atmosphäre im Raum, es geschah ganz allmählich, eine Stimmung kam auf, die ich heute beinahe als feierlich bezeichnen würde.

Wir spürten die Veränderung, Simon, Lisa und ich spürten sie, aber zunächst wussten wir nicht, was es war, wir waren ja auch so ins Spiel vertieft.

Dann verdichtete sich die Atmosphäre, und dann wussten wir, dass die Mutter im Sterben lag.

Wir sahen zu ihr hin, wir vier Kinder und der Vater.

Sie sah mit offenen Augen vor sich hin und schaute Simon und Maria an.

Sie atmete aus, und es verging eine Weile, ehe sie wieder einatmete.

Das wiederholte sich. Ausatmen und lange Zeit, zu lange Zeit, bis zum nächsten Einatmen.

In ihrem Gesicht oder ihrem Körper fand sich keine Unruhe. Sie lag nur ganz still da und betrachtete Simon und Maria.

In der Zimmerecke lief der Fernseher.

Es war ein Fernsehgerät mit einem Schlitz, in den man eine Krone werfen musste, wenn man eine Stunde fernsehen wollte. Neben dem Schlitz hing eine Krone an einem festen Zwirn, der Vater hatte ein Loch in die Münze gebohrt. Wenn man den Fernseher anstellen wollte, ließ er die Münze sorgsam durch den Schlitz fallen und zog sie dann vorsichtig wieder heraus.

Die Mutter atmete aus. Aber sie atmete nicht wieder ein.

Das war nicht fremdartig, es war ganz natürlich. Es war eigentlich nichts, was wir sahen, und doch erlebten wir es. So klar und selbstverständlich, wie wir durch Connys und Simons Träume gegangen waren.

Über Simons und Marias Mutter öffnete sich eine Art Tunnel. Vielleicht wie ein Aufzugschacht.

Durch diesen Schacht bewegte sie sich langsam weg von uns, rückwärts.

Selbstverständlich lag sie im Bett. Der Körper lag im Bett. Trotzdem entfernte sie sich von uns, rückwärts und aufwärts.

Simon stand auf und folgte ihr.

Das heißt, in der gewöhnlichen Wirklichkeit, wie wir da zwischen den Legosteinen auf dem Boden saßen, stand er natürlich nicht auf, da blieb er sitzen. Aber in der andern Wirklichkeit stand er auf und folgte seiner Mutter.

Ohne einander anzusehen, standen Lisa und ich auch auf und folgten ihm.

Selbst heute kann ich nicht sagen, wie wir das vermochten und warum wir es taten.

Vielleicht hatte es etwas mit dem Klub der schlaflosen Kinder zu tun. Damit, dass wir drei die Welt außerhalb von Valby kannten, wo die Züge hinfuhren.

Und vielleicht weil wir entdeckt hatten, dass man in den Traum eines anderen Menschen gehen kann.

Und trotzdem war das hier etwas anderes. Und wir wussten es. Wir wussten, als wir uns in den Schacht begaben, überquerten wir eine Schwelle. Und betraten eine Welt, die nicht für uns gedacht war. Wo wir nicht hingehörten.

Warum taten wir es dann?

Ich glaube, wir folgten Simon, weil wir mit ihm und miteinander zusammenhingen. Wir waren miteinander verbunden worden. Und zwar so tief, dass wir nicht mehr nachdachten, sondern einfach aufstanden und ihm folgten, als er aufbrach.

Maria kam nicht mit. Ihr ganzes Wesen blieb auf dem Boden sitzen.

Aber sie sah uns, sie sah uns gehen.

Von außen wahrgenommen war der Schacht etwas Offenes. Innen war er anders. Dort begegneten wir dem ganzen Ausmaß der Trauer der sterbenden Frau, ihre Kinder verlassen zu müssen.

Es dauerte nicht lang. Aber während es dauerte, glich es einem Zyklon.

Wir waren mittendrin und merkten, dass man vor Verzweiflung wahnsinnig werden kann.

Lisa und ich waren in diesen Gefühlen stehen geblieben. Aber Simon ging weiter.

Er konnte seine Mutter nicht loslassen. Und sie konnte ihn nicht loslassen.

Wir wussten, gleich würden wir ihn verlieren. Wir hätten es mit Worten nicht ausdrücken können, aber das war auch nicht nötig. Jeder, der sich schon einmal in den Schacht, der zum Tod führt, begeben hat, weiß, dass man ab einem bestimmten Punkt nicht mehr umkehren kann.

Diesen Punkt hatte Simon erreicht, an diesem Punkt streckte er seine Hand zur Mutter aus und machte noch einen Schritt nach vorn.

Die Mutter war schon kleiner geworden, als wäre sie weit entfernt. Obwohl wir sie deutlich sahen.

Da ging ich zu Simon und ergriff sein kariertes Hemd.

Er beachtete mich nicht. Er sah nur seine Mutter.

In unseren Ohren toste die Trauer. So könnte man es ausdrücken. Im Wohnzimmer, in der gewöhnlichen Welt, hörte man keinen Laut abgesehen vom Fernseher. Aber in unseren Ohren toste der Trauerzyklon.

Ich klammerte mich an Simon und presste meinen Mund an sein Ohr. »Was ist mit Maria«, schrie ich. »Wer soll sich um sie kümmern?«

Das brachte ihn zu sich. Er drehte sich um und sah ins Zimmer, und dann hielt er inne. Er schaute zur Mutter, nun war sie weit weg und ganz klein.

Wir konnten erkennen, dass ihre Augen immer noch offen waren.

Und dann war sie weg.

Die Nacht war kühl. Ich stand auf und holte Decken für Lisa und mich.

»Ich glaube, das war ein entscheidender Moment«, sagte ich. »Als wir in den Tunnel gingen. Ich glaube, es gibt solche Momente im Leben. Nicht viele. Aber ein paar. Wo sich etwas ereignet. Und man eine Wahl trifft. Ohne zu wissen, dass man es tut. Und danach haben sich die Bedingungen geändert.«

Als sie starb und wir ein Stückchen mitgingen, betraten wir die Erwachsenenwelt. Wir waren sechs Jahre alt. Aber wir betraten das Bewusstsein eines Erwachsenen. Dem Tod entgegen. Wir wussten es damals nicht.

Aber danach hat sich einiges ereignet.

Wir blieben noch lange ganz still bei Simons Mutter sitzen.

Als Simon sich umgedreht und eingesehen hatte, dass er auf Maria aufpassen musste, schloss sich der Schacht und verschwand.

Besser kann ich es nicht formulieren.

Wir saßen auf dem Boden und sahen die Mutter an, deren Augen noch immer geöffnet waren, und der Vater sah die Mutter an, aber wir sagten nichts.

Es weinte auch niemand.

Vielleicht, weil klar war, dass sie irgendwie immer noch da war.

Obwohl der Schacht geschlossen und verschwunden war und obwohl wir gesehen hatten, dass sie immer kleiner wurde und am Ende weg war, spürten wir, dass etwas von ihr im Zimmer geblieben war.

Dann stand Simon auf und ging zum Fußende des Feldbetts. Er hob die Decke an und roch an den Füßen der Toten.

Daraufhin fuhr er an den Beinen fort. Er hob die Decke Stück für Stück an und legte sie dann wieder hin, damit die Mutter nicht fror. Auf die Art atmete er ihren ganzen Körper ein, auch ihren Po und den Schoß und die Brust, die fast nicht mehr vorhanden war, weil sie so abgenommen hatte, alles atmete er ein.

Wir merkten, dass der Vater nichts verstand, aber er sagte nichts. Er war ganz in sich zusammengesunken.

Nach einer ganzen Weile stand er auf und ging zur Telefonzelle an der Ecke hinunter, wir sahen es vom Fenster aus.

Von dort rief er Fräulein Grove an, sie war mit dem Kopenhagener Amtsarzt verheiratet, der auch für den Kindergarten zuständig war; sie hatte Simons Vater gesagt, er könne zu jeder Tages- und Nachtzeit anrufen, wenn etwas sein sollte.

Kurz darauf kam der Arzt. Wir erkannten ihn erst gar nicht, weil er nicht seinen weißen Kittel anhatte. Wir sahen ihn ja auch nur zweimal im Jahr. Jetzt trug er einen Lodenmantel und eine Pelzmütze und hatte eine viereckige Ledertasche dabei.

Er war ein grauhaariger und freundlicher Mann, er begrüßte Simons Vater und uns Kinder, und dann setzte er sich auf die Kante des Feldbetts und fühlte den Puls der Mutter und schlug die Decke auf und hörte ihr Herz mit einem Stethoskop ab.

Er sah uns alle ernst an.

»Sie ist tot«, sagte er.

Wir konnten sehen, wie er nachdachte. Er wollte etwas erklären, aber wir Kinder waren zu klein, dachte er, zu klein, um es zu verstehen, und Simons Vater konnte vielleicht nicht genug Dänisch.

»Sie ist tot, aber ich kann keinen Totenschein ausstellen. Ich höre noch so ein Rauschen am Herzen. Obwohl es aufgehört hat zu schlagen. Das ist nicht ungewöhnlich. Der Tod ist …«

Er zögerte.

»… häufig ein Prozess.«

Er hatte fast zu sich selbst gesprochen. Er war der Meinung, dass niemand im Raum ihn verstand.

Aber wir verstanden ihn sehr gut. Wir wussten ja, dass sie nicht ganz weg war. Es war etwas geblieben. Vielleicht das, was Simon und Maria nicht loslassen wollte.

Der Arzt blieb sitzen. Er blieb lange bei uns sitzen. Irgendwann ging er zur Telefonzelle hinunter und telefonierte, und wenig später kam Fräulein Grove.

Sie sagte nichts. Sie strich der Toten über die Stirn. Und setzte sich auf einen Stuhl und sah uns schweigend an.

Nach einer Weile erhob sich ihr Mann und hörte noch einmal das Herz ab. Dann nickte er Fräulein Grove und dem Vater zu.

Aber schon bevor er nickte, wussten wir, dass die Mutter nun ganz weg war.

Er setzte sich an den Tisch und holte Papier und Füllhalter hervor.

Maria stand auf und ging zum Feldbett und blickte auf die Mutter hinunter.

Oder richtiger: Auf den Körper der Mutter, aus dem das Leben entwichen war.

Dann drehte sie sich um und sah Lisa und Simon und mich an.

»Wo ist das alles hingegangen«, fragte sie.

Sie fragte uns. Nicht den Arzt oder Fräulein Grove oder den Vater. Sondern Lisa, Simon und mich.

Dann sagte Lisa etwas. Sie sagte zweierlei.

»Es ist weitergegangen. Sie kehrt nicht mehr zurück.«

Das war keine Theorie. Das hatte sie nicht von anderen gehört, weder von Erwachsenen noch von Kindern. Damals sprach man nicht vom Tod und falls doch, raunte man etwas vom Himmel, in den man kam, mit gedämpfter und ängstlicher Stimme, so dass man dachte, diesen Ort wollte man lieber nicht erleben.

Was Lisa sagte, kam woandersher. Von dem, was wir in dem Schacht gesehen hatten und was wir von der Welt jenseits von Valby wussten und was wir spürten, als das Kitz seine Mutter einsog, und von einem Ort tief in uns, den wir teilten, ohne genau zu wissen, was es war.

Ich stand auf und ging ins Wohnzimmer und drehte die Decken der Kinder um.

Die Jüngere lachte im Schlaf.

Ich ging wieder zu Lisa hinaus, sie hatte die Wolldecke um ihre Schultern gelegt.

»Maria schaffte es ganz gut«, sagte ich. »Jedenfalls am Anfang. Aber Simon nicht. Eine Zeit lang, es waren ein paar Monate, glaub ich, unser Zeitgefühl war damals nicht sehr ausgeprägt, waren beide sehr still. Dann wurde sie allmählich fröhlicher. Sie blieben beim Vater wohnen, und Fräulein Jonna brachte ihm bei, wie man Pausenbrote macht. Einmal, als er die Kinder abholte, wartete sie in der Garderobe und nahm ihn mit in die Küche, und wir hörten, wie sie Brot bereitlegte und Margarine und Aufschnitt aus dem Kühlschrank holte und ihm zeigte, wie man die Scheiben belegt. Hinterher gab sie ihm ein Musterpaket mit nach Hause. Das heißt, nach den ersten Monaten schien Maria wieder den Kopf zu heben und sozusagen zu leuchten, und man hörte ihre Stimme, wenn die Kleineren spielten, sie war jetzt auch in den Kindergarten aufgerückt. Aber Simon kummerte dahin.

Ich habe noch ein Bild vor Augen, ein Erlebnis aus ihrer Wohnung in der Wildersgade, als die Mutter noch lebte. Simon und Maria sollten bei uns übernachten, ihre Mutter wollte zu einem Fest, meine Mutter und ich holten die beiden ab. Als wir kamen, stand die Mutter vor dem Spiegel im Wohnzimmer und hatte sich schon fein gemacht. Sie hatte einen langen schwarzen Rock an und eine Bluse mit einem strahlend goldenen Metallglanz, als wäre sie aus Gold. Normalerweise trug sie das Haar hochgesteckt unter einem Kopftuch verborgen, das hatte sie jetzt abgenommen, sie hatte ihre Haare gewaschen und gebürstet, und womöglich hatte sie Lockenwickler benutzt, denn es rauschte und brauste um ihren Kopf, als wären es goldene Wellen. Der Raum duftete nach Parfüm, wir standen ganz still und staunten, wie schön sie war, während sie sich vor dem Spiegel drehte. Ich muss zu Simon hinübergeschaut haben, denn dieses Bild blieb mir wirklich im Gedächtnis: das Bild eines kleinen Jungen, der seine festlich gekleidete Mutter ansieht. Er strahlte. Seine Wangen waren rot. Aber nicht nur sein Gesicht, sein ganzer Körper strahlte. Weil ich dies Bild im Kopf behalten habe, so deutlich und frisch, wie ich hier im Zimmer stehe, kann ich sagen, was ich damals nicht hätte ausdrücken können, was ich aber trotzdem spürte: Ich sah, wie verliebt er in seine Mutter war. Und wie stolz, dass sie so schön war. Und dann sah ich etwas, wofür mir noch heute die Worte fehlen. Es war die schicksalsschwere Verbundenheit zwischen Menschen, die wir tiefe Liebe nennen. Damals erkannte ich, dass sein Leben von ihr abhing.«

Ich schwieg. Schwieg und befand mich wieder auf der Terrasse, in der Dunkelheit, im Jetzt. Lisa zog die Decke fester um ihre Schultern.

»Und nun war sie nicht mehr da«, sagte ich. »Und während Maria den Kopf langsam wieder oben trug, kehrte die Freude zu ihm nicht zurück. Er war ganz still. Und fing langsam an, sich von der Welt zurückzuziehen. Die Erwachsenen merkten es. Mehrmals blieb Fräulein Grove stehen, wenn sie draußen über die Steinplatten ging, und beobachtete ihn. Wenn wir im Gebäude waren, kam manchmal Fräulein Jonna und setzte sich zu ihm. Sie wussten nicht, was tun. Keiner der Erwachsenen wusste es. An einem Nachmittag, als wir vor dem Dschungel saßen und aßen, sagtest du: ›Vielleicht stirbt Simon uns weg.‹ Obwohl Simon doch mit am Tisch saß, hast du zu mir gesprochen, als wäre er nicht da.«

Ich sah es vor mir, ich war wieder im Kindergarten. Lisas Stimme war vollkommen ruhig, als spräche sie eine Tatsache aus. Sie holte eine Art Kräcker aus ihrer Box, der Butterdieb hieß, und schaute ihn forschend an. Es waren kleine, trockene, schalenförmige Kekse, die sie oft dabeihatte, in der schalenförmigen Vertiefung war ein dicker Klumpen Butter, darüber eine Scheibe Käse, ein Käse, den wir nur bei ihr gesehen hatten, mit kleinen, süß-salzigen knirschenden Körnchen drin. Und auf dem Käse lag eine Scheibe rote Paprika. Sie reichte Simon den Butterdieb.

»Vielleicht will er seiner Mutter hinterherreisen«, sagte sie.

Wir wussten, was sie meinte. Der Tunnel, durch den seine Mutter hinausgegangen war, war für Simon nicht verschlossen. Das konnten wir sehen, das konnten wir spüren. Weil er den einen Schritt weiter in den Tunnel hineingegangen war und wegen der Liebe zu ihr war der Tunnel nicht verschlossen.

Lisa nahm sich noch einen Butterdieb. Sie steckte ihn in den Mund, behielt ihn dort und legte noch eine Olive dazu.

Das machte sie oft, sie steckte verschiedene Zutaten in den Mund, als wollte sie ein ganz bestimmtes Geschmackserlebnis zusammensetzen.

Sie kaute langsam und gründlich, der spröde Keks wurde zwischen ihren Zähnen zermahlen.

Sie schluckte. Dann erst sprach sie. Sie redete nie mit vollem Mund, und wenn Kinder es ihr gegenüber taten, wies sie sie zurecht.

»Wir müssen Fräulein Christiansen helfen«, sagte sie.

Wir verstanden sie auf Anhieb.

Sie meinte, wir müssten versuchen, Simon zu helfen.

Es war das Gleiche wie die Sache mit dem Essenteilen. Oder dem Teilen von Spielzeug im Ferienlager. Das Gleiche, wie Conny dabei zu helfen, nicht mehr ins Bett zu machen.

Lisa hatte es in Gang gesetzt. Aber wir alle hatten es entdeckt.

Wir konnten Simon dabei helfen, seiner Mutter nicht mehr hinterherzureisen, indem wir ihn dazu brachten, jemand anderem zu helfen. Und zwar in diesem Fall Fräulein Christiansen.

Was uns, wie wir da vor dem Dschungel saßen und uns die Sache vorstellten, ein wenig kleinlaut machte, war die Tatsache, dass das hier doch anders war als alles andere zuvor.

Denn derjenige, dem wir helfen wollten, war ein Erwachsener.

Der nicht von sich aus um Hilfe gebeten hatte.

Wir machten es noch in derselben Nacht.

Als mir meine Mutter die Gutenachtgeschichte vorgelesen und das Licht gelöscht und die Tür geschlossen hatte, lag ich in meinem Bett und stellte mir den Dschungel vor.

Ich sah ihn vollkommen lebensecht vor mir, in allen Einzelheiten.

Mit diesem Bild vor Augen schlief ich ein.

Das bedeutete, dass einen Augenblick später der Dschungel wieder auftauchte. Nur diesmal im Traum.

Wir hatten das zu dritt herausgefunden, Lisa, Simon und ich. Wenn man an den Dschungel dachte und ihn vor sich sah, während man einschlief, dauerte es bloß einen Augenblick, bis er wieder zum Vorschein kam. Im Traum nämlich.

Zuerst allerdings stockte mir der Atem. Ich war dabei, mit dem Bild des Dschungels vor mir einzuschlafen, da fiel ich plötzlich durch den Schlaf, als wäre es ein Abgrund, und ich wachte keuchend auf.

Aber dann gelang es. Ich glitt in den Schlaf und war im Nichts, da dämmerte der Dschungel aus diesem Nichts herauf.

Als er vor mir lag, ging ich hinein.

Als ich an den Elefanten vorbeiging, die ganz vorne standen, fast in meinem Zimmer drin, fast schon außerhalb des Bildes, sah ich Lisa und Simon.

Sie gingen ein wenig vor mir. Sie waren bereits im Dschungel.

Sie drehten sich um und winkten mir zu.

Ohne ein Wort gingen wir über die Brücke am Fluss und an den Nilpferden vorüber.

Von dort aus betraten wir Fräulein Christiansens Traum.

Natürlich sind wir nie bei Fräulein Christiansen zu Hause gewesen. Wir wussten nicht, wo sie wohnte, auch jetzt nicht, als wir in ihrem Schlafzimmer standen.

Was wir da betreten hatten, war ja nicht ihre Wohnung.

Es war ihr Traum.

Sie lag auf dem Rücken und schlief. Ihr langes schwarzes Haar war glatt und gebürstet und floss über das Kissen wie dunkles Wasser. Oder wie Blut.

Wir hatten sie noch nie mit offenem Haar gesehen, im Kindergarten war es geflochten und hochgesteckt und unter einem Kopftuch verborgen.

Am Anfang konnten wir das Zimmer nur unscharf sehen.

Nicht weil es Nacht und dunkel war. In Träumen herrschte, hatten wir entdeckt, fast immer ein gewisses, oft gelbliches Licht.

Dass wir zunächst nicht sehr klar sehen konnten, lag an der Heftigkeit. Der Heftigkeit, die den Traum eines erwachsenen Menschen auszeichnet. Auch wenn er ruhig ist.

Wir waren ja immer nur in Kinderträumen gewesen.

Das hier war etwas anderes.

Es war ein kalter Ort. Eine Felslandschaft. Stürmisch, grau. Unwirtlich.

Ich glaube, so haben wir es erlebt. Obwohl wir nie wieder darüber gesprochen haben.

Heute würde ich sagen, ich glaube, dass wir in jener Nacht zum ersten Mal die Grundstimmung eines erwachsenen Menschen von innen erlebt haben.

Simon trat zu ihr.

Er stand nun an ihrem Bett, auf Höhe ihres Kopfes.

Fräulein Christiansen war kein Mensch, dem man körperlich irgendwie nahe war, nie im Leben. Keiner hat zum Beispiel je gesehen, dass sie ein Kind auf den Schoß genommen hätte, nie.

Trotzdem war Simon ihr nun ganz nahe.

Er streckte die Hand aus und strich ihr übers Haar.

Er tat es genauso, wie er Marias Haar streichelte, wenn er ihr gute Nacht sagte. Mit einer langsamen und aufmerksamen Bewegung, es war deutlich, dass er das, was er da berührte, genau erkunden wollte.

»Deine Haare sind so weich«, sagte er.

Lisa und ich rührten uns nicht von der Stelle.

Woher nahm er den Mut, so etwas zu sagen?

Er hätte es sicher selbst nicht gewusst. Sein Gesicht hatte einen Ausdruck, den wir kannten. Es war leicht gerötet, seine Augen waren geweitet, sein ganzes Gesicht sah offen aus.

Er streichelte ihre Wangen.

Er streichelte sie mit dem Handrücken und wieder sehr langsam und aufmerksam.

Ihr Traum begann sich zu ändern, der Traum, in dem wir waren.

Ihr Gesicht schien ruhiger zu werden, ihr ganzer Körper unter der Decke schien ruhiger zu werden.

Das Licht im Zimmer veränderte sich, von gelblich zu golden. Zum ersten Mal sahen wir den Raum richtig.

Es war die Zelle einer Nonne.

Wir wussten kaum, was eine Nonne war, wir hatten nur mal Nonnen auf der Straße gesehen. Und waren noch nie im Zimmer einer Nonne gewesen. Trotzdem wussten wir, dass dieser Raum eine Nonnenzelle war.

Es gab ein Regal mit einigen wenigen Büchern, mehrere hatten ein Goldkreuz auf dem Rücken, wie Bibeln. An der Wand hing ein Landschaftsbild. Auf dem Nachttisch lag noch ein Buch mit einem Kreuz. Und da stand eine Vase mit drei Plastikrosen.

»Du hast so weiche Wangen«, sagte Simon.

Er hatte es immer gemocht, die Dinge zu spüren. Warmen Sand langsam durch seine Finger in den Sandkasten rieseln zu lassen. Im Badezimmer zu stehen und die schäumende Seife in den Händen zu drehen.

Und Wangen zu berühren. Mitten im Spiel konnte ihm einfallen, die Hand zu heben und meine oder Lisas Wangen zu streicheln, ganz langsam und aufmerksam.

Er beugte sich leicht zu Fräulein Christiansen hinunter.

»Du meinst, Kinder können dich nicht leiden«, sagte er. »Aber das stimmt nicht.«

Wie kam er denn darauf. Das hatte er noch nie gesagt. Auch keiner von uns. Es kam einfach aus ihm heraus.

»Aber Wasser ist nicht giftig«, sagte er. »Das sagt Lisas und Peters Mutter auch. Was unterm Wasserhahn im Waschbecken ist, ist kein Gift. Es ist Kalk. Sagen sie. Wenn du nicht sagen würdest, Wasser ist giftig. Und wenn wir unser Pausenbrot teilen dürften. Und Oliven essen. Dann wäre es viel einfacher, dich zu mögen.«

Ihre Ruhe wurde noch tiefer. Sie sank gleichsam in die Matratze. Das Licht im Raum nahm zu, als würde die Sonne vorm Fenster aufgehen.

Aber sie ging nicht auf. Es war finstre Nacht. Das Licht kam aus ihrem Traum.

Das Gefühl, sich in einer stürmischen Landschaft zu befinden, verging allmählich. Um uns herum wurde es wärmer.

Dann tat Lisa etwas. Sie streckte die Hand aus und nahm eine Plastikrose aus der Vase.

Sofort wurde das Licht im Raum schwächer.

Fräulein Christiansen bewegte sich. Sie sagte etwas im Schlaf.

Dann schlug sie die Augen auf.

Wir schafften es nicht, in den Dschungel zurückzugehen.

Wir wurden zurückgeschleudert, voneinander getrennt, alles verschwand, und ich erwachte in meinem Bett in Christianshavn.

Es war Nacht, alles war still. Aber irgendwo unter der Stille vernahm man ein rhythmisches Wummern, so tief, dass es kein Geräusch verursachte, sondern eine Erschütterung. Es waren die großen Maschinen der nahen Zentraldruckerei, die niemals schliefen.

Wir saßen draußen im Dunkeln, ohne etwas zu sagen, Lisa und ich.

Die Luft wurde kälter. Unter uns lagen die Heideflächen wie große dunkle Felder. Vereinzelte Lichter blinkten in der Ferne von einsam liegenden Höfen.

Sie stand auf.

Im Wohnzimmer blieben wir am Fußende des Bettes stehen und betrachteten die Kinder.

»Hatten sie schon mal mit Missbrauch zu tun?«

Die Frage kam völlig unerwartet.

»Nein«, sagte ich.

»Und du?«

»Nein.«

»Übermorgen haben wir eine Patientin. Ein junges Mädchen. Das missbraucht worden ist.«

Sie hatte »wir« gesagt. Das fiel mir auf.

Im Flur blieben wir noch einmal stehen.

»Es ist früh, sechs Uhr, übermorgen. Es wird nicht lustig.«

Sie sah mich forschend an.

»Missbrauch ist eine besondere Welt.«

Sie hob den Arm. Mit dem Handrücken strich sie mir über die Wange, ganz langsam, aufmerksam.

»Deine Wange ist weich«, sagte sie.

Sie flirtete nicht. Es war wie ein Kind, das sprach.

»Es ist wegen der Kinder«, sagte ich. »Dass ich mich rasiere. Damit es glatt ist, wenn sie ihre Wange an meine legen.«

Wieder ließ sie den Handrücken über meine Wange gleiten. Über den Wangenknochen und die Lippen.

»So hat es Simon gemacht«, sagte sie. »Auch mit uns. Ich kann mich daran erinnern. Ich fange an, mich zu erinnern. Kleinigkeiten.«

Dann drehte sie sich um und war weg.

Ich blieb in der Nacht stehen, bis ich irgendwo hinter den Häusern ihren Geländewagen starten und wegfahren hörte.

AN DEM MORGEN fuhr ich um vier Uhr von zu Hause los, in der Stunde, die meine Fahrt nach Aarhus dauerte, begegnete mir kein einziges Auto.

Nachdem ich von der Hauptstraße abgebogen war, fuhr ich einen Kilometer durch den Wald, fuhr an die Seite und stellte den Motor aus.

Von dort ging ich auf dem Weg neben der Straße durch den Wald. Ich hatte Laufschuhe mit dicken federnden Sohlen an, der Waldweg war von einer dicken Nadelschicht bedeckt, meine Schritte waren praktisch nicht zu hören.

Zu dieser Zeit war das Verhalten der Tiere anders, sie waren ungeschützt. Im ersten, ganz schwachen Licht sah ich auf einer Lichtung, wie Silhouetten vor dem Himmel, zwei junge Häschen in einer Weise spielen, wie ich es nie zuvor gesehen hatte. In ausgelassener Freude sprangen sie voreinander senkrecht in die Höhe, bestimmt anderthalb Meter hoch.

Ein paar Minuten später wäre ich um ein Haar auf ein Reh getreten, das auf dem Weg lag und schlief. Ich hatte es auf dem dunklen Boden nicht gesehen, es witterte mich erst, als ich vielleicht noch einen Schritt entfernt war. Mit explodierender Kraft sprang es auf und sauste weg; der Schock von der plötzlichen Nähe und Bewegung des Wildtieres saß mir noch lange in den Gliedern.

Als ich am Schotterplatz angekommen war, verkroch ich mich am Waldrand.

Der schwarze Kastenwagen hielt dort, wo ich ihn auch vorher schon gesehen hatte.

Ich blieb vielleicht zwanzig Minuten dort hocken. Die ersten Vögel des Frühjahrs fingen an zu singen, Stare, Amseln. Am Horizont zogen Gänse dahin.

Ein Mann stieg aus dem Wagen und stellte sich an einen Busch, um Wasser zu lassen.

Als er das Auto verließ und als er wieder einstieg, konnte ich kurz durch die offene Wagentür ins Innere schauen.

Es war schwach erleuchtet. Auf einem Arbeitstisch mit einem Stuhl sah ich mehrere Monitore und momentweise eine umfassende elektronische Einrichtung.

Ich kehrte zu meinem Auto zurück, fuhr den letzten Kilometer bis zum Institut und stellte den Wagen auf dem Parkplatz ab.

Ich blieb noch sitzen. Fünf Minuten später kam ihr Geländewagen.

Sie stieg aus. Aber sie ging nicht um das Gebäude herum, wie man es hätte erwarten können. Sie betrat es durch eine der anderen Türen.

Ich umrundete das Gebäude, setzte mich mit dem Rücken an die Fensterscheiben des Instituts und schaute übers Meer. Einen Augenblick später machte sie die Tür auf.

Ihre Assistenten waren schon da.

Alles war bereit.

Der Raum war teilweise verändert. Die gebogenen Scannerröhren auf der niedrigen Plattform waren entfernt worden. Und die Helme, die an Trockenhauben erinnerten, waren auch nicht mehr da.

Auch die Stühle waren neu. Weiße Stühle aus gegossenem Plastik. Hinter jedem Stuhl hing ein neuer Helm, verglichen mit den alten waren sie klein und leicht. Dünn und offenbar eng anliegend wie eine Badekappe. Die kleinen Schalen, in denen sonst die Brillen lagen, waren leer.

»Wir haben eine neue Ausrüstung bekommen«, sagte sie.

Auf den Stühlen lagen die Kittel für uns, auch sie waren anders. Leichter, schmaler. Die Ärmel endeten in Handschuhen aus einer Art Popelin.

»Wir brauchen kein Ketalar mehr«, sagte sie. »In diesen Helmen ist eine TMS eingebaut, Transkraniale Magnetstimulation. Sie reproduziert in unseren Körpern das, was im Patienten vorgeht. Die Technologie gibt es schon lange. Wir haben sie verfeinert.«

Sie lächelte.

»Wir werden, das heißt, unsere Körper werden zusammen mit dieser Maschinerie zum modernsten Simulator der Welt.«

»Und was simulieren wir?«

»Die physische Grundlage für das Bewusstsein eines anderen Menschen. – Und die Brillen brauchen wir nicht mehr. Es müsste nun möglich sein, das Bewusstsein des Patienten unmittelbar zu spüren.«

Wir zogen die Kittel an und setzten die Helme auf.

Die Assistenten schoben einen Tisch auf Rollen zwischen uns. Nach und nach wurde eine Reihe von Kontakten angeschlossen.

Ich registrierte das vage Schwindelgefühl, das ich vom Starten der MRT-Scanner kannte.

»Wir reden jetzt über die Patientin, die gleich kommen wird«, sagte sie. »Wir sprechen beherrscht, während du dich an das Gefühl gewöhnst.«

Etwas Fremdes stand vor mir. Wie ein Druck im Raum. Es war Lisas System. Es war das gleiche Gefühl wie in dem Augenblick, bevor wir die Lichtkörper betreten hatten. Jetzt aber überwältigender. Die Lichthologramme hatten das Erlebnis visuell gestützt, sie hatten dazu beigetragen, dass es wie ein 3-D-Film gewirkt hatte. Nun stand die Fremdheit des Systems eines anderen Menschen direkt vor mir.

Ich entspannte mich. Ich merkte, wie Lisas System in mich eindrang, in mir erschien. Genau so musste sie mich in sich fühlen.

»Sie heißt Anja. Sie ist einundzwanzig Jahre alt. Im Alter von neun bis elf verging sich ihr Großvater mehrfach an ihr.«

Mein Unterleib zog sich zusammen.

Ich legte die Hände auf meinen Bauch, unter den Nabel.

Ich wusste unmittelbar, was geschah. Durch Lisas System verpflanzte sich selbst der schwächste Reflex des Missbrauchs auf mich.

»Wie wird es für sie sein, dass ich, ein Mann, anwesend bin?«

Ich hörte mich selbst die Worte sagen. Gleichzeitig registrierte ich, dass Lisa und ich weit mehr als Worte wechselten. Dass die Sprache eine Form von Trägerwelle war, die mehr transportierte als ihren Inhalt.

Ich sprach von der möglichen Angst der Patientin. Die Worte wiesen darauf hin. Aber was ich kommunizierte, war auch meine eigene Furcht.

»Sie ist vorbereitet, sie hat eingewilligt. Sie hat es sogar gewünscht. Wir nähern uns einigen entscheidenden Ereignissen. Als der Missbrauch beendet wurde. Sie hat darum gebeten, dass ein männlicher Zeuge anwesend ist.«

Wären wir nicht über die Maschinerie und die Helme in direktem Kontakt gewesen, hätte ich ihr geglaubt. Jetzt jedoch wusste ich, dass die Wahrheit umfassender war als das Gesagte. Komplizierter.

»Aber es besteht doch ein Risiko?«

»Natürlich gehen wir ein Risiko ein, wir gehen alle drei ein Risiko ein. Das ist unvermeidlich. Es gibt nur eine menschliche Handlung, die riskanter ist, als sich vor einem anderen Menschen zu entblößen.«

»Und zwar?«

»Sich vor anderen zu schützen.«

Die Assistenten führten die Patientin herein. Wir standen auf, um sie zu begrüßen, sie lachte, als sie uns sah.

»Die sehen aus wie Badekappen«, sagte sie. »Ihr seht aus wie Chirurgen, die vergessen haben, ihre Badekappe abzunehmen.«

Ich weiß nicht, was ich erwartet hatte, aber ihr Lebensmut überraschte mich. Sie war ein schlankes Mädchen mit Pagenfrisur, unter den Halogenlampen an der Decke glühte ihr Haar rot und blank wie Kupfer. Ihr Teint war blass und leuchtete zugleich vor Vitalität und Humor.

Sie nahm meine Hand, hielt sie fest und sah Lisa an.

»Hält er das aus?«

Lisa nickte.

Die Assistenten halfen ihr in den Kittel und setzten ihr die »Badekappe« auf, die Prozedur war ihr offenbar vertraut.

Sie kam auf mich zu. Wir standen eng beieinander.

Sie sagte nichts. Ich fühlte, wie unser beider Fremdheit sich gegenuberstand. Dann ließen wir beide los.

Der Raum begann zu schwanken. Die festen Konturen lösten sich auf.

Dann dachte ich an mich selbst. Ich durfte nicht den Kontakt zu meinem eigenen Körper verlieren, zu meinem eigenen System.

»Was du fühlst, ist meine Grenzenlosigkeit«, sagte sie. »Durch physische Übergriffe auf Kinder werden deren Grenzen zerstört.«

Das war weder Selbstmitleid noch Prahlerei. Sie sprach vollkommen nüchtern.

»Du hast deine eigenen Grenzen kennengelernt, indem sie respektiert wurden«, sagte sie.

Ihr Blick glitt über mich hinweg, sie nahm mich durch die Augen auf und durch die Maschinerie und wer weiß vielleicht auch auf andere Weise.

»Auch wenn du sicher auch gelitten hast. Aber deine Grenzen wurden in vielerlei Hinsicht respektiert. Meine Grenzen muss ich erst erschaffen. Muss ich jeden Tag und den Rest meines Lebens erfinden. Im Augenblick mit Lisas Hilfe.«

Sie sah Lisa an. Mit einem Blick voller Zuneigung.

Wir nahmen auf den Stühlen Platz.

Zuerst bewegten wir uns nicht. Vielleicht fünf Minuten lang. Lisas Assistenten huschten lautlos um uns herum. Stellten die Apparate ein. Zupften die Helme und Kittel zurecht.

Dann nickten sie Lisa zu.

Sie wandte sich an Anja.

»In den bisherigen sechs Sitzungen haben wir die Übergriffe besprochen. Wie du dich an sie erinnerst. Heute willst du über einen der letzten reden. Und Peter ist mit dabei. Wir waren beide der Meinung, die Zeit sei reif, einen Mann als Zeugen dabeizuhaben.«

Das Gefühl, das mich beschlichen hatte, als wir uns schweigend gegenübersaßen, wurde stärker.

Es war das Gefühl, aufs offene Meer hinauszusegeln.

Die Frauen sahen mich an.

»Peter geht's nicht gut«, sagte Anja.

»Er hat eine kontrollierte Psychologie«, sagte Lisa. »Das, was wir eine Autonomiestruktur nennen. Jetzt erlebt er dich und mich direkt. Zwei weibliche Systeme, die mit dem Chaos vertrauter sind als er. Das erzeugt unvermeidlich Angst und Schwindel.«

Sie sah mich an. Ich nickte.

»Anja und ich erleben entsprechend eine leichte Klaustrophobie. Indem wir dein System wahrnehmen. Und die Tatsache, in sehr festen Strukturen eingesperrt zu sein.«

Anja nickte.

»Andere Männer und Frauen könnten das genau umgekehrt erleben. Struktur und Chaos sind nicht geschlechtsgebunden. Aber im Durchschnitt lassen sich Männer von Chaos mehr verunsichern als Frauen. Und Frauen erleben zu feste Strukturen eher als Eingesperrtsein. Wir lassen jetzt los.«

Ich entspannte mich. Ich wurde aufs offene Meer hinausgezogen. Die Küste lag weit hinter mir.

»Zu Peters Information kurz Folgendes: Die Übergriffe fanden regelmäßig mittwochs statt, dem Tag, an dem deine Großeltern auf dich aufgepasst haben.«

Anja nickte.

»An dem Mittwoch bin ich mit meinem Großvater im Bad.

Es ist Abend. Wir haben gegessen. Meine Eltern und mein kleiner Bruder sind im Wohnzimmer. Die Badezimmertür ist zu, aber nicht abgeschlossen.«

Zum ersten Mal in meinem erwachsenen Leben wurde die Angst jetzt so stark, dass ich am liebsten geflohen wäre.

Ich erinnere mich nur an einen ähnlichen Fall. Als Jugendlicher bin ich leidenschaftlicher Bergsteiger gewesen. Eines Sommers, auf halbem Weg von Chamonix zum Kleinen Dru, überkam mich ohne Vorwarnung eine Höhenangst, die mich nie wieder verlassen sollte. Sie war so stark, dass ich versucht war, in die Tiefe zu springen. Ich konnte gerade noch den Gipfel erreichen und mich abseilen. Ich brach die Ferien ab und fuhr nach Hause.

Es war genau die Angst, die ich jetzt empfand.

Die Frauen müssen es gemerkt haben. Sie sahen mich besorgt an. Ich nickte bloß.

»Mein Großvater liegt in der Badewanne, und ich schminke ihn. Erst habe ich seine Fußnägel lackiert. Und jetzt im Bad trage ich ihm Lippenstift auf. Dann richtet er sich auf. Er hat eine Erektion. Er hält mir sein Geschlecht entgegen. Dann wird es ganz schwarz. Ich werde nicht ohnmächtig, aber mir wird schwarz vor Augen.«

Ich *sah* die Schwärze, von der sie sprach. Wir sahen sie alle drei. Ich fühlte, dass Lisas Assistenten sie auch sehen mussten.

In meinen Ohren brauste das Meer. Vielleicht war es mein eigenes Blut. Der innere Druck war so stark, als befände ich mich im freien Fall.

Aus der Ferne hörte ich Lisas Stimme:

»Schaffst du das mit der Angst?«

Ich muss kurz weg gewesen sein. Ich wusste nicht, wie lange. Die eine Assistentin stützte mir den Kopf, Kabir reichte mir ein Glas Wasser.

Anja und Lisa saßen an ihrem Platz, sie sahen mich an, sehr aufmerksam.

»Du bist in Ohnmacht gefallen«, sagte Lisa. »Für ein paar Sekunden. Hältst du's weiter aus?«

Ich nickte.

»Wir sind im Bad«, sagte Lisa. »Das Glied deines Großvaters vor deinem Gesicht.«

Wieder wurde ich ins Schwarze zurückgeschleudert. Aber diesmal atmete ich tief ein. Konzentrierte mich auf die Form des Plastikstuhls, auf dem ich saß. Versuchte, mir ins Gedächtnis zu rufen, dass das hier eine Simulation war.

Die Schwärze verblasste.

Ich war nicht erlöst. Was sichtbar wurde, war nicht besser. Es war schlimmer.

Ich sah den Großvater im Bad. Ich sah sein erigiertes Glied. Ich sah den Lippenstift im Gesicht, tiefrot, grotesk mit all den Bartstoppeln. Ich sah das Mädchen, wie es vor ihm kniete. Dann öffnete sich das Bild noch weiter.

Es enthielt große Mengen an Information, überführt in einen Augenblick.

Lisa gab ein Signal. Am Rande des Aufmerksamkeitsfeldes hantierten die Assistenten. Das Meer, in das ich geworfen worden war, zog sich zusammen. Ich kam wieder zu mir. Wahrscheinlich hatten sie den elektronischen Simulator unterbrochen, der Anjas Signale an mein Gehirn weiterleitete. Von ihrem Gehirn und ihrem Körper.

Ich war erleichtert. Und gleichzeitig, es war unerklärlich, war es ein Verlust.

Wir blieben noch lange still sitzen. Meine Beine zitterten, sie waren nicht zu kontrollieren, genauso wie damals, als ich in der Wand am Kleinen Dru hing.

Ich weiß nicht mehr, wie lange es dauerte, bis sich Lisa äußerte.

»Was hast du erlebt?«

Ich war gemeint. Sie war die Therapeutin. Anja die Patientin. Ich war bloß als Beisitzer da. Trotzdem war ihre Aufmerksamkeit nun auf mich gerichtet. Als wäre ich die Hauptperson.

»Ich habe deinen Großvater gesehen«, sagte ich und sah Anja an.

Sie schwiegen.

Jetzt bemerkte ich die Assistenten, die an der Wand saßen. Alle im Raum waren still.

»Ich habe auch die anderen Situationen gesehen«, sagte ich. »Die Situationen des Missbrauchs. Nicht in einer Reihe hintereinander. Sondern als ein großes Ganzes. Als Sterben. Als eine konzentrierte Todessituation. Das muss die Art sein, in der dein Bewusstsein sie bewahrt hat.«

»Was hast du noch gesehen?«, fragte Lisa.

»Dich«, antwortete ich. »Ich sah dich und deine Beziehungen zu den andern Menschen. Hier am Institut. Und im übrigen Gebäude. Mehreren hundert Menschen. Als wäre es ein Rad. Und du wärst die Nabe. Und die Beziehungen die Radspeichen. Es gibt etwas, das ich nicht erfahren habe. Ich wurde bewusst in Unwissenheit gelassen. Du leitest diesen Ort. Nicht nur die Klinik. Alles wird von der Polizei überwacht.«

Ich stand auf. Nahm den Helm ab. Zog den Kittel aus. Ging aus dem Raum.

Niemand sagte ein Wort. Niemand machte einen Versuch, mich zurückzuhalten.

IN DER FOLGENDEN Woche sollten die Kinder bei mir sein. Ihre Mutter wollte mit ihrem Freund in Urlaub fahren.

An diesem Abend, dem Abend nach dem Scanning des Missbrauchs, trafen wir uns, nachdem ich die Mädchen schlafen gelegt hatte, in meinem Haus, um die praktischen Dinge zu besprechen.

Als alles geregelt war, saßen wir noch wie immer an dem Geländer, das die Küche vom Wohnzimmer trennt, und schauten auf die Kinder in dem großen Bett.

»Sie haben nie einen Missbrauch erlebt«, sagte ich. »Sind nie in Gefahr gewesen, das zu erleben.«

Sie schwieg.

»Wir haben nie darüber gesprochen«, sagte ich. »Aber heute habe ich kapiert, dass wir jedes Mal, wenn wir sie bei Freunden übernachten ließen oder bei den Großeltern oder in Ferienlagern, die Leute, bei denen wir sie ablieferten, gewissermaßen gescannt haben, um zu sehen, ob wir ihnen vertrauen können. Wir haben die Situation auf die Möglichkeit von Pädophilie gescannt. Das muss eine selbstverständliche, stillschweigende Verhaltensregel gewesen sein.«

»Ja«, sagte sie. »So ist es gewesen. So ist es.«

»Heute habe ich verstanden, warum. Heute habe ich etwas gesehen.«

Einen Augenblick lang überlegte ich, ob ich ihr von der Klinik erzählen sollte. Von Anja. Vom schwarzen Wirbel des Missbrauchs.

Dann gab ich auf.

»Ich habe in eine Finsternis geblickt«, sagte ich. »Und etwas von dem, was ich sah, war die Finsternis in mir selber. In jedem Mann steckt ein potentieller Sexualtäter.«

Zwischen uns befanden sich unausgesprochen unsere gemeinsamen Jahre, unsere Sexualität, das Liebesleben, die Geburten der Kinder, die tiefe Kenntnis voneinander, die nur Liebespartner haben können.

»Und in jeder Frau«, sagte sie, »gibt es etwas, das sich davon angezogen fühlen könnte, ein potentielles Opfer zu werden.«

In dieser Woche betrachtete ich die Kinder mit anderen Augen. Ich sah. Und versuchte, mich zu erinnern.

Mehrmals hatten sie Besuch von Spielkameradinnen.

Normalerweise hätte ich in solchen Fällen die Gelegenheit genutzt, um praktische Dinge zu erledigen. Diesmal setzte ich mich aufs Bett und lehnte mich an die Wand. Und sah ihnen beim Spielen zu.

Manchmal, vielleicht wenn das Spiel konzentrierter wurde, schaute die Größere zu mir hoch und sagte: »Du sollst nicht zugucken, Papa.«

Dann stand ich auf und ging.

Aber in den meisten Fällen akzeptierten sie meine Anwesenheit und vergaßen sie bald.

Es gab etwas in ihrer Vergangenheit, das mir keine Ruhe ließ. Etwas in ihrer und meiner Vergangenheit, das sich an die Oberfläche arbeitete.

Die erste Erinnerung kam am nächsten Tag.

Sie reichte mehr als sechs Jahre zurück. Die Ältere war anderthalb Jahre alt. Sie konnte schon mühelos laufen. Es war an einem Nachmittag, wir waren beide da, ihre Mutter und ich. Es war Frühling, die Tür zum Garten stand offen. Es war warm.

Das Kind hatte ein gestricktes Wollhöschen an, mit einer Windel.

Da fängt die Kleine plötzlich an, sich zu bewegen, wie sie es noch nie getan hatte.

Es ist kein Tanz. Trotzdem ist es rhythmisch. Es gibt keine Choreographie, kein erkennbares Muster. Aber sie bewegt sich mit einer Bestimmtheit, die nichts mit ihrem Alter zu tun hat. Mit einer ernsthaften Zielgerichtetheit, die selbst bei einem Erwachsenen ungewöhnlich gewesen wäre.

Ohne ein Wort, ja, ohne einen Blick zu wechseln, wissen wir beide, dass wir Zeugen von etwas Unerklärlichem sind.

Und lassen uns mit dem Rücken an der Wand hinunterrutschen, bis wir auf dem Boden sitzen.

Das kleine Kind bewegt sich mit einer großen inneren Kraft. Immer wieder und wieder. Es beachtet uns gar nicht. Und braucht den ganzen Raum.

Das Bewegungsmuster erinnert uns an nichts Bekanntes. Am ehesten vielleicht an den Maskentanz, den wir auf Bali und in Afrika miterlebt haben. Oder den Trancetanz der Yoruba-Religion in Santiago de Cuba.

Ja, das Kind vor uns scheint sich in einer Art von Trance zu befinden. Besessen von etwas, von einer Kraft, die gleichzeitig mit der wohlkoordinierten Sorgfalt eines Erwachsenen gelenkt wird.

Das dauert fast eine Stunde. Der kleine Körper glänzt von Schweiß, ohne Zeichen der Erschöpfung zu zeigen.

Es endet aus heiterem Himmel. Sie hält inne. Schaut uns an. Erkennt uns. Kommt in ihrer und unserer gemeinsamen Wirklichkeit an.

Die Trance ist vorbei.

Das ist die erste Erinnerung.

Die nächste stammt aus einer Zeit vier Jahre später.

Die Jüngere ist zweieinhalb Jahre alt.

Ihre Mutter hat sich einen Drumcomputer gekauft.

Sie spielt Klavier. Wenn sie aus Aarhus nach Hause kommt und vom Leid der Menschen, von dem sie mir nichts erzählen kann, von dem sie keinem erzählen kann, dunkle Augenränder hat, dann setzt sie sich ans Klavier und spielt. Fast immer lateinamerikanische Musik. Der Drumcomputer begleitet sie in die komplizierten Rhythmen hinein, die das Leid, deren Zeugin sie war, das Leid der Opfer von Unfällen oder Verbrechen, in etwas Erträglicheres verwandeln.

Eines Tages holt sie mich aus dem kleinen Haus, das mein Arbeitsplatz ist, wo ich schreibe.

Es passiert fast nie, dass sie mich bei der Arbeit unterbricht. Ich komme sofort mit.

Unsere Jüngste steht im Wohnzimmer. Sie hat sich verkleidet, mit Kopftüchern und golddurchwirkten Schleiern.

Neben ihr steht der Drumcomputer, ein flacher, runder Kasten von etwa fünfzehn Zentimetern Durchmesser.

Die Mutter stellt die Maschine an.

Die Kleine fängt an zu tanzen.

Wir haben immer getanzt in der Familie. Ihre Mutter hat immer getanzt, ich habe immer getanzt.

Aber das hier ist etwas anderes. Etwas völlig anderes.

Was das kleine Mädchen da vor uns tanzt, ist etwas Nahöstliches. Es sind ohne jeden Zweifel nahöstliche Bewegungen aus der Bauchtanztradition. Verzwickte, schlangenartige Bewegungen, die noch keiner von uns gesehen hat, die auch die Kinder noch nie gesehen haben, ja, wir wussten nicht einmal, dass es so was überhaupt gab.

Die Bewegungen kommen aus dem innersten Wesen dieses kleinen Menschen. Sie sind derart verführerisch, sie wissen so viel von Leben und Sinnlichkeit, dass eigentlich nur eine erwachsene Frau fähig sein dürfte, sie auszuführen. Und sie sind in so tiefem Kontakt mit der weiblichen Mystik, dass der Anblick der Bewegungen, ausgeführt von einem so kleinen Kind, nahezu erschreckend ist.

Sie benutzt den golddurchwirkten Schleier, die dünnen Stoffe, als Verlängerung ihres Körpers, ihre Augen schillern in einem für uns fremdartigen, nie gesehenen Glanz.

Es dauert eine Viertelstunde, dann ist Schluss.

Es wiederholt sich am nächsten Tag. Ihre Mutter fragt sie, ob sie tanzen will, sie nickt, der Drumcomputer legt los, der Tanz beginnt, und wir sind Zeugen einer Vorstellung, die wir uns nie erträumt hätten.

Am folgenden Tag das gleiche Spiel.

Da kommen wir Erwachsenen zu uns. Abends beschließen wir, das Phänomen zu filmen. Bekannte einzuladen, es auch zu sehen. Wir sind davon überzeugt, dass es irgendeine Tür in die Zukunft der Kleinen ist oder eine Richtung angibt, wohin sie gehen wird.

Woraufhin es nie wieder vorkommt.

Nie mehr hat es sich wiederholt. Keine Kamera hat das Phänomen je festgehalten, keiner sonst hat es je gesehen. Es ist wie in Wasser geschrieben. Es existiert nur als unwirklicher Erinnerungsschimmer an eine rätselhafte Schönheit im Raum zwischen dem Kind, seiner Mutter und mir.

Das sind die beiden ersten Erinnerungen.

Ich habe vier Jahre lang nicht an sie gedacht. Der Scheidungsschmerz hat sie überdeckt. Und es ist schwer, sich an Erlebnisse zu erinnern, die keine Vergangenheit und keine Zukunft haben, die ohne Geschichte und ohne Folgen sind.

Aber hier, während ich auf dem Bett sitze und vor mir die Mädchen mit ihren Freundinnen auf dem Boden spielen, erinnere ich mich an sie.

Die Zimmerwände sind weiß. Ich habe Probleme mit Bildern oder Bücherregalen. An Buchrücken und Bildflächen gewöhnen wir uns so sehr, dass wir schließlich gar nicht mehr darauf achten und gewissermaßen in sie hineinschlummern. Vor dem Schlaf der Gewohnheit habe ich mich immer gefürchtet.

Aber jetzt erkenne ich noch ein anderes Motiv.

Ich sitze auf dem Bett, und der Urwald des Kindergartens erscheint an der Wand.

Bilder hätten sich dem widersetzt. Die weißen Wände erlauben es, dass der Dschungel im Raum erscheint, farbenfroh, voller Leben.

Auf der großen Palme hinter den Elefanten: die violette Eidechse.

Jetzt, da ich auf das Leben der Kinder schaue, auf die rätselhaften Begebenheiten, sinke ich durch die Augen der Eidechse.

Von uns Großen hatte immer jeder sein Doppelbett, und jeder hatte sein Schlafzimmer.

Die Kinder schliefen mit uns, abwechselnd, in diesen großen Betten, bis sie sieben Jahre alt waren.

Kurz nachdem die Ältere sieben geworden war, sagte sie: »Ich möchte gerne für mich schlafen.«

Wir ließen sie entscheiden, sie wollte auf einer Matratze im Wohnzimmer schlafen, nur wenige Meter von den offenen Türen zu den Schlafzimmern entfernt.

Seitdem halten wir es so. Mit einem Anflug von Wehmut über die körperliche Abwesenheit des kleinen Kindes bereiteten wir ihr von da an ihr Lager im Wohnzimmer.

Bei einem der ersten Male, als wir das Licht in ihrem Teil des Zimmers löschten und ihr gute Nacht sagten, wurde uns klar, dass sie etwas bemerkt hatte.

Mit konzentrierter Aufmerksamkeit starrte sie auf die halb geöffnete Terrassentür.

Wir folgten ihrem Blick, da war nichts zu sehen.

Aber wir verstummten. Sie schaute in eine andere Welt.

Es dauerte vielleicht dreißig Sekunden.

Dann legte sie sich hin.

Wir warteten.

»Da stand ein Mann an der Tür«, sagte sie. »Mit einer Axt.«

Das war keine Frage. Es war eine Feststellung. Sie hatte es gesagt, um uns zu beruhigen, um die dreißig Sekunden Vertiefung in eine andere Wirklichkeit zu erklären.

»Hattest du Angst«, fragte ihre Mutter.

»Nein.«

Dann schlief sie ein.

ALS ICH EINE Woche später abends die Kinder bei der Mutter ablieferte, war ihr Freund da.

Ich trat ein, die Kinder kamen gleich hinter mir.

Sie und ihr Freund hatten Farbe bekommen. Es schien, als trügen sie das sonnenglitzernde Meer, an dem sie Urlaub gemacht hatten, noch in sich. Als flösse noch etwas davon in ihren Adern.

Ich spürte das Leben zwischen ihnen. Das Echo lebendiger, leidenschaftlicher Gespräche. Die Liebe. Die Mahlzeiten. Dass etwas Entscheidendes geschehen war, das vielleicht noch nicht an die Oberfläche der Sprache gestiegen war. Eine größere Nähe.

Fünf Wochen früher hätte ich nichts von alledem bemerkt. Dazu war ich nur fähig dank meiner Erfahrungen in der Klinik. Dank Lisa.

Die Kinder kamen in den Raum. Ich sah das Gesicht des Freundes ihrer Mutter, seine Augen.

Als er die Kinder erblickte, stieg erneut Freude in ihm auf.

Sie umarmten ihre Mutter. Dann ihn. Dann setzte sich die Jüngere auf seinen Schoß, und er legte den Arm um sie.

Das zeigte etwas.

Es zeigte, dass es ihm, und den Kindern, gelungen war, sich gegenseitig fast so viel Zutrauen entgegenzubringen, als wäre auch er ihr biologischer Vater.

Ich habe oft miterlebt, wenn sich Kinder und die neuen Partner in Scheidungsfamilien getroffen haben.

Ich habe gesehen, wie schwierig es ist, eine echte Liebe zu etablieren, die nicht von Instinkten gestützt ist.

Es wird einem geholfen, die eigenen Kinder zu lieben. Sie kommen in gewisser Weise aus dem eigenen Körper, werden in die eigene Herde hineingeboren, den eigenen Stamm, den eigenen Clan. Unsere Zellen helfen uns, sie zu lieben.

Liebesprozesse ohne diese Hilfe sind anders. Langsamer. Delikat.

So viel hatte ich bislang verstanden.

Was ich hier beobachtete, lag tiefer.

Es war dem Mann am Tisch und meinen Kindern gelungen, sich gegenseitig so sehr zu öffnen, wie es zwischen den Kindern und ihrer Mutter und zwischen den Kindern und mir der Fall war.

Zumindest auf einem ähnlichen Niveau.

Ich sah noch etwas anderes.

Es ist schwer zu erklären, es entzieht sich der Sprache. Ich will sagen, dass das, was wir Instinkte nennen, trotz allem oberflächlich ist. Der genetische Code, der Herdeninstinkt, der uns hilft, unsere Kinder zu lieben, ist oberflächlich im Verhältnis zu dem, was sich vor mir ereignete. Das zwischen dem Mann und den Kindern ablief. Das Liebe war.

Ich sah unmittelbar, was er und die Kinder getan hatten, um

sich so nahe zu kommen. Sie hatten die instinktiven Vorbehalte über Bord geworfen.

Sie haben sich dem in uns hingegeben, das tiefer, viel tiefer ist als unsere Instinkte. Oder das eine tiefere Instinktivität ist: der Wunsch nach Zusammengehörigkeit. Nach dem Gefühl tiefer Liebe zu anderen.

Das war keine Annahme. Es war eine Beobachtung. Ich habe es direkt vor mir gesehen. Und zwar dank meinen Erlebnissen in der Klinik.

Ich ging zum Tisch und legte die Hand auf seinen Arm.

»Danke«, sagte ich.

Er sah auf.

In einem winzigen Augenblick, den zu erreichen, vielleicht besonders für Männer, schwierig ist, sahen wir einander mit dem Herzen.

Dieser Blick überwand die Dämonen, die stets ein Teil der Sexualität sein werden, überwand die Tatsache, dass wir beide die Frau liebten, mit der er nun zusammen war, beide die Kinder liebten, deren Vater ich war, und in einem Haus und einem Heim saßen, das ich mit aufgebaut hatte und in dem ich nun Gast war. Das alles überwanden wir und blickten in die menschliche Zusammengehörigkeit.

Er nickte. Einen kurzen Moment lang waren wir uns wirklich begegnet.

Die Mutter der Kinder begleitete mich hinaus.

Sie schloss die Tür hinter uns.

»Die Klinik«, sagte sie, »das Institut, wo du Simon hinbringst. Das ist größer, als ich dachte. Und die Überwachung ist viel umfassender. Was da vor sich geht, unterliegt der Kategorie ›Von Bedeutung für die nationale Sicherheit‹. Aber es ist keine militärische Einrichtung. Sie ist als ›psychologische Forschung‹ eingestuft. Ich erlebe hier zum ersten Mal, dass jemand die Behörden davon überzeugt hat, psychologische Forschung könne von nationaler Bedeutung sein.«

Ich setzte mich in mein Auto.

Hinterm Steuer blieb ich eine Weile im Dunkeln sitzen und schaute in die hellen Zimmer, die ich eben verlassen hatte. Hin und wieder sah ich einen Menschen, der sich bewegte. Sah die Haarspitzen der Kinder.

Dann ließ ich den Motor an.

DIE FAHRT NACH Aarhus dauerte eine Stunde.

Ich fand das Haus in dem neuen Wohngebiet im nördlichen Teil des Hafens, die Adresse war so neu, dass sie noch gar nicht auf der Karte verzeichnet war, ich fuhr eine Viertelstunde auf den Molen herum, bis ich endlich fündig wurde.

Es war ein hohes, schmales Gebäude am Wasser. Ich drückte auf die Klingeltafel am Eingang und wartete, ich wurde eingelassen, ohne ihre Stimme gehört zu haben. Aber von der oberen Einfassung des Portals äugten zwei eingemauerte Überwachungskameras auf mich herab.

Sie erwartete mich an der Tür, als ich aus dem Aufzug stieg. Sie trat zur Seite, immer noch ohne ein Wort, und ich kam in ein Apartment, das wie sie war.

Es lag ganz oben und bot eine Aussicht über die dunkle Bucht und einen Teil des erleuchteten Hafens. Die Oberflächen der Wohnung bestanden aus Wollstoffen, Schiefer, hellem Holz, Glas, Stahl und Buchrücken. Ein Kaminofen mit einem stillen Feuer. Alles geschmackvoll und kostbar und schlicht wie einst das Elternhaus, an das sie sich nicht erinnern kann.

An einer großen Tafel hingen Kinderzeichnungen, Gruppenbilder von Freunden, am Hafen, im Skiurlaub. Sie führte ein offenes Haus, viele Freunde, viele Nichten und Vettern, viele Besucher. Der Salon war groß und ordentlich, auf dem Boden war eine Yogamatte ausgerollt. Auf einem Regal stand die schwarze Schachtel aus Karton, die ich in ihrem Büro gesehen hatte. Oder eine ähnliche.

Und dann war da die Einsamkeit.

Sichtbar war sie nicht. Sie war der dunkle Faden, so diskret in den geschmackvollen und farbenfrohen Teppich ihres Lebens eingewebt, das er beinahe unsichtbar war.

Wir setzten uns einander gegenüber.

»Als wir Anja gescannt haben«, sagte ich, »habe ich den Großvater gesehen. Und zwar durch Anjas Augen hab ich ihn gesehen. Aus dem Bewusstsein des Kindes. Ich hab in sein Gesicht geblickt. Aber er war nicht da. Irgendetwas anderes hatte seinen Platz übernommen. Hatte seinen Körper eingenommen.«

»Ein Sexualstraftäter ist nie da. Ein Mensch, der Kontakt zu sich selbst hat, kann kein Kind missbrauchen.«

»Als ich erkannte, dass er nicht da war, wurde ich gefühllos. Ich konnte meinen Körper nicht mehr spüren. Ich verlor den Kontakt zum Körper.«

»Das ist unvermeidlich. Ein Kind von neun Jahren, das missbraucht wird, verlässt seinen Körper. Oder wird ohnmächtig. Es gibt nur die beiden Möglichkeiten: Es verliert seinen Körper. Oder es verliert das Bewusstsein. Was du erlebt hast, war ein Reflex ihrer Reaktion.«

»Dann kam die Wertlosigkeit. Die völlige Wertlosigkeit.«

»Das ist so. Das Schlimmste an einem Missbrauch ist nicht der physische Aspekt. Nicht, dass man uns berührt. Dass sich jemand an uns zu schaffen macht. Das Schlimmste ist, dass wir in einer intimen Situation mit einem Menschen, den wir vielleicht lieben, auf einen Klumpen Fleisch reduziert werden.«

»Das war noch nicht mal das Schlimmste. Das Schlimmste kam gleich danach. Gleich nach der Wertlosigkeit. Es war sichtbar und unsichtbar zugleich. Es war eine Ebene. Ein Kontinent. Aller Missbrauchsdelikte, die jemals stattgefunden haben. Durch die Augen des Mannes vor mir, die verlassenen Augen, hinter denen er selber nicht mehr anwesend war, sah ich in jeden einzelnen Kindesmissbrauch hinein, der je begangen wurde, überblickte sie alle auf einmal. Alle Vergewaltigungen. Jeden Inzest. Alle Misshandlungen.«

Sie erhob sich und stellte sich ans Feuer. Als wäre ihr kalt.

»Was war das«, fragte ich. »Warum hab ich das gesehen?«

»Wir wissen es nicht. Keiner weiß es. Es ist nicht möglich gewesen, das zu untersuchen. Bis jetzt. Wo zwei Menschen – oder mehrere – sich gemeinsam in ein Bewusstsein begeben können. Und sich austauschen können, was sie sehen. Es gibt praktisch keine empirischen Ergebnisse. Keine Erklärungen. Eine mögliche Theorie wäre, dass jeder Mensch, jeder Einzelne von uns, die Abspaltung eines kollektiven Bewusstseins ist. Von dem wir durch einen Schutz, eine Art Firewall, abgegrenzt sind. Tiefe Traumata sprengen diese Firewall. Woraufhin das, was draußen ist, zum Vorschein kommt. Vielleicht funktioniert es so.«

»Und was ist da draußen? Hinter dieser Brandmauer?«

Sie schloss die Augen.

»Wir wissen es nicht. Wir haben die Erfahrungen und Beschreibungen von Einzelpersonen. Von Mystikern. Visionären. Die Berichte von Psychotikern. Aber wir haben noch keine wissenschaftliche Kartierung. Bis heute ist es nicht möglich gewesen, eine Reise ins Innere zu unternehmen. Gemeinsam.«

»Dafür hast du mich ausgewählt«, sagte ich. »Als deinen Reisekameraden.«

»Man hat keine Wahl. Die großen Dinge im Dasein kann man sich nicht aussuchen. Man kann nur versuchen, ihnen zu helfen stattzufinden.«

Wir gingen an den Molen entlang. Langsam. Hin und wieder berührten sich unsere Arme und Schultern.

»Das Institut wird überwacht«, sagte ich. »Jede Stunde fährt eine Patrouille vorbei.«

»Das ist eine Absprache mit dem Wirtschaftsministerium. Um uns vor Industriespionage zu schützen. Das können alle Unternehmen beantragen, private und öffentliche.«

»Du leitest das Ganze. Nicht nur das Institut am Ende der Straße. Sondern den ganzen Komplex. Vier Institute. Auch die Abteilung für technologische Entwicklung. Von da kommen die neuen Scanner. Deshalb könnt ihr Neuerungen auch so fix umsetzen. Das muss Millionen kosten.«

Sie ließ sich Zeit mit ihrer Antwort.

»Wir haben etwas entdeckt. Eine Technologie und eine Praxis. Die es zum ersten Mal in der Weltgeschichte ermöglichen, das Bewusstsein direkt zu untersuchen. Die möglichen Konsequenzen sind unabsehbar. Wir wollen Menschen beschützen. Die Technologie beschützen. Vor Missbrauch. Wir wollen es erst gründlich untersuchen, bevor wir es freigeben. Bis dahin halten wir uns bedeckt. Die Institute, ich, alle.«

»Und die Eitelkeit? Deine Karriere? Die Aussicht auf den Nobelpreis? Sind das keine Faktoren?«

Sie drehte sich zu mir um. Zorn stieg in ihr auf wie ein Fettbrand.

Einen Augenblick lang, dann erloschen die Flammen wieder.

»Das sind Faktoren. Aber der Wunsch, anderen zu helfen, ist das Wichtigste.«

Ein unerklärlicher Brandgeruch hing in der Luft.

»Vielleicht ist es gar nicht vorgesehen, dass wir die Brandmauer durchbrechen«, sagte ich. »Diejenigen, bei denen sie gesprengt ist, sind in der Irrenanstalt. Oder haben Selbstmord verübt. Oder sind drogenabhängig. Vielleicht sind wir dazu geschaffen und aufgewachsen, in uns selbst zu verharren. In unserer Persönlichkeit. Vielleicht kann keiner die Reise ins Unbewusste überleben. Vielleicht gibt es keine Reise. Vielleicht brennen die Sicherungen des Nervensystems durch, sobald die Brandmauer einstürzt, und man tritt aus sich selbst heraus.«

»Wir haben Möglichkeiten, die es noch nie zuvor gegeben hat. Wir haben die Scanner, die wir an- und abschalten können. Den kraniomagnetischen Simulator. Wir können Projektionen auf die Netzhaut vornehmen. Wir können jede Phase unserer Forschung in einer wissenschaftlichen Sprache beschreiben.«

Sie blieb stehen und drehte sich wieder zu mir um.

»Und das Wichtigste von allem: Wir können gemeinsam reisen. Die psychiatrischen Patienten hingegen sind da ganz allein reingeworfen worden. Die indischen ›Masts, the god-intoxicated‹, also Menschen, deren meditative Erfahrungen so heftig gewesen sind, dass sie nicht mehr normal kommunizieren können, das sind Verlorene. Wir können etwas anderes tun, Peter.«

Sie nahm meinen Arm.

»Wir können zusammen reisen.«

Der Geruch nach Rauch nahm zu. Wir standen vor einem Schuppen mit einem breiten Schornstein, aus dem dicker, schwarzer Rauch aufstieg.

Der Umbau des Hafens hatte fast alle Spuren der Vergangenheit getilgt. Aber vereinzelte Reste standen noch. Waren, eine ganz kurze Zeit noch, da.

Es war eine Räucherei.

Die Schuppentür ging auf. Schwarzer Rauch quoll heraus, unten erleuchtet von weißem Feuerschein.

Eine Gestalt trat aus dem Qualm. Ein hochgewachsener Mann mit Lederschürze.

Sein Gesicht glänzte vor Schweiß und war rußgeschwärzt. Er blieb stehen und sah uns an. Dann lachte er, er hatte nur ein paar Zähne im Mund. Anstelle seines einen Ohrs leuchtete eine glatte rotbraune Narbe.

Er drehte sich um und tauchte wieder in den Rauch ein. Kam wieder heraus, in der Hand einen Spieß mit geräucherten Heringen. Sorgsam aufgehängt, alle gleich, glänzend schön, wie kleine vergoldete Leichname.

Er legte den Spieß auf ein Gestell. Hängte zwei Heringe ab, bewegte seine Hand in der Luft. In der sich plötzlich zwei Seiten Zeitungspapier befanden. Er deutete auf eine Bank und reichte uns die Zeitung mit dem Fisch.

Dann drehte er sich um. Der schwarze Rauch und der Schuppen verschluckten ihn.

Er hatte kein Wort gesagt.

Wir setzten uns auf die Bank und aßen langsam und mit den Fingern. Das zartschmelzende delikate Fischfleisch fühlte sich gleichzeitig direkt aus dem Meer und zubereitet an, mager und fetttriefend, verbrannt und frisch. Feuer, Rauch, Wasser und feste Materie zugleich.

»Die Selbstmord begehen«, sagte sie, »tun es, weil sich das Tor zum Totenreich auftut. Und sie werden hineingesaugt. Wenn jemand darin gewesen wäre, wenn jemand hineingegangen wäre und wüsste, was da war. Verstünde, was passiert, wenn sich Menschen das Leben nehmen. Versteht, was passiert, wenn Menschen von der Psychose verschlungen werden. Oder der Schizophrenie. Es wirklich verstehen hieße, es zu wissen. Das wäre keine Theorie. Das hieße, selber dort gewesen zu sein. Ohne verschlungen worden zu sein. Hingereist – und zurückgekommen zu sein. Gemeinsam.«

WIR SASSEN AUF ihrer Terrasse und hatten uns in Decken eingewickelt. Das Meer war still. Die Stadt war still.

»Ich habe Medizin studiert«, sagte sie. »Und gleichzeitig biomedizinische Ingenieurwissenschaften. Irgendwie wusste ich immer, wo ich hinwollte. Dass ich eine Simulation des Bewusstseins erschaffen wollte, in die man hineinreisen könnte. Ich war mitten im Studium, als ich die Idee hatte. Ich hatte mich in die Herausforderungen eingearbeitet, eine dreidimensionale virtuelle Realität herzustellen. Aber die Schwierigkeiten sind unüberwindbar. Du musst einen elektrostatischen Raum etablieren. Ein Gas stabilisieren, auf das du Bilder projizieren kannst. Die Turbulenzen kompensieren. Der Rechenaufwand wäre enorm. Abgesehen von den technischen Problemen. Also hab ich gedacht: Was, wenn man das Auge selber dazu brächte, die Illusion zu erschaffen. Was, wenn man die Bilder direkt auf die Netzhaut projizieren könnte. Der Fokusbereich des Auges ist sehr begrenzt. In dem Bereich kann das Gehirn mit 1600 Dots pro Quadrat-Inch fertig werden. Es würde eine immense Projektorenkapazität erfordern, wenn wir diese Informationsdichte dreidimensional im Raum etablieren wollten. Aber wenn wir ins Auge projizieren, brauchen wir nur die 1600 Dots genau an der Stelle, auf die die Aufmerksamkeit gerichtet ist. Außerhalb dieser Zone produziert das Hirn die Illusion der Schärfe selber. Vergleichbar mit *Virtual-Reality*-Brillen. Aber direkt ins Auge projiziert. Das war die Idee. Das und dann die Beschichtung. Laserlicht sind angeregte Photonen. Sie produzieren Wärme. Wir mussten eine Beschichtung finden, die die Wärme abhält, ehe das Licht Zugang zum Auge findet. Kabir hat das Problem gelöst. Es lag eine große Unschuld über dieser Entdeckung. Dem ganzen Prozess. Von den Perspektiven hatten wir keine Ahnung. Das haben wir erst hinterher kapiert. Die digitale Unterhaltungselektronik ist der Bereich auf der Welt, der das meiste Geld anlockt. Als ich aufs Gymnasium ging, kamen alle großen Entdeckungen von der NASA. Teflon, Klettverschlüsse, dichtzelliger Schaumstoff, Isoliermatten, Tempur. Heutzutage hat jeder Einzelne der Giganten im Netz ein größeres Entwicklungsbudget als die NASA. Wir haben sowohl den Projektor als auch die Beschichtung patentieren lassen. Und das Programm, mit dem wir die Scanningergebnisse graphisch umsetzen. Deshalb die Polizei. Die Wachsamkeit rund ums Institut. Das konnte ich dir nicht alles gleich sagen. Ich musste erst mal sehen, mit wem ich es zu tun hatte.«

»Ihr könntet Milliardäre sein.«

Darauf antwortete sie nicht.

»Und hinterher«, sagte sie, »nachdem wir Fräulein Christiansen in ihrem Traum besucht hatten. Was geschah danach?«

»Erst redeten wir nicht darüber. Am nächsten Tag haben wir Fräulein Christiansen erst gar nicht gesehen. Dann kam sie in den Saal, als wir schon aßen, sie war verspätet. Und ging zu ihrem Platz. Wir guckten sie an, alle drei guckten wir sie an, während wir aßen. Sie schaute vor sich hin. Und dann irgendwann gegen Ende suchte sie zwei Kinder aus, die mit Papierkörben herumgehen und das Butterbrotpapier einsammeln sollten. Während des Einsammelns hob sie kurz ihren Blick und schaute uns direkt an. Es war eine ganz kurze Bewegung. Das war der einzige Kontakt. Bis zu dem Moment im Fass.«

Für einen Moment unterbrach ich meinen Bericht. Es war, als wäre der Begriff der Zeit dabei, sich für mich zu verändern. Und zwar wegen der Scannings. In der Klinik hatte ich durch die Augen fremder Menschen ein Ereignis in Litauen gesehen, das lange Zeit vor meiner eigenen Geburt stattgefunden hatte. Oder einen sexuellen Missbrauch, der sich weit entfernt von mir ereignet hatte. Einen Schiffsuntergang. Ich hatte das alles nicht nur gesehen, sondern ich hatte es so wirklich gesehen, als wäre ich selber dabei gewesen. Und hier, auf der Terrasse, Lisa gegenüber, waren sie nach wie vor bei mir.

Das machte die Zeit unwirklich. Als wäre sie ein Schutz. Als wäre die Zeit ein Teil der Brandmauer, mit der wir uns vor der Wirklichkeit schützen. Als ordneten wir die Wirklichkeit zeitlich, sequentiell, um sie überschaubar zu machen, erträglich.

»Wir saßen immer im selben Fass«, fuhr ich fort. »Der Klub der schlaflosen Kinder. Wir haben uns immer da getroffen. Es roch noch nach Bier. Obwohl es Jahre her sein musste, dass Carlsberg dazu übergegangen war, sein Bier in Stahltanks zu lagern. Vielleicht war es ein Zehntausend-Liter-Fass. Ein Erwachsener konnte gerade darin stehen. Es waren Fenster und eine Tür hineingesägt worden. An dem Tag hatten wir die Tür mit einem Vorhang zugehängt. An dem Tag hatten Simon und ich versprochen, uns vor dir auszuziehen.«

Eines Tages hatte Lisa uns gefragt: »Wollt ihr euch mal ausziehen? Ganz nackt?«

Sie hatte sehr ernst gefragt, und genauso hatten wir geantwortet: »Ja.«

Damals waren die Waschräume getrennt, im Kindergarten und im Ferienlager. Nach der Krippe sahen sich Mädchen und Jungen nicht mehr nackt.

Es war uns sehr ernst mit unserm Plan. Er war unser Geheimnis. So wie die Reisen durch den Regenwald.

Wie lange wir auf den rechten Augenblick warteten, weiß ich nicht. Aber wenige Tage nach unserer Reise in Fräulein Christiansens Traum wussten wir, jetzt sollte es sein.

An dem Tag schien die Sonne. Die andern Kinder waren schlafen gelegt worden. Wir drei hatten uns im Fass versammelt.

Lisa hatte ein Stück schwarzen Stoff dabei, mit dem wir die Türöffnung zuhängten, die auf die Bahngleise hinausging. Dann zogen wir uns aus, Simon und ich, und standen nackt vor ihr.

Ich glaube nicht, dass einer von uns das Wort »Ritual« kannte, der Begriff war damals nicht sehr üblich. Trotzdem wussten wir, dass es genau das war.

Dass wir mit etwas Uraltem im Bunde standen, das für den Rest unseres Lebens von Bedeutung sein würde.

Dann machte Lisa uns ein Zeichen, dass wir uns setzen sollten.

Und stand auf und fing an, sich auszuziehen.

Weil das Fass so groß war und seine Dauben so dick, war es im Innern immer etwas frisch. Jetzt natürlich auch, das raue Holz unter unsern nackten Pobacken war ziemlich kühl.

Lisa zog sich anders aus als wir. Wir hatten uns einfach unserer Kleider entledigt, um schnell zum Nacktsein zu gelangen, das war doch das Ziel. Für sie war die Entkleidung Teil des Rituals. Langsam und sorgfältig zog sie Bluse, Rock, Unterhemd und Unterhose aus und zum Schluss die karierten Kniestrümpfe.

Kerzengerade stand sie in der Mitte des Fasses auf dem Bretterboden und sah uns mit tödlichem Ernst in die Augen.

Dann hob sie die Arme über den Kopf und drehte sich langsam um sich selbst.

Wir waren sehr glücklich. Sehr ernst und sehr glücklich. Ich merkte, wie meine kurzen Haare zu Berge standen und wie der Flaum auf meinen Armen und Beinen kribbelte.

Ein Sonnenstrahl fiel durch eines der kleinen Fenster auf ihre Haut, im Licht sahen wir die Härchen auf ihren Lenden, sie schimmerten golden.

Wir empfanden große Dankbarkeit ihr gegenüber.

Die Dankbarkeit galt nicht nur ihr allein. Sie galt allen Mädchen. Und wie ich später erfahren sollte, galt sie eigentlich allem Weiblichen auf der Welt.

Sie lachte. Glücklich, ausgelassen, dankbar – so lachen konnte nur sie.

Im selben Augenblick wurde der schwarze Stoff zur Seite gezogen. Fräulein Christiansens Gesicht füllte den ganzen Eingang aus.

Das lag sicher am Schock. Denn so groß wie in meiner Erinnerung kann es gar nicht gewesen sein.

Sie kam in unser Fass, schnell und gewandt. Ihr großer Körper schien den ganzen Raum auszufüllen.

Sie war wütend. In ihrem Gesicht und ihrer großen, starken Gestalt verbanden sich unkontrollierte Wut und eine Angst, die von einer Sekunde auf die andere zunahm und in Kürze über uns explodieren würde.

Da bewegte sich Lisa. Sie streifte mit der Hand ihren Rock, und plötzlich hielt sie etwas in der Hand, das sie auf das festgenagelte Tischchen vor Fräulein Christiansen legte.

Es war eine Plastikrose. Die Plastikrose aus der Vase an Fräulein Christianses Bett.

Es war, als würde sich das Licht verändern. Im Fass war es dunkel gewesen. Als Fräulein Christiansen hereingekommen war, hatte sie den schwarzen Stoff von dem Nagel gerissen, an dem wir ihn aufgehängt hatten, so dass Licht ins Fass fiel.

Nun wurde es wieder dunkel. Oder richtiger: Die Umgebung wurde dunkel und unwirklich, während der Raum zwischen uns vier Menschen erleuchtet war.

Wir sahen Fräulein Christiansen ins Gesicht, und während sie auf die Rose starrte, merkten wir, wie die Wut schwand und von reiner, namenloser Angst abgelöst wurde. Sie drückte sich an die Innenwand des Fasses, als wollte sie nur weg von der Rose und von uns.

Dann wich die Angst und wurde nach und nach von etwas anderem ersetzt. Sie gab auf.

Sie setzte sich ganz außen auf die Bank, Simon und mir gegenüber.

Wir regten uns alle nicht. Der ganze Kindergarten war still, alle schliefen ihren Mittagsschlaf. Auch die Kleinsten in der Krippe.

Die Stille bestand nicht nur aus der Abwesenheit von Geräuschen, sie ging tiefer, sie umfasste auch die Gebäude. Es ruhte die ganze Gegend.

Auch die Züge. Die Gleise lagen verlassen da. Aus irgendeinem Grund sogar die Straßen.

Fräulein Christiansen stand am Rande eines Abgrunds.

Dann erhob sich Simon. Er ging zu ihr und strich ihr mit der Rückseite seiner Hand über die Wange.

Dann nahm er seine Hände, und langsam hob er ihren Kopf, bis sie ihm in die Augen schaute, und ließ seine Fingerspitzen an ihren Wangen herabgleiten.

»Deine Haut ist so weich«, sagte er.

Sie verwandelte sich. Wir sahen, wie ein Mensch sich verwandelt.

Es war das Gegenteil der Verwandlung, die mit Simons Mutter geschehen war. Da hatte sich alles, was einen Menschen ausmachte, zurückgezogen und war durch den Tunnel entschwunden. Wir hatten sie sterben sehen.

Nun sahen wir, wie ein Mensch zum Leben erwachte.

Fräulein Christiansens Haut veränderte sich. Als hätte Simons Berührung magische Kräfte gehabt.

Ihre Haut hatte immer einen gelblichen Ton gehabt. Einen schönen, durchsichtigen, aber auch leblosen gelblichen Ton. Wie ich ihn von einem alabasternen Salzfässchen in der Küche meiner Eltern her kannte.

Jetzt errötete ihre Haut von innen. Als würde ihr Blut zugeführt.

Sie sagte nichts. Sie regte sich nicht. Aber innerlich verwandelte sie sich und wurde eine andere.

Da wurde die Glocke geläutet, der spröde, ferne Gong, der anzeigte, dass die Mittagsruhe vorbei war und es warmes Essen gab.

Draußen fuhr ein Zug vorbei. Wir hörten den Verkehr auf dem Enghavevej.

Fräulein Christiansen hob die Hände. Mit der einen nahm sie die Haube ab, die die Fräulein trugen. Mit der andern löste sie ihr Haar.

Nur in ihrem Bett, nur im Traum, hatten wir sie mit offenem Haar gesehen.

Nun sahen wir es wirklich.

Sie löste das Haar mit einer Bewegung, als gäbe es etwas zu befreien, und die Haare flossen um ihren Kopf und ihre Schultern, sie waren schwarzblau, wie schwarzblaue Wogen oder Schlangen, die man freigelassen hatte.

Ich schwieg.

Ich war in Valby gewesen, in dem Fass, seinem gewölbten Innern wie in einem Schiff. Wir beide waren dort gewesen, Lisa und ich.

Jetzt blickten wir über die Bucht von Aarhus. Langsam, unmerklich war das Morgenlicht gekommen. Nicht wie etwas von außen, sondern als wäre es schon die ganze Zeit in der Umgebung gewesen, aus der es nun herausstrahlte.

Auch das Wasser in der Bucht glühte von innen heraus. Auch das Nachbarhaus. Selbst das Geländer der Terrasse, auf der wir saßen, schien zu leuchten, obwohl es im Schatten lag.

»Und danach«, fragte sie.

»Sie hat nie mehr was dazu gesagt, dass wir Wasser tranken. Kein Wort zu den Oliven. Oder dazu, dass wir das Essen teilten. Es kam vor, dass sie ein Kind berührte. Ihm über die Haare strich. Oder es auf den Schoß nahm.«

»Aber uns nicht?«

»Nein«, sagte ich. »Uns rührte sie nicht an.«

»Warum nicht?«

»Wir hatten etwas gesehen. Sie und wir, wir sind gemeinsam durch den Regenwald gereist. Das hatte ihr etwas vom Leben zurückgegeben. Das war das Helle an diesen Tagen.«

»Und das Dunkle?«

»Das Dunkle war das, was wir entdeckt hatten. Wir waren drei Kinder. Und wir hatten entdeckt, dass wir tief in die Welt der Erwachsenen reisen und sie verändern konnten. Wir hatten eine Macht entdeckt, die normalerweise kein Kind erlebt. Diese Macht hatte etwas Dunkles.«

Sie stand auf und kam nach einem kurzen Augenblick mit der schmalen schwarzen Schachtel aus Karton wieder. Sie stellte sie auf den Tisch und nahm den Deckel ab.

In der Schachtel lag die Plastikrose.

Sie legte sie hin.

»Ich erinnere mich nur an eine Sache, die mit dieser Rose zu tun hat. Außer dem Zimmer mit der Vase, aus der ich sie geholt habe. Ich sehe einen Tisch aus Brettern. Mit einer dünnen Sandschicht. Auf diesem Sand liegt die Rose.«

»Das ist der Tisch in dem Fass. Er war immer von Sand bedeckt. Die kleineren Kinder brachten feuchten Sand aus dem Sandkasten mit rein. Und spielten damit auf dem Tisch. Da ist er dann getrocknet und zu einer feinen weißen Schicht geworden.«

Es wurde heller.

»Es war nicht nur Fräulein Christiansen«, sagte ich. »Auch

Simon verwandelte sich. Seine Haut veränderte sich gleichzeitig mit ihrer. Du hast recht gehabt.«

Sie sagte nichts.

»Wenn das nicht passiert wäre, wenn er Fräulein Christiansen nicht ins Leben hätte zurückhelfen können, hätten wir ihn verloren. Dann wäre er seiner Mutter gefolgt.«

Sie schwieg.

»Fräulein Christiansen war danach nur noch kurze Zeit im Kindergarten. Ich weiß nicht, warum. Es gab keinen allgemeinen Abschied. Aber eines Tages kam sie zu uns. Wir spielten gerade an den Büschen, die an der Seite zu den Bahngleisen wuchsen. Und rote säuerliche Beeren trugen.

Plötzlich stand sie vor uns.

›Ich reise ab‹, sagte sie. ›Wir sehen uns nicht mehr wieder.‹

Sie nannte uns keinen Grund. Aber wir spürten alle ihre Freude. Als wäre sie auf dem Weg zu etwas Phantastischem. In eine neue Welt.

Sie sah uns an. Und fand keine Worte.

Dann legte sie auf einmal die Arme um Simon und hob ihn hoch. Er schlang seine Arme um ihren Hals und die Beine um ihren Rücken. Und sie drückten einander, so fest sie konnten.

So hatte sie im Kindergarten noch nie ein Kind gehalten. Niemals. Wahrscheinlich auch außerhalb nicht. Ich war mir nicht sicher, ob sie überhaupt jemals als Erwachsene einen anderen Menschen so an sich gedrückt hatte. Vielleicht nicht mal als Kind.

Dann setzte sie ihn behutsam ab. Und verließ uns halb gehend, halb laufend, ohne sich noch einmal umzudrehen. Als hätte sie Angst, zurückgezogen zu werden.«

ZWEITER TEIL

WIR FRÜHSTÜCKTEN ZUSAMMEN.

Lisa machte Tee, toastete Brot und presste Apfelsinen aus, die sie aus einer großen Schale voller Obst nahm.

Butter und Käse verwahrte sie in einem kleinen Kühlschrank mit Kellertemperatur in einer schattigen Ecke auf der Terrasse. Unter einer altmodischen Käseglocke lagen mehrere Sorten Käse auf einer Marmorplatte.

All das zeugte von ihrer Sorgfalt bis ins kleinste Detail. Ich spürte den Willen und das Recht der Einsiedlerin, alle Einzelheiten des Alltags selbst zu gestalten, unabhängig von anderen. Ich spürte die Einsamkeit.

»Ich erinnere mich noch an etwas anderes«, sagte sie. »Ich war Einzelkind.«

Sie erhob sich, unruhig.

Und dann kam es.

»Ich wurde adoptiert«, sagte sie. »Ist meine Erinnerung richtig?«

Ich nickte.

Sie kramte in ihrer Erinnerung, die allmählich erwachte. Sie fahndete nach dem Verlust, dem frühen, ersten, den ein adoptiertes Kind immer erlitten hat.

Sie setzte sich wieder.

Wir aßen, ohne ein Wort zu sagen.

»Warum diese Geheimnistuerei«, sagte ich schließlich. »Ich meine die Klinik. Das Verschweigen der Ergebnisse.«

Sie goss gerade Wasser auf den Tee. Jetzt stellte sie den Wasserkocher hin.

Allmählich wusste ich, wie sich ihr Zorn äußerte. Man sah ihn ihr nicht an, und man hörte ihn ihr nicht an. Es gab keine spürbare Veränderung.

»Du hast noch nie eine Organisation geführt«, sagte sie. »Du hast noch nie Verantwortung für Informationen dieses Kalibers gehabt!«

Langsam kam sie auf mich zu. Ihre Kraft war derartig stark, dass ich fühlte, wie sich bei mir Adrenalin freisetzte. Als stünde ich vor einer physischen Bedrohung.

»Wir können uns ins Bewusstsein eines Menschen begeben und haben von dort aus möglicherweise auch Zugang zum kollektiven Bewusstsein. Zum Bewusstsein der Menschheit als solcher. Die Konsequenzen sind zum jetzigen Zeitpunkt überhaupt nicht zu ermessen. Wenn wir sie ermessen können, geben wir die Ergebnisse frei. Vorher nicht.«

Jetzt stand sie unmittelbar vor mir.

»Du willst die Öffentlichkeit beschützen«, sagte ich. »Die andern. Um sie machst du dir Sorgen. Aber die andern, das sind wir selber. Das haben wir gesehen und erlebt mit den hundert Leuten, die gleichzeitig gescannt wurden. Das haben wir mit Anja erlebt. Oder mit der blinden Frau. Auf der andern Seite der Brandmauer der Persönlichkeit sind wir die andern. Wenn du vor der Reaktion der Öffentlichkeit Angst hast, hast du vor etwas Angst, das in dir selbst steckt.«

»Und das wäre was?«

»Vielleicht ist es die Macht.«

Sie überlegte. Auf dem Kamm der Zorneswelle stehend, blickte sie dahin zurück, wo die Welle herkam.

Dann lachte sie.

Der Zorn verschwand, die Welle löste sich auf, als hätte es nie eine gegeben, als wäre es bloß eine große Seifenblase gewesen.

Sie hob die Hand und streichelte meine Wange.

Ich sah etwas in ihrem Blick, das vielleicht Liebe war.

Das dauerte eine Sekunde, dann war es weg.

Es war das erste Mal, dass wir allein etwas zu uns nahmen, nur wir zwei.

Die Mahlzeit bestand bloß aus Tee, Toastbrot, Butter, Käse und Orangensaft.

Aber sie war auch noch etwas anderes, sie war ein Symbol. Vielleicht waren es gar mehrere Symbole.

Wir hatten die ganze Nacht miteinander gesprochen. Und haben irgendwann einen Bärenhunger bekommen. Wir waren ein Mann und eine Frau, die zum ersten Mal den Hunger des anderen gesehen haben.

Eine Mahlzeit ist nicht nur lebensspendend, sie erinnert auch an den Tod. Daran, dass der Körper ständig abgebaut und wieder aufgebaut wird. Sie erinnert daran, dass wir, wenn die Nahrung ausbleibt, sterben werden.

Wie wir da auf der Terrasse saßen, im frühen Morgenlicht, war die Mahlzeit auch die Besiegelung eines Pakts.

Was wir damit besiegelten, war mir nicht klar.

Aber da war etwas zwischen uns, das nicht mehr zurückgenommen werden konnte.

AUF DEM WEG zur Klinik fuhr ich hinter ihr her. Als wir auf den Parkplatz bogen, kam uns der Streifenwagen entgegen, sie winkte den Beamten zu, sie grüßten zurück.

Ihre Assistenten waren schon da und bereiteten die Sitzung vor. Am Ende eines Korridors sah ich kurz die Frau, die sauber machte und mit großer Gründlichkeit eine schwere Reinigungsmaschine über den Boden schob.

Lisa und ich blieben an der Tür stehen.

Jetzt empfand ich das Verhältnis zwischen ihr und dem Gebäude anders. Sie gehörte nicht zu den süßen Mädels im Keller. Ihr Bewusstsein umfasste, auf beinah physische Weise, alle Gebäude. Alle Angestellten. Und ich merkte, wie diese ihr entsprechend zugewandt waren. Als wäre sie die Nabe des Rads, von der die Beziehungen zu den Angestellten wie Speichen ausstrahlten.

»Sie sind alle durchleuchtet worden«, sagte sie. »Von der Uni und vom Polizeilichen Nachrichtendienst. Sämtliche Angestellten, das Reinigungspersonal, die Gärtner und ihre Gehilfen. Ich übrigens auch. Das ist Standard, wenn ein Unternehmen oder eine staatliche Institution von Industriespionage bedroht sein könnte. Da ist nichts mit verdeckter Tätigkeit, das ist einfach eine Art, wie sich die Demokratie selbst beschützt.«

»Ich auch?«

»Du auch.«

Sie lachte.

»Ich habe dein blitzsauberes Führungszeugnis gesehen. Die drei Bußbescheide wegen Geschwindigkeitsübertretung. Die drei Orte, an denen du in den letzten zwanzig Jahren gemeldet warst. Deine Steuererklärungen.«

Anja trat ein. Wir zogen die Kittel an. Nahmen auf den Stühlen Platz.

Die Scanner starteten. Unser Bewusstsein bewegte sich aufeinander zu.

Wie zuvor war das Erlebnis zunächst physischer Natur. Ein Gefühl, die Körper anderer sehr nah bei sich zu haben. Ich merkte Lisas und Anjas Herzschlag. Ihre Atemzüge.

Dann kam das Erlebnis der Fremdheit. An der Schwelle zu einem chaotischen Universum zu stehen.

Anja hatte die Augen geschlossen. Physisch konnte ich spüren, dass sie ihren Blick rückwärts in die Zeit richtete.

»Ich will vom letzten Mal erzählen«, sagte sie. »Wir waren in Schweden, da hat es stattgefunden, meistens hatte es dort stattgefunden, sie waren wohlhabend, mein Großvater hatte ein Schloss in Schonen, mit einem überdachten Pool, das Glasdach konnte im Sommer geöffnet werden. Ich war jeden Sommer da, ich wurde für vierzehn Tage hingeschickt. Dort fand es statt.«

Ich merkte den Widerstand gegen das, was kommen sollte. Den Widerstand dagegen, die Welt des isolierten und ausgenutzten Kindes zu betreten.

»Warum hast du deinen Eltern nichts gesagt? Warum hast du nicht nein dazu gesagt, mit deinen Großeltern nach Schweden zu fahren?«

Alle im Raum sahen mich an.

Anja zeigte auf ihren Mund. Sie versuchte zu sprechen, aber es kam kein Wort über ihre Lippen.

Ich spürte die Lähmung, die sie erfasst hatte, an meinem eigenen Mund. Es schnürte sich mir der Hals zusammen. Ich spürte es, als wäre es mein eigener Körper.

»Die Worte«, sagte sie.

Sie redete wie eine Stotterin, die ihr Stottern zu mäßigen versucht, um sich artikulieren zu können.

»Die Worte sind das Schlimmste nach einem Missbrauch. Nach einem Inzest. Weil du so lange etwas verschwiegen hast. So lange mit Drohungen zum Schweigen gezwungen wurdest.«

Unser beider Bewusstsein war sich jetzt ganz nah.

»Und dann vor allem bei der Frage, die man am meisten fürchtet. Warum man nicht nein gesagt hat. Warum man sich nicht geweigert hat. Denn irgendwo in einem selbst wird man immer Angst davor haben, selber schuld dran zu sein.«

Wir sahen uns in die Augen. Ein Teil, ein Prozentsatz des Schmerzes und des Unglücks, die hinter ihren Worten lagen, verpflanzte sich über die Apparate direkt in mich.

»Ein ganzes Leben lang wird man den Zweifel mit sich herumtragen, ob man verstanden wird. Ob meine Grenzen respektiert werden. Ein ganzes Leben lang.«

Sie war Anfang zwanzig. Und sprach wie eine Siebzigjährige.

Ich wusste, von wo aus sie sprach. Sie sprach von der Stelle aus, wo die Brandmauer eingerissen war, wo die Grenzen der Persönlichkeit gesprengt waren und von wo aus sie sämtliche Missbrauchsfälle, die jemals stattgefunden hatten, einsehen konnte.

Ich merkte, dass derjenige, der die Welt von dieser Stelle aus sieht, in Windeseile altert. Einerlei, wie man hinterher aussieht: Man trägt jetzt ein Teilchen vom finstersten Bereich aller menschlichen Erfahrung in sich.

»Man ist gezwungen, an die Liebe zu glauben«, sagte sie. »Ein Kind muss sich darauf verlassen können, dass sich die Erwachsenen um es kümmern. Auf es aufpassen. Auch wenn das Kind missbraucht wird. Wenn ein Kind den Glauben aufgibt, dass es von Liebe umgeben ist, geht es zugrunde. Also verschweigt man den Übergriff. Um an die Geschichte von der Liebe glauben zu können.«

»Ich werde nie wieder mit einer Frau zusammen sein können!«

Das war wieder etwas, was ich mich sagen hörte. Mich hervorstoßen hörte.

Ich fühlte die totale Hilflosigkeit des Kindes. Sein Ausgeliefertsein. Ich fühlte, dass der erwachsene Mann nicht da war. Ich sah sein Gesicht, die leeren Augen, seelenlose Augen.

Dahinter ahnte ich sämtliche Missbrauchsfälle.

Und den Sexualtäter in mir selbst.

Der Raum gefror. Einen Moment lang war alles still.

Dann lehnte sie sich zurück.

Sie lächelte mich an. Ein Lächeln, das älter war als ich. Die Rollen waren vertauscht. Einen kurzen Augenblick lang war ich der Geschädigte und sie die Tröstende.

»Ich habe vergeben«, sagte sie. »Wenn ich den Männern vergeben konnte, kannst du auch dem … in dir vergeben.«

Ich betrachtete mich von außen. Mit ihren Augen. Vielleicht war es ein Effekt der Geräte. Oder unserer gefühlsmäßigen Nähe. Ich sah mich durch ihre Augen selber an.

Dann lachte ich. Womöglich wie ein Irrer.

Die Situation zerplatzte wie eine Seifenblase.

Unser beider Bewusstsein glitt ineinander. Unser aller –

meines, Anjas, Lisas – Bewusstsein glitt ineinander und vermischte sich, wie drei Flüssigkeiten sich miteinander verbinden.

Das war die Schwelle, die wir übertreten mussten. Ich konnte gerade noch denken, dass vielleicht alle Begegnungen zwischen Menschen so sind: Man nähert sich einander, eine Schwelle zeigt sich, und auf einmal gibt es eine Möglichkeit: die Möglichkeit, die Barriere zu überwinden, wenn man sich traut. Eine Barriere, die es in Wirklichkeit gar nicht gibt, die eine Vorstellung ist, eine Seifenblase.

»Ich bin elf Jahre alt«, sagte sie. »Langsam bekomme ich weibliche Formen. Ich bin am Swimmingpool, das Dach ist geöffnet, die Sonne scheint. Ich weiß nicht, wo meine Großmutter ist, sie hat sich unsichtbar gemacht, sie macht sich immer unsichtbar, wenn es passiert.«

»Sie ist weggefahren«, sagte Lisa. »Zum Einkaufen.«

Ich wusste es im selben Moment, in dem Lisa es sagte, ich sah die Großmutter losfahren, in einem weißen Auto. Wir befanden uns in Anjas Bewusstsein, Lisa und ich.

»Sie weiß es«, sagte Anja, »sie hat es immer gewusst. Warum …?«

»Eine Familie ist ein Organismus.«

Sagte Lisa. Aber ich erlebte den Satz in mir selbst, ich wusste nicht recht, inwieweit sie ihn gedacht oder ausgesprochen hatte.

»Der ganze Organismus ist involviert. Es gibt nie nur ein Opfer und einen Täter. Die tiefen Wunden sind immer allen gemeinsam.«

Lisa bewegte sich auf des Messers Schneide, das merkte ich.

Wenn sie das Verkehrte gesagt hätte, wäre die Situation beendet gewesen, der Zauber vorbei.

Hätte es nur den Hauch eines Vorwurfs in ihrer Stimme gegeben oder des Zorns, der Verärgerung, der Verachtung, wären wir aufgehalten worden.

Aber da war nichts von alledem. Nur zwei Dinge: eine vollkommen nüchterne Sachlichkeit. Und dahinter: das Mitgefühl für alle, die involviert waren. Auch für den Peiniger.

Ich sah das Wasserbecken. Das blaue ruhige Wasser, in dem der Himmel sich spiegelte.

Ich fühlte die verlassenen Gebäude. Die Einsamkeit des Kindes. Die Kontraktionen in ihrem Unterleib, die dem Eindringen des erwachsenen Mannes vorgriffen.

Aber dann fühlte ich noch etwas anderes.

Es erhob sich im Körper des Kindes wie eine weiße Säule des Widerstands.

Sie kam nicht aus der Persönlichkeit des Kindes. Dafür war die Kraft zu groß. Sie kam woandersher.

»Mein Großvater kommt auf mich zu, und ich weiß, was gleich passieren wird. Er hält ein paar Banknoten in der Hand. Er gibt mir immer Geld, wenn es überstanden ist. Er nähert sich. Und dann wird mir plötzlich etwas klar. Wenn ich ihm jetzt nicht entgegentrete, ist es für immer zu spät.«

Mehr brauchte sie nicht zu sagen. Sie brauchte nicht zu erklären, was »für immer zu spät« bedeutete. Wir wussten es. Wir waren in ihrem Bewusstsein.

Käme der Mann ihr zu nahe, hätte das Kind keine persönlichen Grenzen mehr. Seine Integrität, seine Menschlichkeit könnten nicht mehr aufrechterhalten werden.

»Er ist vielleicht einen Meter weg. Da sage ich: ›Opa! Wenn du mich jetzt anfasst, sage ich es Mama und Papa. Und der Polizei. Alles sage ich!‹«

Ich konnte nicht mit Sicherheit sagen, ob sie die Worte in den Raum sprach, hier in der Klinik, oder ob ich ein elfjähriges Mädchen sprechen hörte, vor vielen Jahren irgendwo in Südschweden.

»Er bleibt vor mir stehen. Er ist weg gewesen, ich hab ja davon erzählt, er ist dann nie selber da. Aber jetzt kommt er zurück. Ich habe ihn gezwungen zurückzukommen. Oder etwas in mir hat ihn gezwungen. Daraufhin verwelkt er. Ja, er verwelkt vor mir wie ein Blatt. Er ist ein großer und starker Mann, und ich bin nur ein kleines Mädchen. Aber er wird kleiner als ich. Ich empfinde es so: dass er kleiner wird. Und er verändert sich. Ein Teil des Lebens verlässt ihn. Es geschieht etwas mit ihm, das nicht mehr rückgängig gemacht werden kann. Dann dreht er sich um und geht weg. Er schwankt. Wie ein Betrunkener. Er fasst mich nie wieder an.«

Neben jedem Stuhl stand ein Tischchen mit einem Glas Wasser. Sie nahm ihr Glas und trank.

Sie sah mich an.

»Ob ich es jemals jemandem erzählt habe?«

Sie hatte meine Frage gehört, ehe ich sie selbst gehört hatte. Ehe sie ausgesprochen wurde.

»Nein. Nie habe ich irgendjemandem davon erzählt. Hätte ich es getan, hätte mein Vater ihn totgeschlagen.«

Wir spürten ihren Vater. Nur durch die Erwähnung kam er zum Vorschein. Wir wussten sofort, er war Soldat, Offizier. Mit der vereinfachten Ethik eines Soldaten. Und der Wut und Gewalttätigkeit eines Soldaten.

»Man kann eine Wunde nicht durch eine neue heilen. Ich habe keinem etwas gesagt. Wer hätte es schon verstehen können?«

Ein neues Szenarium erschien im visuellen Feld. Es war ein Krankenhaus. Ein Krankenzimmer. Ein alter, hinfälliger Mann in einem Bett. Mit Schläuchen in der Nase.

»Mein Großvater starb, als ich achtzehn war. Außer mir hat ihn keiner besucht. Keiner hat sich um ihn gekümmert. Ich war bei ihm, als er starb. Er hatte mehrere Tage im Koma gelegen. Es war klar, es würde nicht mehr lange dauern. Ich dachte nicht, dass er noch mal aufwachen würde. Ich hielt seine Hand. Dann machte er plötzlich die Augen auf und sah mich an. Ich beugte mich zu ihm hinunter und flüsterte ihm ins Ohr: ›Opa, was du mir angetan hast, war nicht richtig. Aber ich vergebe dir.‹ Er schloss die Augen. Und dann rollte eine Träne aus jedem Augenwinkel. Und dann starb er.«

Jemand musste die Scanner ausgeschaltet haben. Mir kam es so vor, als schwebten wir alle drei physisch voneinander weg. Die Trennung bedeutete Schmerz und Erleichterung zugleich.

Wir saßen eine Weile da, ohne etwas zu sagen.

Anja wandte mir den Kopf zu.

»Danke«, sagte sie. »Es sollte ein Mann anwesend sein, damit er erlebt, wie es mir erging. Stellvertretend für alle Männer. Deshalb solltest du dabei sein.«

Sie stand auf. Die Assistenten halfen ihr aus dem Kittel und nahmen ihr den Helm ab.

Sie ging zu Lisa. Sie blieben beieinander stehen, es fühlte sich lange an. Eng beieinander, aber ohne sich zu berühren. Ohne zu sprechen.

Dann war Anja weg.

Langsam leerte sich der Raum. Nur Lisa und ich blieben übrig.

»Als der Mann, ihr Großvater, auf sie zugeht«, sagte ich, »und sie plötzlich von dieser Kraft erfüllt wird … die kommt nicht aus ihrer Persönlichkeit. Es fühlt sich an, als käme sie von außen. Das ist unmöglich.«

Sie stand auf.

»Das haben wir schon oft gesehen. Bei Menschen mit schweren Traumata. Bei Missbrauch, frühem Verrat und Verlassenheit. Nahtod. Dringt man bis zum Kern des Traumas vor, erlebt man etwas, das wir nicht erklären können. Das wir zum jetzigen Zeitpunkt nicht einmal laut sagen dürfen. Wir leben in einer Kultur, die das Leiden zu minimieren versucht. Das ist auch nötig. Das müssen wir tun. Aber dringt man tief genug in das Trauma eines Menschen vor, scheint es zwei Wege zu geben: Der eine ist, dass der Mensch zerbricht. Für sein ganzes Leben beschädigt wird. Der andere Weg ist, dass der Mensch wächst. Dass in tiefem Leid …«

Ihre Augen sprühten, wie vor Vergnügen. Sie näherte sich meinem Ohr, als wollte sie mir ein Geheimnis anvertrauen.

»… Gnade sein kann«, flüsterte sie. »Es ist, als ob die tiefste Finsternis … Segen enthalten kann. Und wir dürfen niemandem sagen, dass ich dieses Wort benutzt habe. Du findest es nicht in den Wörterbüchern der medizinischen Fakultäten. Oder der Technischen Universität.«

»Wir sagen es nicht einmal uns selber«, flüsterte ich.

Ich stand auf.

»Was hättest du gemacht«, fragte sie, »wenn du ihr Vater gewesen wärst? Wenn sie deine Tochter gewesen wäre?«

Die Frage war qualvoll. Die Frage, die mir am wenigsten gestellt werden durfte.

Es war ein Test. Keine Ahnung, warum, aber ich wusste, es war ein Test.

»Ich hätte nicht vergeben können.«

Sie beugte sich vor.

»Auch das hier«, flüsterte sie, »was wir heute erlebt haben, dürfen wir keinem sagen.«

»Ich sage es nicht mal mir selber. Vielleicht wird es bald gar nicht stattgefunden haben.«

Sie warf mir einen forschenden Blick zu. Mit einem Gesicht, das noch von unterdrücktem Lachen zu leuchten schien.

»Das war das Nächste, was wir entdeckt haben«, sagte ich. »Als Fräulein Christiansen gegangen war und wir Simon gerettet hatten. Wir haben entdeckt, dass die Vergangenheit verändert werden kann.«

Jetzt lachte sie nicht mehr.

»Da war irgendwas mit einem, der krank war«, sagte sie.

»Der Sohn der Wirtschafterin. Im Ferienlager. Er hatte Hirnhautentzundung.«

ALS WIR AN dem Morgen im Kindergarten abgeliefert wurden, hing der gute Duft von Fräulein Jonnas gebohnertem Linoleum in der Luft.

Kinder begegnen dem Tag sehr offen. Wir waren immer voll erwartungsfroher Spannung, wenn wir den Sønder Boulevard entlangfuhren. Ungeachtet des Wetters und der Temperatur war es, als ob die roten Backsteine der Gebäude glühten. Als ob das immergrüne Buschwerk an der Treppe zum Eingang geradezu überquoll. Als wäre der anbrechende Tag zum Bersten gefüllt mit Möglichkeiten.

Und mit der Aussicht, dass wir uns wieder sehen sollten!

Es war mein Geburtstag. Ich wurde sieben, ich hatte ein Taschenmesser von meinen Eltern geschenkt bekommen. Lisa und Simon waren schon in den Monaten davor sieben geworden.

Noch bevor meine Mutter den Wagen vorm Kindergarten anhielt, wussten Simon und ich, ob Lisa da war. Wir wussten es einfach.

Als wir uns von meiner Mutter verabschiedet hatten, gingen wir die Treppe zum ersten Stock hinauf, wo die Krippe war. Mit jeder Stufe wurde der Duft des Linoleums stärker. Und Lisas Signal auch.

Sie stand oben und schaute den Flur hinunter. Er war mit einem schräg gestellten Besen abgesperrt. Wie immer, wenn Fräulein Jonna die Böden bohnerte.

Sie lag auf den Knien ein Stück weiter hinten im Flur und polierte den Boden mit einem Lappen. Sie kehrte uns den Rücken zu.

An ihrem Rücken sahen wir ihr den Kummer an.

Kinder können es am Rücken eines Menschen sehen, ob er Sorgen hat. Und an Fräulein Jonnas Rücken war es besonders deutlich.

So dass wir stehen blieben.

Sie fühlte uns. Selbstverständlich fühlte sie uns. Nach einer Weile erhob sie sich und kam auf uns zu.

»Klaus vom Carlsberggården ist sehr krank«, sagte sie.

Klaus war der Sohn der Wirtschafterin. Er war vier Jahre älter als wir, aber er hatte immer mit uns gespielt.

Er hat uns das Fußballspielen beigebracht. Auch Lisa.

Einmal kamen ein paar seiner Klassenkameraden vorbei, als wir gerade spielten, da breitete er die Arme aus und sagte: »Das sind Simon und Lisa und Peter. Meine Freunde.«

Seine Klassenkameraden standen da und regten sich nicht. Sie sahen, wie klein wir waren. Dass wir vier Jahre jünger waren.

Sie wollten gerade eine Bemerkung machen.

Dann sahen sie Klaus an. Und schwiegen.

Das zu erklären ist schwer, fast unmöglich. Aber so war er. Er hatte Sommersprossen, und einmal sagte Simon zu mir: »Vielleicht sieht ein Gott so aus wie Klaus.«

So sahen wir ihn. Wie einen Gott mit Sommersprossen.

Was wir sahen, war eine innere und äußere Schönheit. Ein Junge von zehn Jahren, der uns Sechsjährige mit großzügiger Freude seinen Klassenkameraden vorstellte.

Und dieser Gott war jetzt krank.

Wir blieben stehen.

Damals sprach man mit Kindern nicht über Krankheiten. Aber Fräulein Jonna war da anders.

»Er hat Hirnhautentzündung«, sagte sie. »Er hat sehr hohes Fieber. Er hat in der Kloake gebadet.«

Das Wort »Hirnhautentzündung« hatten wir noch nie gehört. Fräulein Jonna erklärte es auch nicht. So sprach sie nun mal. Mit Kindern und Erwachsenen, da machte sie keinen Unterschied, und sie erklärte nichts.

Aber was die Kloake war, das wussten wir.

Damals lief das Abwasser an vielen Stellen in Dänemark direkt ins Meer. Diese Kloake war ein großes Zementrohr, wahrscheinlich anderthalb Meter im Durchmesser, das südlich vom Carlsberggården auf dem Strand lag und das Abwasser aus Nykøbing auf Seeland ungefiltert in den Kattegat leitete.

Im Abstand von hundert Metern rechts und links des Rohrs war das Baden verboten.

Das hat Klaus nicht gekümmert. So war er eben. Ein Mensch erhaben über jede Regel.

Aber eben nicht über jede Krankheit.

»Stirbt er?«

Das war Lisa, die gefragt hatte.

»Ich hoffe nicht.«

Sie sah uns sorgenvoll an. Da verstanden wir, wie gefährlich Hirnhautentzündung sein musste.

An dem Nachmittag baten wir darum, mit zu Lisa nach Hause gehen zu dürfen.

Meine und Lisas Mutter kamen gleichzeitig, um uns abzuholen. Wir vier Kinder standen eng zusammen. Wir waren vier, weil Simon Maria an der Hand hielt.

»Dürfen sie mit zu uns nach Hause kommen?«, fragte Lisa.

Es war eine ungewöhnliche Situation. Die andern Kinder und Eltern in der Garderobe hielten den Atem an. Damals waren Familien viel geschlossener als heute. Wenn man nicht gerade Tür an Tür wohnte, mussten Besuche bei Freunden lange im Voraus verabredet werden.

An einem Wochentag war es normalerweise ausgeschlossen.

»Für mich ist es in Ordnung«, sagte Lisas Mutter.

Meine Mutter nickte.

An andern Tagen hätten wir gejubelt. Aber wir blieben still. Dieser Tag war anders. Klaus war krank.

In dem Augenblick sah ich, dass die Tür zum Krankenzimmer des Kindergartens offen stand. Drinnen kniete Fräulein Jonna und bohnerte. Sie richtete sich auf und sah uns an.

Unsere Blicke trafen sich.

LISA WOHNTE IN einem Schloss.

Ihr Vater war Leiter des chemischen Labors der Carlsberg Brauereien.

Carlsberg hatte zwei Labors, ein chemisches und ein physiologisches.

Wir wussten nicht, was die Wörter bedeuteten, aber wir konnten sie aussprechen, weil wir sie aus dem Mund der Erwachsenen gehört hatten.

Lisas Mutter sprach mit Kindern genau wie Fräulein Jonna, sie änderte ihre Sprache nicht, im Unterschied zu den meisten andern Erwachsenen hatte sie nicht einen Wortschatz für Kinder und einen für die Großen. Ihre Art zu sprechen war stets gleich, immer ziemlich leise und gleichsam respektvoll.

So war sie nun mal.

Aber so war sie auch, weil Lisa ein Adoptivkind war. Als würde sie ständig daran denken, dass Lisa vor langer Zeit etwas Unersetzliches verloren hatte, ihre biologischen Eltern. Und wegen dieses Verlustes hatten sie Lisa geliehen bekommen.

Die Labors lagen am Gammel Carlsbergvej und waren von einem Zaun aus Granit und Gusseisen umgeben. Durch ein großes Tor gelangte man auf eine runde Einfahrt mit Kies, Rosenbeeten und mächtigen Statuen, unter anderem einer Kopie von Rodins *Denker*.

Von der Einfahrt führte eine Treppe zu einer schweren Tür hinauf, die sich auf eine große Halle mit Marmorfliesen, Säulen, einem riesigen Kronleuchter aus Messing und einer breiten Treppe zum ersten Stock öffnete; an den Wänden hingen meterhohe Ölporträts der Laborleiter von den Anfängen bis heute.

Ernst dreinschauende Männer mit Reagenzgläsern und Kolben mit bunten Flüssigkeiten.

Das physiologische Labor lag im ersten Stock rechts, das chemische Labor im Erdgeschoss und im Keller links.

Zu jedem der beiden Labors gehörte eine Dienstvilla für den Leiter. Lisas Familie wohnte in der Villa links des Eingangs.

Für uns war es ein Schloss.

Es hatte drei Stockwerke mit Treppen und Galerien und drei Toiletten und war voll Licht und moderner Möbel und

Lampen von Poul Henningsen und Vasen und Decken, die aus dem Einrichtungsgeschäft *Form og Farve* stammten, das wussten wir, weil uns Lisas Mutter etliche Male dahin mitgenommen hatte.

Die Küche war groß und hell, und wir bekamen immer Kümmelbrot mit Käse und Scheiben von roter Paprika und Perchs Ingwerkekse, und Lisas Mutter hatte immer Zeit und saß mit uns am Tisch und musste ständig über unsere Geschichten lachen. Oder wurde ernst bei anderen, die wir erzählten.

Lisa hatte einen Hund, einen jungen Schäferhund, der Varga hieß und ihr überallhin folgte.

Neben dem Schlafzimmer der Eltern im dritten Stock hatte sie ihr eigenes Zimmer, an der Wand hing ein Gemälde von Scherfig.

Es stellte einen Dschungel dar. Wie den im Kindergarten, aber doch anders.

Im Vordergrund waren keine Elefanten, sondern Tiger.

Hinter den Tigern waren Bäume, ein Wald, ein Urwald, in den man tief hineingehen konnte, und kurz bevor die Bäume in dem blauen Dunst verschwanden, saß auf einem von ihnen die violette Eidechse.

Sie saß auf einem Ast, den Schwanz hinter sich eingerollt. Und schaute uns mit freundlichen gelben Äuglein an.

Hinter der Villa lagen Treibhäuser und so ein großer, ausgedehnter Versuchsgarten, als hätte man den Urwald auf dem Bild durch einen wirklichen Urwald hinter dem Haus verlängert.

In der Regel spielten wir in diesem Garten.

Erst saßen wir mit Lisas Mutter in der Küche und tranken Tee, das war der erste grüne Tee meines Lebens, und dann ging es in den Garten, es war eine Art Ritual.

Aber nicht an jenem Tag.

Lisa fragte, ob wir den Tee oben in ihrem Zimmer trinken dürften, und ihre Mutter sagte ja, sie sagte immer ja, ich glaube, ich habe nie ein Nein von ihr gehört.

Aber als sie uns den Tee auf einem Tablett hochbrachte, sah sie uns forschend an.

Wir aßen und tranken schweigend.

Dann sagte Lisa: »Wir müssen versuchen, Klaus zu helfen.«

Das Wort »helfen« hatte für uns eine ganz bestimmte Bedeutung bekommen. Nämlich die Welt eines anderen Menschen zu betreten und dort mit dem anderen zusammen zu sein.

Heute würde man das machen, indem man den Betreffenden anriefe. Oder mit ihm skypte. Oder die Person auf Facetime erreichte. Oder schnell zu ihr hinführe.

Damals war das anders. Klaus war in Nykøbing. Das war weit weg von Kopenhagen.

Keiner von uns sagte etwas. Wir dachten, Lisa meinte heute Nacht. Dass wir heute Nacht versuchen sollten, durch den Dschungel und von dort in Klaus' Traum zu gehen und ihm zu zeigen, dass wir von seiner Krankheit wussten und dass wir das sehr traurig fanden. Und falls er sterben sollte, würden wir ihn ein Stück in den Tunnel hinein begleiten.

Aber das meinte sie nicht.

»Wir tun es jetzt«, sagte sie.

Erst ging es schief. Dann klappte es.

Lisa hatte ein Bett und ein Sofa in ihrem Zimmer. Sie selber saß auf dem Sofa. Varga lag neben ihr. Simon und ich saßen auf dem Bett.

Maria saß auf dem Boden.

Wir drei schauten auf Scherfigs Gemälde. Auf die violette Eidechse.

Dann schlossen wir die Augen.

Von dort schwebten wir rückwärts.

Man hätte sagen können, wir schlummerten. Vielleicht hätte es ein Erwachsener, der uns gesehen hätte, so bezeichnet.

Aber für uns hat sich das nicht so angefühlt.

Es fühlte sich an, als hätten wir zusammen etwas gebaut.

Als hätten wir einen Weg in unserm Bewusstsein konstruiert und wären ihn so oft gegangen, dass wir gar nicht mehr richtig schlafen mussten, um Zugang zu den Träumen zu erlangen.

Wir lehnten uns zurück und entspannten uns.

Während wir auf die violette Eidechse schauten.

Sie wurde größer. Ihre gelben Augen wurden größer. Bis sie sich berührten und einen Tunnel bildeten.

Wir betraten den Tunnel.

Wir waren ganz ruhig.

Für Kinder ist das Außergewöhnliche nichts Beunruhigendes. Es ist das Normale. Für Kinder ist die Welt immer außergewöhnlich.

Durch den Tunnel der gelben Eidechsenaugen gingen wir in den Wald und waren sicher, von dort in den Traum zu gelangen, der zum sommersprossigen Gott mit der Hirnhautentzündung gehörte.

Das geschah nicht.

Es geschah etwas anderes.

Wir landeten auf dem Christianshavns Torv.

Der Christianshavns Torv war ein Ort, den wir kannten. Von den Fenstern unserer Wohnung aus hatten wir einen Blick über den ganzen Platz, wir wohnten im vierten Stock der Straße Overgaden neden Vandet Nummer 15.

Simon und ich überquerten den Platz fast jeden Tag, wenn meine Mutter uns vom Kindergarten abgeholt hatte und noch mit uns einkaufen ging.

Zuerst war der Platz so lebendig, dass wir dachten, wir seien in der Wirklichkeit angekommen.

Aber dann wurde doch klar, dass wir uns in einem Traum befanden. Das Licht war gelblicher als sonst. Und alles war gedämpft, der Wind auf der Haut, der Druck unserer Füße auf den Pflastersteinen.

Und die Menschen auf dem Platz bemerkten uns nicht.

Das heißt, wir waren in einem Traum.

Wir wussten nur nicht, in wessen Traum. Zum ersten Mal waren wir in einem Traum, dessen Träumer wir nicht kannten.

Das erschreckte uns nicht. Wir hatten einander, wir hielten zusammen.

Aber es überraschte uns.

Überraschend war auch, dass so viele Menschen auf dem Platz waren. Viel mehr als sonst.

Die Menschenmassen und der Verkehr rund um den Platz

waren wie zur Hauptverkehrszeit. Ein unablässiger Strom von Fußgängern, Radfahrern, Mopeds und Autos.

Aber der Strom stand beinahe still.

Das war überraschend. Und dass alle Menschen Angst hatten. Das merkten wir sofort. Alle hatten Angst.

Dieses Gefühl war ungewöhnlich.

Es ist sehr selten, dass alle Menschen einer großen Stadt vom selben Gefühl ergriffen sind. Das Gewöhnliche in einer Großstadt ist ja gerade die Disparität. Die Abwesenheit einer gemeinsamen Richtung.

Und noch etwas war ungewöhnlich. Auf dem Platz liefen ein paar Männer und Frauen mit Schultertaschen herum und verteilten grüne Zettel. An alle.

Wer das Blatt entgegengenommen hatte, blieb stehen und las es, ernst, ängstlich.

An der Telefonzelle standen sie, an der Grönländerstatue, an der Straßenbahnhaltestelle.

Am Würstchenwagen hielt ein Mann gerade seinen Hotdog mit Zwiebeln in der Hand, er wollte die dampfende Wurst eben zum Mund führen. Da sah er auf den grünen Zettel und hielt inne.

Nun verblasste der Platz. Er wurde undeutlich und war weg.

Einen Augenblick lang war uns schwindlig, so habe ich es in Erinnerung. Ein kurzes Schwindelgefühl, dann wurde es heller, und wir saßen in Lisas Zimmer im dritten Stock der Schlossvilla mit dem Licht, das durch die Fenster hereinströmte, mit den braunen Krümeln der Ingwerkekse auf dem Teller, mit dem Duft von grünem Tee und mit Maria, die auf dem Boden saß und spielte.

Lisas Mutter klopfte an die Tür.

Das war ihre Art, sie klopfte immer an, wenn sie kam. Wir kannten keinen anderen Erwachsenen, der an die Tür des Kinderzimmers klopfte, bevor er eintrat.

Aber dass sie überhaupt kam, war ungewöhnlich. Normalerweise ließ sie uns ungestört.

Jetzt klopfte sie vorsichtig an, trat ein und schaute sich um.

Als hätte sie etwas beunruhigt.

Simon und ich sahen es zur gleichen Zeit wie sie.

Lisa hielt etwas in der Hand. Ein grünes Blatt Papier, wie es die Leute auf dem Christianshavns Torv verteilt hatten.

Die eine Seite war mit schwarzen Buchstaben bedruckt.

Die obersten erkannten wir, da stand »Politiken«, das war der Titelkopf der Zeitung *Politiken*. Wir verstanden, dass das grüne Papier eine Art Zeitung sein musste.

Lisa hielt den Zettel so, dass ihre Mutter ihn lesen konnte.

Sie schaute gebannt darauf und erstarrte.

Die Stimmung im Raum veränderte sich. Maria sah auf.

»Wo habt ihr denn das Extrablatt her?«

Wir sagten nichts. Wir wussten nicht, was wir sagen sollten. Das Wort »Extrablatt« hatten wir noch nie gehört.

Also sagten wir nichts.

Ein anderer Erwachsener hätte vielleicht nachgebohrt. Oder uns ausgeschimpft. Aber nicht Lisas Mutter. Sie starrte nur auf den Text, der mit großen Buchstaben gedruckt war.

Dann sagte sie noch etwas, und sie sagte es zu sich selbst. In einem Tonfall, der fragend und erstaunt und besorgt zugleich war.

»Der 22. Oktober. Das ist ja erst in drei Tagen!«

DREI TAGE VERGINGEN.

Siebenjährige Kinder haben kein Zeitgefühl. Wir wussten nur, dass drei Tage vergingen, weil Lisas Mutter es gesagt hatte: »Das ist ja in drei Tagen!«

Drei Tage also, nachdem wir bei Lisa gewesen waren und sie den grünen Zettel aus dem Traum mitgebracht hatte, holte meine Mutter Simon und Maria und mich ab und wir waren auf dem Weg zum Christianshavns Torv, als es passierte.

Wir gingen über die Brücke am Kanal und überquerten die Straße Overgaden oven Vandet.

Dann blieben Simon und ich stehen.

Meiner Mutter war noch nichts aufgefallen. Sie war damit beschäftigt, im Verkehr auf uns aufzupassen, besonders auf Maria.

Der Straßenverkehr war immer die größte Sorge meiner Mutter gewesen.

Sie hatte dem Platz den Rücken zugekehrt und achtete darauf, dass wir gut über die Straße kamen.

Erst dachten wir das Gleiche, Simon und ich. Ohne ein Wort zu sagen, blieben wir stehen und dachten, wir seien in einem Traum gelandet.

Der Platz war voller Menschen.

Es war Hauptverkehrszeit, dass viele Menschen da waren, war normal.

Nicht normal war, dass sie sich fast nicht bewegten.

Die Fahrbahn war voller Radfahrer und Autos. Aber sie bewegten sich auch nicht, sie hielten. Auch eine Straßenbahn stand einfach da, wie eine große gelbe, lang gestreckte elektrische Klippe in einem stillstehenden schwarzen Fluss aus Autos und Radfahrern.

Auf dem Platz liefen Männer und Frauen mit Schultertaschen herum. Aus den Taschen holten sie grüne Extrablätter, die sie verteilten.

Am Würstchenwagen hielt ein Mann gerade seinen Hotdog mit Zwiebeln in der Hand, jetzt guckte er auf den grünen Zettel und hielt inne.

Wir dachten, wir seien in einem Traum, demselben Traum wie vor drei Tagen. Es war derselbe Verkehr. Dieselbe Angst auf dem Platz. Derselbe Mann am Würstchenwagen.

Jetzt merkte auch meine Mutter, dass etwas nicht stimmte, und blieb stehen.

In dem Augenblick begriffen Simon und ich, dass es kein Traum war.

Wir sagten nichts, wir sahen uns nicht einmal an. Aber wir merkten deutlich, wie kühl die Luft war. Wie stark der Teerduft vom Bollwerk. Der Geruch des stillstehenden Wassers im Kanal. Der Duft vom Bäcker auf der andern Seite der Torvegade.

Es war kein Traum. Aber in dem Traum vor drei Tagen waren wir zusammen mit Lisa zu dieser Zeit an diesem Ort gewesen.

Eine Frau reichte meiner Mutter einen grünen Zettel, und meine Mutter las ihn und erstarrte.

Wir spürten ihre Angst.

Meine Mutter und Angst, das habe ich nur selten erlebt. Sie hatte keine Angst, außer vor dem Verkehr vielleicht.

»Was ist denn, Frau Høeg?«

Simon nannte meine Mutter »Frau Høeg«. Er war das einzige Kind, das das tat, meine Mutter hatte ihn nicht dazu aufgefordert, im Gegenteil, sie hätte ihn gerne dazu gebracht, sie Karen zu nennen, aber so wie seine Mutter sagte auch er »Frau Høeg«.

»Was steht da?«, fragte er.

Sie versuchte, dagegen anzugehen. Sie wollte vermeiden, es laut zu lesen.

»Es geht um Politik«, sagte sie. »Das ist was für Erwachsene.«

»Frau Høeg«, sagte er wieder, »was steht da?«

Er sah zu ihr hoch, in seiner offenen Art, mit der er Menschen ansehen konnte.

Da las sie vor:

»Kubakrise: Die Welt am Rande des Atomkriegs.«

»Was ist Atomkrieg?«, fragte er.

»Ein Krieg mit sehr gefährlichen Bomben.«

»Und was ist Kuba?«

»Das ist eine große Insel.«

Wir standen reglos mit Maria und meiner Mutter auf dem Platz.

Man sollte meinen, wir stünden in derselben Wirklichkeit. Und die Wirklichkeit meiner Mutter und der andern Erwachsenen auf dem Platz wäre etwas größer als die der Kinder.

Aber so war es nicht.

Durch die Menschen auf dem Platz, durch ihre Augen, sahen Simon und ich über und auf die ganze Welt. Auf die Millionen von Menschen, die an diesem Nachmittag Angst hatten, in einem Atomkrieg umzukommen. Was ein Atomkrieg eigentlich war, wussten wir nicht. Aber wir fühlten die Vorstellungen, die sich die Menschen davon machten. Und die Angst.

Meine Mutter gab sich einen Ruck. Wir bahnten uns den Weg durch die Menschenmenge und besorgten das Gemüse, das wir hatten einkaufen wollen.

Dann machte meine Mutter etwas Ungewöhnliches.

Sie führte uns zum Würstchenwagen.

Als sie uns fragte, was wir haben wollten, fiel es uns schwer zu antworten.

Der Würstchenwagen lag nun wirklich ganz am Rande der Vorstellungswelt meiner Mutter.

Einmal weil es Geld kostete, und meine Mutter war sehr sparsam.

Aber vielleicht vor allem, weil es sozial deklassierend war. Meine Besuche am Würstchenwagen kann ich an einer Hand abzählen.

In der Welt meiner Mutter waren Würstchen kein ordentliches Essen.

Kinder an einem Würstchenwagen zu beköstigen war der öffentliche Beweis, dass man seine Kinder nicht vernünftig ernährte.

Aber nun hatte sie uns also hergebracht und gefragt, was wir haben wollten.

Am liebsten wollten wir alle drei einen Hotdog. Und einen Kakao.

Beim Essen sagten wir kein Wort. Unser ganzes Wesen war im Mund versammelt. Wir rochen den Fleischduft der heißen Wurst. Den Duft des warmen Brotes.

Und der Biss selbst: der Schock der rohen Zwiebeln und

des höllisch scharfen Senfs. Die kühle Süße des Ketchups. Die kleine Explosion, als die Zähne die gespannte Haut der Wurst durchbrachen. Die hauchdünne, warme Knusprigkeit der Brotoberfläche. Der satte, eiskalte Schokoladengeschmack des Kakaos.

Meine Mutter aß auch. Zum ersten Mal im Leben sah ich sie einen Hotdog essen.

Sie nahm einen Bissen und kaute sorgfältig, ohne einen Krümel zu vergeuden.

Dann hielt sie inne.

Und sah uns an. Uns alle drei.

Sie bemerkte nicht, dass wir sie auch ansahen. Sehr genau ansahen.

Zum ersten Mal schauten wir in den Tod hinein.

Wir sahen ihn durch die Augen meiner Mutter.

Sie schaute uns an, und ohne dass sie es wusste, lag Liebe in ihren Augen.

Dort auf dem Platz in Christianshavn, mit dem Extrablatt von *Politiken* zur Kubakrise, muss ihr aufgegangen sein, dass sie uns verlieren könnte. Dass wir ihr wegsterben könnten.

Einen kurzen Augenblick lang muss dieses Gefühl sehr wirklich gewesen sein.

Meine Mutter war, was man eine starke Frau nannte, das habe ich von vielen gehört.

Aber in diesem Moment am Würstchenwagen war die Liebe zu uns stärker als sie selbst. Es war, als schwankte sie körperlich und könnte jeden Moment umfallen.

Genau in dem Augenblick reisten Simon und ich durch ihre Augen, und dahinter sahen wir den Tod.

Es war das erste Mal.

Zwar hatten wir den Tod gesehen, als Simons Mutter im Tunnel verschwand.

Und wir hatten ihn gespürt, als uns klar wurde, dass wir Simon verlieren konnten, und als Lisa die Idee hatte, Fräulein Christiansen zu helfen, damit Simon nicht seiner Mutter hinterherreiste.

Aber das waren die Tode anderer. Am Würstchenwagen auf dem Christianshavns Torv, durch die Augen meiner Mutter, fühlten wir zum ersten Mal unseren eigenen Tod.

All das geschah ohne ein einziges Wort, und dauerte höchstens ein paar Sekunden. Und dann war es vorbei.

SIEBENJÄHRIGE KINDER EMPFINDEN fast keine Zeit.

Wenn ich an den Kindergarten denke, habe ich nicht den Eindruck, dort eine gewisse Zeitspanne verbracht zu haben. Obwohl wir doch mindestens zwei Jahre da gewesen sein müssen.

Dabei fühlt es sich wie ein Tag an. Als hätte sich alles an einem Tag abgespielt. Ja, in gewisser Weise sogar in einem einzigen Augenblick.

Diese Zeitlosigkeit war, während ich die Geschichte erzählte, zwischen Lisa und mir zurückgekehrt.

Ich hatte vielleicht eine Viertelstunde geredet. Aber in dieser Viertelstunde waren die Klinik, die Apparatur, ja, die ganze Gegenwart um uns herum schlicht inexistent.

Nun kam alles zurück, jedenfalls für mich.

Aber nicht für sie. Ihr Gesicht war hochkonzentriert.

»Ich hab den Eindruck, ich bin ganz kurz davor, mich wirklich zu erinnern«, sagte sie.

Ihre Augen hingen an meinen Lippen. Mit den Händen machte sie ein Zeichen, dass ich fortfahren solle.

Es muss am folgenden Tag gewesen sein. Während die andern ihren Mittagsschlaf hielten, trafen wir uns im Fass. Es regnete stark, die schweren Tropfen trommelten gegen die Außenseite des Fasses. Und wir hörten das Wasser, das an den gewölbten Seiten herunterströmte. Wir saßen eng beieinander. Es hing damit zusammen, dass wir uns voreinander ausgezogen hatten. Davor hatten wir uns immer gegenüber gesessen, wenn wir im Fass waren. Jetzt saßen wir Seite an Seite, wir lehnten uns aneinander. Dann sagte Simon: »Gestern waren Peter und ich auf dem Platz. Mit Frau Høeg. Es war wie im Traum. Und es wurde auch wie im Traum. Die grünen Zettel. Sie handelten davon, dass es Krieg gibt. Es war genau wie im Traum.«

Mehr sagte er nicht. Aber die Bedeutung und die Konsequenzen seiner Worte waren überwältigend für uns drei.

Denn während er sprach, kam die Zeit in unser Leben.

Während er die Worte aussprach und danach, unterschieden wir vier Aspekte der Zeit:

Die Zeit, als wir am Tag vor vorgestern bei Lisa durch die Augen der Eidechse gegangen waren.

Der Traum vom Christianshavns Torv, auf dem wir landeten, nachdem wir durch den Tunnel der Eidechsenaugen gegangen waren.

Der gestrige Nachmittag auf dem Christianshavns Torv, wo Simon und ich gesehen haben, wie der Traum Wirklichkeit wurde.

Und die Zeit jetzt, als wir hier im Fass saßen.

Ich sage nicht, dass siebenjährige Kinder nicht wissen, was »gestern« und »morgen« bedeutet. Das wissen sie, das wussten wir.

Aber das hat für Kinder keine Konsequenzen. Bis zu diesem Augenblick hatte das für uns keine Konsequenzen gehabt.

Die Zeit ist ein Machtinstrument. Und Kinder haben und hatten keine Macht. Kinder besitzen keinen Einfluss auf ihre eigene Wirklichkeit und deshalb auch keinen Einfluss darauf, welchen Inhalt die Zeit hat.

Genau das veränderte sich in unserm Fass, während es draußen regnete.

Wir wussten, dass wir etwas gesehen hatten, bevor es sich überhaupt ereignete. Dass wir in der Zeit gereist waren, wie es Erwachsenen nicht möglich gewesen wäre. Wir hatten etwas gesehen, was sie nicht gesehen hatten.

Eine Zeit lang hatten wir etwas gewusst, was die Erwachsenen nicht gewusst hatten. Weil es in ihrer Wirklichkeit noch nicht stattgefunden hatte.

Wir waren ihnen überlegen gewesen.

Der letzte Satz fiel uns nicht im Fass ein. Er wurde weder ausgesprochen, noch war er eine Ahnung. Er wurde erst später so formuliert, viele Jahre später.

Was sich jetzt ereignete, war etwas anderes.

Es geschah in drei Schritten.

Zuerst sagte Lisa: »Wenn wir Klaus vor seiner Krankheit besuchen und ihm sagen, er solle nicht im Abwasser baden …«

Das war der erste Schritt.

Ich erinnere mich noch an das Schwindelgefühl, das uns alle drei ergriff, als sie das sagte. Das Schwindelgefühl des Kindes, das nicht gewohnt ist, dass etwas Gesagtes hypothetisch, vorgestellt, nicht wirklich ist.

Aber für uns machte es eigentlich gar keinen Unterschied. Es war ja genau das, was wir entdeckt hatten. Dass das Vorgestellte wirklich ist.

»Das tun wir einfach«, sagte Simon. »Wir besuchen ihn, bevor er im Abwasser badet und krank wird.«

Das war der zweite Schritt.

An dieser Stelle unterbrach mich Lisa. Nicht die Lisa im Kindergarten, in der Vergangenheit, sondern die Lisa, die hier in der Klinik vor mir saß.

Ich schwieg.

Sie hob die Hände, zum Zeichen, ich solle aufhören.

»Können wir die Scanner anschalten?«

Obwohl als Frage formuliert, war es keine Frage.

Wir setzten die dünnen weißen Helme auf. Die Verdunkelungen schlossen sich. Die Scanner starteten.

Ich wusste, warum sie es tat. Sie war kurz davor, sich zu erinnern.

ALS DAS MAGNETFELD von MRT-Scanner und kraniomagnetischem Simulator etabliert wurde, fühlte ich einen leichten Schmerz in den Ohren. Ich merkte auch, dass ich das EEG registrierte. Obwohl sie sagen, es sei unmöglich.

Die Erfahrung einer Fremdheit, die von außen in mein Nervensystem eindrang.

Dann kam die Bewegung aufeinander zu, die ich schon kannte. Gefolgt vom unvermeidlichen Innehalten. An der Grenze zur Begegnung.

»Erzähl«, sagte sie. »Wir sitzen im Fass. Erzähl von den Details. Den Kleinigkeiten.«

Sie war nahe daran, es zu sehen. Ich konnte es spüren.

»Es regnet. Schwere Tropfen. Durch die Tür können wir sehen, wie die Tropfen vor dem Fass auf die Steinplatten klatschen.«

Sie hielt den Atem an.

Ich stand auf, nahm meinen Stuhl und stellte ihn direkt neben ihren.

Er war sehr schwer, die Kabel schleiften hinterher.

Ich setzte mich.

»Wir sitzen eng beieinander im Fass. Wie jetzt.«

Ich lehnte mich an sie.

»Auf dem Tisch vor uns liegt eine feine Sandschicht. Die Wände sind gewölbt. Es ist wie in einem Schiffsrumpf. Oder im Resonanzkörper einer riesengroßen Laute. Und wir denken alle drei an Klaus. Dass er krank ist. Und an den Christianshavns Torv. Das Extrablatt. Und die verschiedenen Wirklichkeiten. Die vier Zeitschichten.«

»Ich habe Angst«, sagte sie. »Ich habe vor irgendetwas Angst.«

Ich fühlte ihre Angst, als wäre es meine eigene.

Auffällig war, wie sehr diese Bewusstseinsnähe einer Berührung glich. Körperlicher Nähe. Verlängert in den Gefühls- und Bewusstseinsraum. Ich musste an den ganz weißen Flaum auf ihren Lenden denken, als sie sich vor Simon und mir gedreht hatte.

Ich lehnte mich an ihre Schulter.

»So sitzen wir in dem Fass«, sagte ich, »Schulter an Schulter. Du sitzt zwischen Simon und mir.«

Sie entspannte sich. Ein Widerstand gab nach.

»Ich sehe«, sagte sie. »Ich sehe die Tür. Die Regentropfen draußen. Es prasselt so stark, dass sie hochspringen wie kleine Wassersäulen.«

Sie sprach wie ein Mensch in Trance.

»Ich fühle dich«, sagte sie. »Du hast ein kariertes Hemd an. Kurze Hosen. Ich merke deinen Duft.«

Sie wandte mir das Gesicht zu. Sie sah mich – und gleichzeitig eine Wirklichkeit, die dreißig Jahre zurücklag.

»Du duftest nach Brot. Nach frisch gebackenem Brot. Du duftest immer so. Und nach frischem Joghurt. Wir bekommen den Joghurt in kleinen durchsichtigen Glasflaschen, die der Milchmann vor die Haustür stellt. Mit dunkelblauen Blechkapseln. Ich liebe es, die Kapseln abzuziehen. Und die Nase in die Flasche zu halten. Und den Duft des frischen Joghurts wahrzunehmen. Der mich immer an dich erinnert.«

Sie war hier in der Klinik. Und in einer teilweise anderen Dimension.

Sie packte mich am Arm. Mit stahlhartem Griff.

»Warum habe ich Angst?«

Ich sagte nichts. Sie war der Wahrheit sehr nahe. Ich wusste, dass sie es selber herausfinden würde. Nur noch einen Moment, dann würde sie es herausfinden.

»Ich bin es selbst«, flüsterte sie. »Ich hab vor mir selber Angst. Es ist die Macht! Was wir entdeckt haben, verleiht uns eine Macht, die sonst nur Erwachsene haben. Und nicht einmal die. Aber wir sind keine Erwachsenen! Wir sind Kinder! – Die Rose.« Sie hauchte nur noch. »Und das grüne Extrablatt. Was ich aus den Träumen der andern mitgenommen habe. Das ist Macht. Um zu beweisen, dass es wahr ist. Um es zu dokumentieren. Auch wenn wir das Wort nicht kennen. Das ist, um die Tunnel zwischen verschiedenen Wirklichkeiten festzulegen. Um Macht und Kontrolle über sie zu gewinnen.«

Ihre Stimme war kaum noch vernehmbar. Aber ich verstand sie trotzdem. Vielleicht sprach sie gar nicht physisch. Vielleicht hörte ich sie innen im Bewusstsein.

»Wir schließen die Augen«, sagte sie. »Wir lehnen uns zurück und schließen die Augen und denken an Klaus. Wir wollen versuchen, ihn jetzt zu besuchen, direkt von unserm Fass aus. Und ihn warnen. Vor dem Baden in der Kloake.«

»Genau«, sage ich. »Das wollen wir.«

»Wir sind kurz davor«, sagte sie. »Wir fangen schon an, ihn zu sehen.«

Sie war fern und trotzdem ganz nah. Viele Zeitdimensionen waren gleichzeitig offen. Das Jetzt in der Klinik. Das Jetzt im Fass vor dreißig Jahren. Der Traum vom Christianshavns Torv. Die Wirklichkeit auf dem Christianshavns Torv.

Ihre Miene verzog sich, ruckweise, schmerzvoll.

»Es klappt nicht. Wir werden gestört.«

»Ja«, sagte ich. »Wir werden gestört.«

»Von zwei Kindern. Wo kommen die her?«

»Das ist eine Abmachung. Wer Geburtstag hat, darf aufbleiben. Der muss keinen Mittagsschlaf halten. Und man darf sich einen Kameraden aussuchen, der auch aufbleiben darf. Wir, die Schlaflosen, sind als Einzige von der Regel ausgenommen. Die beiden, die jetzt zum Fass kommen, sind deshalb hier. Der eine hat Geburtstag.«

»Die sollen weggehen!«

Ihr Gesicht hatte sich noch mehr verzogen. Sie glich jetzt einem Mädchen von sieben Jahren. Sie *war* ein Mädchen von sieben Jahren.

Dann spürte sie sich selbst. Sie muss die Wut in ihrer Stimme gehört haben. Das Kommando, das keinen Widerspruch duldete.

Sie sah mich an und lachte. Unter dem Helm wurden ihr ganzes Gesicht und ihr Körper zu einem einzigen Lachen.

»Ich bin furchtbar«, sagte sie.

Der Wechsel war schwindelerregend. Der Wechsel von der Angst zum Lachen.

In diesem Augenblick war sie zwischen vielen folgenschweren Momenten ausgespannt: Hier auf dem Stuhl in der Klinik war sie zum ersten Mal dabei, in die Vergangenheit zu blicken, die sie vergessen hatte. Im Fass stand sie am Rande des Traums eines anderen Menschen. Während die Welt um sie herum durchtränkt war von der Angst vor einem Atomkrieg.

In diesem Augenblick kommen zwei Kinder zum Eingang des Fasses. Und die kolossale Wut und Kraft, die ihr innewohnt, erhebt sich.

Und dann lacht sie.

Ganz kurz. Dann wird sie wieder ernst.

Sie sah mich an.

»Ich hätte sie ermorden können«, sagte sie. »Die beiden Kinder. Diese eine Seite von mir. Davor hab ich Angst.«

»Das Mädchen ist Conny.«

Es war nicht wichtig. Trotzdem sagte ich es.

Sie nickte langsam. Ihre Augen begannen zu leuchten.

»Der Junge heißt Rickardt«, sagte sie.

Ich nickte.

»Rickardt Löwenherz«, sagte sie.

Ich nickte.

Ihr Gesicht strahlte. Wie das eines Kindes, das einen geliebten Gegenstand wiedergefunden hat, den es längst verloren geglaubt hatte.

»Wir geben es auf, sie loszuwerden«, sagte sie. »Wir bitten sie herein. Wir spielen mit ihnen. Über Klaus reden wir nicht mehr. Aber wir denken weiterhin an ihn. Unser Projekt geben wir nicht auf. Das ist das Besondere. Das ist etwas von dem, was mit uns passiert ist. Dadurch dass wir die Zeit entdeckt haben. Und den Tod. Wir können eine Richtung beibehalten. Ein Projekt im Bewusstsein. Ohne etwas zu verraten. Ohne mit anderen darüber zu reden.«

Sie war ergriffen. Auf eine Art war sie besessen.

Besessen von der Vergangenheit, die sich nun vor ihr entfaltete.

»Ich werde von meiner Mutter abgeholt«, sagte sie. »Ich sehe das Auto. Wir fahren nach Hause. Wir fahren an Elefanten vorbei.«

Sie guckte mich verblüfft an. Verblüfft über das, was sie sich selbst hatte hören sagen.

»Elefanten?«

»Das Elefantentor«, sagte ich. »Carlsbergs Elefantentor.«

»Wir fahren die Straße hinunter. Durch ein Tor. Mein Vater kommt heraus. Er hat einen weißen Kittel an.«

Sie strahlte.

»Zum ersten Mal sehe ich meinen Vater. Zum ersten Mal. Nach all den Jahren.«

Sie war wie ein Waisenkind, das plötzlich Eltern bekommt. Oder wie ein Kind, das eine endlos lange Zeit weg gewesen war und nun seine Eltern wiederfindet.

»Er breitet die Arme aus. Und hebt mich hoch. Dann drückt er meine Mutter an sich. Wir umarmen uns alle drei. Sie lieben mich!«

Sie sah mich an.

»Sie lieben mich«, wiederholte sie.

Ich nickte nur. Dem war nichts hinzuzufügen. Sie hatten sie geliebt.

»Ich sehe etwas!«

Jetzt war ihre Stimme alarmiert.

Sie hob die Hände und riss sich den Helm herunter.

»Sie werden sterben«, sagte sie. »Ich sehe, dass sie sterben werden!«

Sie hielt sich die Hände vor die Augen. Nahm sie weg.

»Das ist der zweite Verlust«, sagte sie. »Ein Adoptivkind

hat zuerst seine biologischen Eltern verloren. Das hier ist der zweite Verlust. Das ist nicht gerecht!«

Ich sagte nichts.

»Erzähl«, sagte sie.

Ich bekam kein Wort heraus.

»Erzähl!!«

Sie hatte geschrien.

»O nein, entschuldige!«

Jetzt kniete sie vor mir, ihre Hände lagen auf meinen Knien. Sie bewegte sich so blitzartig, wie sich ihre Stimmung ändern konnte. Schon als Kind war sie so gewesen.

»Erzähl«, sagte sie. »Von dem Tag und der Nacht. Was geschieht weiter?«

»An dem Abend«, sagte ich, »sitzen mein Vater und meine Mutter an meinem Bett. In Christianshavn. Es ist wegen der Kubakrise, das weiß ich. Obwohl ich nicht weiß, was die Kubakrise ist. Es herrscht das Gefühl, die Welt könne untergehen. Wir könnten einander verlieren. Es ist das Gefühl, dass der Tod in unser Leben eingekehrt ist und dass er wirklich ist. Es ist ungewöhnlich, dass sie alle beide an meinem Bett sitzen. Normalerweise ist es meine Mutter, die mir eine Gutenachtgeschichte vorliest. Aber jetzt sitzen sie beide da, während sie vorliest. Und bleiben noch sitzen, als das Licht schon aus ist. Ich liege still und spüre ihre Furcht. Die nicht nur sie allein haben, sondern das ganze Haus. Ganz Christianshavn. Die ganze Stadt. Ich höre meine eigenen Atemzüge. Ich höre sie von außen, als würde ein anderer atmen. Aber ich bin es selbst. Ich stehe auf. Ich sehe meine Eltern und glaube erst, ich sei wach. Aber dann sehe ich mich im Bett liegen. Und weiß, dass ich träume. Vor mir ist keine Wand, es ist offen bis in Simons Zimmer beim Vater im Enghavevej. Ich sehe ihn im Zimmer stehen. Aber er liegt auch im Bett. Es gibt zwei von ihm. Am Bettrand sitzt sein Vater und hält ihm und Maria die Hand, während sie beide schlafen. Simon sieht mich. Zusammen gehen wir in dein Zimmer. Im Gammel Carlsbergvej in Valby. Unsere Zimmer sind offen bis zu deinem Zimmer in der Villa. Deine Mutter und dein Vater sitzen auch an deinem Bett. Dein Vater am Fußende, deine Mutter am Kopfende. Du stehst auf und kommst Simon und mir entgegen. Wir fassen uns an der Hand und drehen uns langsam um. Um uns herum ist es offen bis in unzählige Zimmer, in denen Eltern am Bett ihrer Kinder sitzen. Einen Augenblick lang fürchten wir uns. Wir befinden uns an einer Stelle, von der aus sich endlos viele Türen öffnen. Und wir wissen nicht, welche wir nehmen sollen. Einen Augenblick lang können wir uns nicht daran erinnern, warum wir hier sind.«

Mir fiel ein, dass ich immer noch den Helm aufhatte. Ich nahm ihn ab. Lisa berührte die Tasten der Apparate, der Lärm von der Kühlung der großen Scanner nahm ab und verklang. Es wurde still.

Ich versuchte, mich an die Nacht vor dreißig Jahren zu erinnern. Die endlos vielen Ausgänge aus dem Traum. Und erstmals: die Furcht, sich zu verlaufen und nicht wieder zurückzufinden.

Das hatte einen Augenblick angedauert. Dann hatte sich Lisa umgedreht und auf das Gemälde von Scherfig gezeigt. Auf den Dschungel.

»Klaus«, sagte sie. »Wir müssen Klaus sagen, dass er nicht in der Kloake schwimmen darf.«

Zum ersten Mal hatten wir in einem Traum miteinander gesprochen. Und vielleicht zum ersten Mal hatten wir überhaupt in einem Traum gesprochen. Denn was Simon zu Fräulein Christiansen gesagt hatte, als sie schlief, hatte vielleicht im Bewusstsein stattgefunden. Also lautlos.

Während das hier sehr deutlich war.

Zum ersten Mal war es uns gelungen, in einem Traum eine klare und deutlich gesprochene Mitteilung zwischen uns weiterzugeben.

Wir schauten auf die Eidechse. In ihre freundlichen Augen.

Diesmal wurden sie nicht größer. Sie kamen auch nicht näher. Sie verschwanden.

Ja, sie verschwanden. Und dann sahen wir Klaus.

Er lag in einem Krankenhausbett, es ging ihm sehr schlecht. Er hatte einen Schlauch in jedem Arm, sein Gesicht war schweißbedeckt, er warf sich von einer Seite zur anderen, und seine Eltern saßen auf dem Rand des Bettes, und ein Arzt in weißem Kittel beugte sich über ihn.

Aber dann zeigte Simon auf einen anderen Traum. Den man durch eine andere Tür betreten konnte. Hinter der Klaus in seinem eigenen Bett lag, in dem Haus zum Wald hin, gleich neben Carlsberggården. In dem Traum war er gesund und atmete regelmäßig.

Das zu erklären ist schwierig. Ich fürchte, man muss es selber erlebt haben, um es zu verstehen. Und selbst das reicht vielleicht nicht aus.

Neben dem Traum mit dem kranken Klaus und dem mit dem gesunden gab es eine endlose Menge anderer Träume.

Aber »neben« ist nicht ganz das richtige Wort. Sie lagen nicht nur nebeneinander. Sondern auch über- und unter-, ja, sogar ineinander. Als wären sie eine große Menge, in der sich die Träume gegenseitig durchdrangen.

Sie waren nicht chronologisch geordnet. »Chronologisch« war kein Wort, das wir kannten, aber sie waren nicht zeitlich geordnet.

Man könnte sagen, sie lagen auf einer Art Ebene, das trifft es vielleicht am ehesten.

Die Ebene ruhte nicht, sie pulsierte, und aus jedem Traum auf der Ebene konnte man in jeden beliebigen anderen eintreten.

Uns war allen drei ängstlich zumute. Vor dieser endlosen Ebene teilten wir die Furcht, die ich eben beschrieben hatte: die Furcht, sich im Bewusstsein zu verlaufen und nicht wieder zurückzufinden.

Wir fassten uns an der Hand.

Und betraten einen Traum.

Es war, als überquerten wir ein Fußballfeld, die Spieler waren bunte Schatten, die um uns herumliefen und durch uns hindurch, und Simon lachte uns an, und wir verstanden, was sein Lachen bedeutete. Es bedeutete, dass Klaus vom Fußball träumte.

Die spielenden Schatten bildeten nur eine dünne Schicht, dann standen wir an seinem Bett. In dem Zimmer, das er mit seinem Bruder teilte, bei ihm zu Hause, er war gesund und munter.

Er machte die Augen auf und sah uns.

Lisa legte die Hand auf seinen Arm.

»Du träumst«, sagte sie, »wir sind in deinem Traum.«

Ich weiß nicht, ob sie sprach oder ihre Aussage auf andere Weise mitteilte.

»Wir sind gekommen, um dir zu sagen, dass du nicht in der Kloake baden darfst. Da ist eine sehr gefährliche Krankheit.«

Er hatte die Augen wieder zugemacht. Aber er hörte zu.

Er lachte und schüttelte den Kopf, und wir wussten, was er sagte, obwohl er vielleicht nichts sagte. Weil es aber ein Traum war, wussten wir, was er sagte: »Mir passiert schon nichts, mir kann nichts passieren, das ist okay.«

Lisa setzte sich auf sein Bett.

Und legte die Hand auf seinen Arm.

»Tu's für mich«, sagte sie. »Versprich mir, dass du nicht in der Kloake schwimmen gehst.«

Als sie das sagte, veränderte sich der Traum.

Klaus öffnete die Augen, sah sie lächelnd an und nickte.

Da spürte ich mich selber. Zum ersten Mal in meinem Leben spürte ich mich selber.

Natürlich hatte ich mich schon im Spiegel gesehen. Ich hatte meinen Körper gefühlt. Ich kannte meinen Namen.

Aber ich hatte mich noch nie von außen gesehen.

Das war jetzt der Fall.

Es wurde durch den Tonfall hervorgerufen, in dem Lisa gesagt hatte: »Tu's für mich.«

Ich erkannte nämlich, wie klein ich war. Wie klein und wertlos. Und im Bett lag ein sommersprossiger Gott von zehn Jahren!

Die Kraft, die den Traum veränderte und bewirkte, dass ich mich von außen sah, kam von Lisa.

Sie machte etwas auf, das nie zuvor offen gewesen war. Sie offenbarte die Frau, die in ihr steckte.

Bestimmt wird man denken, das sei unmöglich. Sie war doch erst sieben.

Aber es war möglich. Das ist eines der Dinge, das ich sicher weiß, weil ich mich so deutlich daran erinnere, was es heißt, Kind zu sein. Und ich mich vielleicht nur deshalb daran erinnere, weil ich Lisa und Simon kennenlernen durfte.

Lisa war erst sieben Jahre alt. Aber als sie Klaus die Hand auf den Arm legte und sagte: »Tu's für mich«, offenbarte sie die Frau, die in ihr steckte.

In dem Augenblick trat die Eifersucht in mein Leben. Das überwältigende Gefühl der Ohnmacht und Wertlosigkeit, das sich einfindet, wenn der, den man liebt, jemand anderen liebt.

Mit der Eifersucht wurde mir plötzlich auch etwas anderes bewusst. Dass ich Lisa liebte.

Wir glauben nicht, dass Kinder lieben können. Wir glauben, ihre Gefühle seien flirrender, zarter, weniger körperlich verankert.

Wir irren. Kinder können mit überwältigender physischer Heftigkeit lieben.

Das merkte und verstand ich in Klaus' Traum.

Er nickte. Vollkommen ernst. Natürlich nickte er. Es gab keine andere Möglichkeit.

Wir standen auf.

Gleich wären wir getrennt, wieder jeder auf seinem Zimmer, jeder in seinem Traum oder jeder in seinem traumlosen Schlaf.

Da bemerkte ich etwas.

Ich bemerkte es, weil ich mich umschaute.

Ich sah, dass der Traum, in dem Klaus mit den Schläuchen im Krankenhaus lag, der Krankenhaustraum, hinter uns nicht verschwunden war.

Ich wusste auch, warum. Wie man eben Dinge auf der Traumebene wissen kann, wie eine Gewissheit, die dort urplötzlich erscheint.

Ich wusste, er würde trotzdem in der Kloake schwimmen.

Er würde die Erinnerung an unseren Besuch verscheuchen, weil sie aus einem Traum stammte und weil er unverwundbar war.

Ich blieb stehen.

Es war eine bewusste Entscheidung. Ich hätte es nicht tun müssen. Lisa und Simon hatten sich nicht umgeschaut.

Ich könnte weitergehen, und Klaus würde in das bräunliche Wasser springen und Hirnhautentzündung kriegen und vielleicht sterben, und aus Lisas und meinem Leben wäre ein Gott verschwunden.

Einen Moment lang stand ich vor dieser Wahl, an der Grenze zwischen endlos vielen Träumen.

Dann drehte ich mich um.

Aufgrund meines Entschlusses, aufgrund der getroffenen Wahl, veränderte sich die Wirklichkeit.

Die Träume auf der Traumebene waren jetzt nicht mehr in Nächte aufgeteilt.

Wir, auch Lisa und Simon, sahen, dass die Träume eine zusammenhängende Fläche bildeten oder eher ein Feld. Sie waren nicht mehr in Nächte unterteilt.

Wir sahen, dass die Menschen pausenlos träumen. Oder richtiger: In den Menschen träumt es pausenlos. So muss ich es wohl formulieren. Wir sahen, dass die Träume nicht dem einzelnen Träumer gehörten. Sie waren wie eine Masse, ja, eine Masse brodelnden, hektischen, ununterbrochenen Bewusstseins, einer Aktivität, welche die Menschen durchströmt und durch die Menschen ihren Ausdruck findet.

Ich machte einen Schritt vorwärts. Wir machten einen Schritt vorwärts. Oder wir wurden geführt, von dem von mir gefassten Entschluss.

Wir standen auf dem großen Zementrohr, aus dem sich die Kloake ins Meer ergoss. Vor uns stand Klaus in Badehose, er kehrte uns den Rücken zu. Gleich würde er Anlauf nehmen. Und springen. Und sich infizieren.

»Klaus!«, sagte ich.

Natürlich reagierte er nicht. Denn er hörte nicht, was von hinten kam. Er hörte nur, was von innen kam.

Wir waren in seinen Träumen. Allerdings in einem der Träume, die die Menschen am Tage träumen und die fast keiner hört, weil die Wachheit des Tages so intensiv ist. So wie wir am Tag nicht die Sterne sehen, weil das Licht der Sonne sie überstrahlt.

»Klaus«, sagte ich, »wenn du springst, stirbst du.«

Jetzt stand er ganz still.

Ich fühlte mich so stark wie noch nie. Ich wurde von einer Kraft durchströmt, die vielleicht nur entstehen kann, wenn man sich selbst überwunden hat. Oder genauer: Wenn die

Seite in einem, die möchte, dass ein Mensch und Freund leben soll, über die Seite siegt, die möchte, dass ein unbesiegbarer Gott sterben soll.

Er drehte sich um.

Vom Strand aus sahen Menschen zu ihm auf, Jungen und Mädchen.

Er senkte nicht den Kopf. Ganz aufrecht ging er auf dem Rohr zurück.

Wir zogen die Kittel aus, räumten auf und schlossen die Klinik ab.

Vor der Tür blieben wir stehen. Wie immer ließ ich sie entscheiden, was kommen sollte.

Sie hakte sich bei mir unter, und wir gingen zum Strand.

»Was passierte am nächsten Tag«, fragte sie.

»Wir wurden in den Kindergarten gebracht. Simon und ich warteten, bis meine Mutter gegangen war und keine anderen Erwachsenen in der Nähe waren. Dann stiegen wir die Treppe hinauf. Du hast schon auf dem Absatz gestanden. Und zugeguckt, wie Fräulein Jonna das Linoleum bohnerte. Sie hatte uns den Rücken zugekehrt. »Wie geht's Klaus«, fragtest du, »wie geht's ihm?« Fräulein Jonna drehte sich gar nicht um. »Er trainiert«, sagte sie. Sie blickte über ihre Schulter. Ihr Gesicht war freundlich, aber ausdruckslos. Aber wir wussten, dass sie wusste, dass wir wussten, dass sie wusste … und dann konnten wir diesen Gedankengang nicht zu Ende führen.

Er erstreckte sich ins Unendliche.

WIR HOLTEN SIMON direkt an der Haltestelle ab, die Kinder und ich, vom Abendzug.

Von dort gingen wir durch den Wald. Es war elf Uhr abends, im Juni, ein tief stehendes Sonnenlicht tauchte die Felder, die schon gemäht worden waren, in ein leuchtendes Gold und ließ die grasbewachsenen Hügel dunkelgrün wie Smaragde funkeln. Wir sprachen nicht, meine Töchter sahen Simon schief von unten an, irgendwann blieb die Jüngste stehen, da hielten wir alle an.

»Geht's dir nicht gut?«, fragte sie.

Er schüttelte den Kopf.

»Warum nicht?«

Er sagte die Wahrheit. Er konnte nicht anders. Als ich von der Gefängnisstrafe hörte, wusste ich, dass er sich selbst angezeigt und gestanden hatte.

»Ich fühle mein Herz nicht mehr.«

Sie sahen ihn aufmerksam an. Ohne einen Ausdruck des Mitleids, nur sehr aufmerksam. Wie Kinder anhalten und ein anderes Kind betrachten, das hingefallen ist, respektvoll.

Dann setzten sie sich wieder in Bewegung. Die Kleine steckte ihre Hand in Simons. Nach einigen Minuten machte die Große es ihr nach.

Das war unerwartet. Und ungewöhnlich. Sie kannten ihn kaum. Hatten ihn erst einmal gesehen.

So gingen wir zusammen und schwiegen.

Weil wir so still waren, konnten wir sie sehen. Durch unser Schweigen und den Gegenwind konnten sie uns nicht wittern oder hören, das Geräusch unserer Schritte auf dem Sandweg wurde fortgetragen.

Wir sahen sie, als der Weg eine Biegung machte, wir blieben abrupt stehen.

Vier Dachse, eine Mutter und drei Junge.

Der Bauer, unser Nachbar, hatte Futtergetreide auf dem Weg verloren, eine breite Spur von Körnern, die im Licht des Sonnenuntergangs wie Weißgold leuchteten.

Das hatte die Tiere angelockt.

Sie waren höchstens zwanzig Meter entfernt.

Wir gingen langsam näher, ohne einen Blick zu wechseln, verzaubert von der Nähe der scheuen, zugleich graziösen und schwerfälligen Tiere.

Wir gingen am Rand des Weges im Gras, um Geräusche zu vermeiden.

Wir hatten den Sonnenuntergang im Rücken, vielleicht hatte das ihr ohnehin schwaches Sehvermögen noch vermindert.

Zuletzt waren wir nur noch zwei Meter von ihnen entfernt. Wir beobachteten das Dachsjunge, das uns am nächsten war, wie vorsichtig es die goldenen Körner in sich hineinschleckte. Seine dunklen Augen. Die einzelnen Haare in den weißen Zeichnungen des schwarzen Fells. Die breiten Füße.

Und wir konnten es riechen, seinen schweren, kitzelnden Wildgeruch, bevor es uns wahrnahm.

Da bemerkte die Mutter etwas. Sie hob den Kopf und witterte. Sie drehte sich um und drängte ihre Jungen ins Gebüsch am Wegesrand.

Wir gingen weiter. Nach fünfzig Metern drehten wir uns um. Da war das mutigste der Dachsjungen schon wieder auf dem Weg und mit dem Streifen aus Körnern beschäftigt.

Der Anblick der Tiere hatte bei uns allen ein beinah feierliches Gefühl hervorgerufen. Es hielt an, bis wir uns dem Haus näherten. Da sagte die Jüngere:

»Simon. Papa sagt, du hättest ihn vorm Ertrinken gerettet, als ihr Kinder wart.«

Er nickte.

»Warum wär er denn fast ertrunken?«

»Wir waren bei Rørvig und haben gebadet. Wo eure Großeltern ihr Sommerhaus haben. Und da war ein sogenanntes Pferdeloch. Das sind Löcher auf dem Meeresboden, die entstehen können, wenn es heftig stürmt. Wenn große Wellen da sind. Und starke seitliche, aufs Meer hinaus ziehende Strömungen, die Rippströmungen heißen. Man kann sie nicht sehen. Und sie können bei ganz flachem Wasser auftreten. Es war April, wir haben in den Wellen gespielt. Wir haben auf ihnen gesurft, das Wasser reichte uns nur bis zu den Oberschenkeln. Und plötzlich war da so ein bodenloses Loch. Und Peter bekam Krämpfe. In dem Loch sammelte sich das kalte Wasser. Eiskalt war es. Plötzlich verschwand er in dem Loch, und ich konnte sein Gesicht im Wasser sehen, es war mir zugewandt, seine Augen waren offen, und ich sah, dass er seine Beine nicht bewegen konnte und dass irgendwas nicht stimmte. Ich tauchte ins Wasser, umfasste ihn und schwamm das kleine Stück zum Strand, wo schon eure Großeltern angelaufen kamen, und das war's auch schon.«

»Wie alt warst du da?«

»Sieben Jahre.«

»Aber du konntest so gut schwimmen, dass du Papa gerettet hast?«

»Ach, das war doch nur ein kleines Stück.«

Simon und ich sahen uns an. Ich schuldete ihm mein Leben. Ich habe es immer gewusst. Es war ein Gefühl, das schwer zu erklären war. In der Regel weiß man, dass man sein Leben seinen Eltern zu verdanken hat. Auch wenn man vielleicht selten daran denkt. Aber einem Freund, dass man sein Leben einem Freund zu verdanken hat, das ist etwas anderes.

Wir kamen zum Haus. Ich machte Tee und toastete Weißbrot. Wir saßen im letzten Licht auf der Terrasse und genossen die überrumpelnde Andersartigkeit eines späten Essens. Und dass die Kinder noch so spät auf waren.

Ich sah zu Simon hin, der über die Heideflächen nach Süden schaute. Es war keine Freude in seinem Gesicht. Aber in dem Augenblick war, ja, vielleicht Milde darin.

Die Mädchen guckten ihn an. Es dauerte nicht lange, einen unbeobachteten Augenblick lang sahen sie ihn sehr konzentriert an.

Es war, als sähen sie etwas, was wir nicht sahen. Als wüssten sie etwas. Als hätten sie, zwei Mädchen von fünf und sieben Jahren, den ganzen Fußweg vom Bahnhof bis hierher orchestriert. Hätten ihn gefragt. Ihn an die Hand genommen. Und auf magische Weise die Dachse auf den Plan gerufen. Und gefragt, wie er mir das Leben gerettet hatte.

So fühlte es sich an. Als hätten sie die ganze Situation erst zuwege gebracht.

Um Simon näherzukommen.

Sie hatten das tiefe Wasser bemerkt, in dem er unterzugehen drohte. Und hatten, jedenfalls für den Moment, sich über ihn gebeugt, ihn festgehalten und an Land gezogen.

SIMON UND ICH brachten die Kinder am nächsten Morgen zur Schule und fuhren direkt zur Klinik weiter.

Der Streifenwagen kam zur selben Zeit wie wir. Als wir parkten, wendete er langsam und fuhr in Richtung Hauptstraße.

»Der Ort wird überwacht«, sagte er. »Ist auch klar, so muss es sein.«

Durch die Art, wie er es sagte, wusste ich, dass er alles verstanden hatte. Alles, wozu ich mich langsam vorgetastet hatte und was ich mir hatte erzählen lassen.

Lisa und ihre Mitarbeiter warteten schon auf uns. Sie klärte Simon über die neue Ausrüstung auf. Wie die Scanner in den dünnen Helm, die Kittel und in den Boden eingebaut waren.

Wir zogen die Kittel an und setzten den Helm auf.

Lisa schaltete die Apparate noch nicht an, sie blieb reglos sitzen.

»Ich hatte einen heimlichen Freund«, sagte sie. »Im Garten hinter den Labors. Der Garten war groß, ich bin nie an seine Grenzen gekommen, vielleicht hatte er gar kein Ende. Varga und ich waren jeden Nachmittag da, wenn die Gärtner nach Hause gegangen waren. In den Gewächshäusern standen Pfirsichbäume und Orangenbäume mit reifen Früchten und Weintrauben am Spalier. Wir durften pflücken, was wir wollten. Es war der Garten Eden. Dort traf ich meinen heimlichen Freund, er hieß Niels. Er kam nachmittags. Manchmal konnte es eine Weile dauern, aber plötzlich war er da. Dann gingen wir zusammen auf den kleinen Wegen. Wenn ich ihn lange nicht gesehen hatte, hab ich ihn wirklich vermisst. Ich zeigte ihm die Pfirsiche. Varga liebte ihn. Das zeigte sie mit den

Ohren, wenn sie ihn sah, das war lustig, wenn ein Ohr stand, und das andere hing, dann war sie richtig glücklich. Ich hatte meinem Vater und meiner Mutter von Niels erzählt.«

»Meinem Vater und meiner Mutter« sprach sie etwas seltsam aus. Als lägen die Wörter wie Fremdkörper in ihrem Mund. Und gleichzeitig mit tiefer Freude. Der Freude eines Kindes. Wir merkten es alle, als säßen wir einem Kind gegenüber, das fort gewesen war und gerade seine Eltern wiederfindet.

»Sie lächelten. Und mein Vater hatte meine Mutter gefragt: ›Wer kann denn das sein, wer ist dieser Niels?‹, und meine Mutter hatte gesagt: ›Wahrscheinlich einer der Gärtnersöhne.‹ An einem Tag, von dem ich jetzt erzählen will, bückte sich Niels und hob ein Stöckchen auf, ein feines, glattes Stöckchen, und gab es mir in die Hand. Er hob noch ein anderes auf, und wir knieten uns vor einen Baumstamm. Mit dem Stöckchen stieß er gegen den Stamm, ich sollte dasselbe tun. ›Wo merkst du ihn‹, fragte er, ›wo merkst du den Baum?‹ Und er gab selber die Antwort: ›Du merkst ihn am Ende des Stöckchens. Du merkst ihn, als hättest du Gefühlsnerven am Ende des Stöckchens. Ist das nicht phantastisch?‹ Ich wusste nicht, was Gefühlsnerven waren. Aber ich verstand sofort, was er meinte. Es war natürlich und trotzdem wunderbar. ›Wir machen die Welt‹, sagte er. ›Wir fabrizieren sie.‹ Ich wusste auch nicht, was ›fabrizieren‹ bedeutete. Aber ich verstand völlig, was er meinte. Ich sah ihm in die Augen. Sie waren so schön. So verträumt. Ich fand immer, er sah aus wie ein Träumer. Dann wurde nach ihm gerufen: ›Niels!‹ Es war das erste Mal, dass ich jemand nach ihm rufen hörte. Es war eine Frauenstimme, und die Frau kam in den Garten, groß und blond. Ich war enttäuscht, dass er schon nach Hause musste. ›Kannst du nicht deine Mutter fragen, ob du noch ein bisschen bleiben darfst‹, fragte ich. Er sah mich an, träumend und verwundert und lächelnd. ›Das ist meine Frau‹, sagte er, ›das ist nicht meine Mutter.‹ Erst da verstand ich, dass er erwachsen war. Und als ich ihn neben der Frau stehen sah, merkte ich, dass er nicht nur erwachsen, sondern schon ein älterer Mann war. Aber mir gegenüber hatte er das Kind in sich nach außen gekehrt, und das hatte ich gesehen. Am Abend sagte ich meiner Mutter, ich hätte entdeckt, dass Niels ein Mann war. Sie bat mich, ihn zu beschreiben, ihn und die Frau, die ihn gerufen hatte. Später, als mein Vater und meine Mutter mich zu Bett brachten, sagte meine Mutter: ›Lisas heimlicher Freund ist Niels Bohr.‹ ›Wer ist Niels Bohr?‹, fragte ich. ›Ein Wissenschaftler‹, sagte mein Vater. ›Er ist aber auch ein Junge‹, entgegnete ich. Sie sahen mich an. Und nickten dann. ›Ja‹, sagte mein Vater.«

Lisa hielt inne. Vielleicht weil wir in der Klinik waren, schienen wir den Garten vor uns zu sehen, die Gewächshäuser und die Pfirsiche. Und Bohr.

»Es gab ein intensives wissenschaftliches Milieu in den Labors von Carlsberg«, sagte Lisa. »Das habe ich später erfahren. Als ich die Geschichte der Labors las. Um mich meiner Kindheit zu nähern. Da tauchte eine lange Reihe von Nobelpreisträgern auf. Bohr kam oft vor. Wenn er eine Besprechung für eine Pause unterbrach, ging er allein in den Garten. Da sind wir uns begegnet. Da nahm er sich Zeit, um mit einem kleinen Mädchen zu sprechen, als wäre er ein Gleichaltriger. Und um ihr zu zeigen, dass wir die Welt konstruieren.«

Sie stand auf und sah Simon an.

»Auch das Dunkel«, sagte sie. »Selbst das schwärzeste Dunkel, selbst das, was völlig außerhalb unserer Kontrolle zu liegen scheint, konstruieren wir selbst.«

Sie schaltete die Apparate an.

Ich wartete darauf, dass etwas geschehen würde, aber es geschah nichts. Wir saßen einfach nur da und guckten uns an. Um uns herum verstärkte sich das tiefe Summen der Scannerkühlung.

Dann muss doch etwas passiert sein. Zwischen uns, auf einem Tisch aus Fichtenholz, standen fünf große Gläser mit Wasser, mit Sand auf dem Boden des Glases sowie Tang und Krebspanzer. Wie von einem Magier hervorgezaubert.

Die andern sahen das Gleiche wie ich. Die fünf Gläser. Oder vielleicht sahen sie nicht genau das Gleiche. Aber sie erinnerten sich an das Gleiche wie ich.

Alle drei befanden wir uns in derselben Situation vor dreißig Jahren.

Ich weiß nicht, wie es geschah. Wie es zugehen konnte. Dass wir jetzt, ohne andere Hilfsmittel als die Scannings und den Magnetsimulator, der einen Reflex der elektrischen Prozesse und der Flüssigkeitsströmung in die Hirne und Körper von jedem von uns überführte, unmittelbar das Bewusstsein der anderen erlebten. Ich weiß es bis heute nicht.

Ich glaube, es lag an den Dingen, die wir zusammen getan hatten. Den Wegen, die wir zusammen gegangen waren. Schon damals, als wir klein waren.

Wir hatten Türen geöffnet. Türen, die sich nun nicht mehr vollständig schließen ließen. So dass sie unverhofft, ohne Vorwarnung, aufspringen konnten. Wie jetzt.

Ich wusste, dass wir alle drei in einen Sonnabend vor dreißig Jahren hineinsahen.

An dem Fräulein Jonna auf uns aufpasste.

ANDERE LEUTE HABEN nur selten auf uns aufgepasst. Das Leben meiner Eltern verlief regelmäßig. Sie brauchten fast nie einen Babysitter für uns.

Aber an jenem Sonnabend waren sie den ganzen Tag weg. Und Lisas Eltern auch.

Wenn ich mich nicht irre, hatte es mit der Oper zu tun.

Meine Eltern gingen selten ins Theater. Aber ich meine, mich erinnern zu können, dass der Ny Carlsbergfonds eine Opernaufführung gefördert hatte. Und die Labormitarbeiter Karten erhalten hatten.

Irgendetwas in der Richtung.

Und dann hatten Lisa und ich gesagt, dass wir an dem Abend gerne zusammen gehütet werden würden. Und ob Simon und Maria auch dabei sein dürften?

Das war in Ordnung.

Wir standen in der Garderobe des Kindergartens, als die Vereinbarung getroffen wurde. Lisas Mutter fragte Lisa, wer auf sie aufpassen solle. Sie sah mich an, und wir sagten: »Fräulein Jonna!«

Vielleicht war es auch nur Lisa, die es sagte, also den Wunsch aussprach. Aber wir haben es beide gedacht.

So wurde es also arrangiert. So unbeschwert und natürlich, wie Lisas Mutter die Dinge zu arrangieren pflegte.

Fräulein Jonna kam am Vormittag.

Meine Mutter war ihr gegenüber ein wenig verlegen. Alle Menschen waren Fräulein Jonna gegenüber verlegen.

Obwohl sie nur ein junges Mädchen von achtzehn oder neunzehn Jahren und Putzfrau in einem Kindergarten war.

Dann gingen meine Eltern. Sie hatten feine Sachen an. Es gab irgendein Festessen vor der Vorstellung.

Fräulein Jonna ging mit uns zum Strand. Ich weiß nicht mehr, welcher, wir nahmen die Straßenbahn, wahrscheinlich war's die Badeanstalt Helgoland oder der Strandpark in Charlottenlund. Jeder von uns hatte ein großes Einweckglas dabei, in dem wir Muschelschalen und Tang und Steine und etwas Sand sammeln wollten.

Das Wetter war grau und kühl, und wir scharten uns mit unsern Gläsern dicht um Fräulein Jonna.

Sie leuchtete. Wir fühlten, wie sie in dem grauen Wetter leuchtete. Der Wind spielte mit ihrem Haar. Wir vier Kinder waren glücklich, und wir wussten, dass das Glück irgendwie von Fräulein Jonna ausging.

Wir hatten immer gespürt, dass sie etwas Besonderes war. Aber bis dahin hatten wir sie ja nur zusammen mit anderen erlebt. Im Kindergarten, mit vielen anderen, mit Kindern und Erwachsenen.

Dort am Strand waren nur wir. Da mussten wir nicht das Glück, das von ihr ausging, mit anderen teilen.

So dass wir es sehr deutlich fühlten.

Wir fuhren mit der Straßenbahn wieder nach Hause und setzten uns, jeder mit seinem Einweckglas, an den Küchentisch.

Zum Strand hatten wir belegte Brote mitgenommen, zu

Hause in der Küche machte Fräulein Jonna Tee für uns, dazu gab es kleine Kekse mit bunter Glasur obendrauf.

Wir guckten in unsere Einweckglasaquarien. Und sprachen davon, wie es wäre, darin zu schwimmen. Es wäre, als tauchte man im Meer. Wir würden Grönlandhaien begegnen, Makrelenschwärmen. Heringen. Dorschen. Schwertwalen. Einem Belugastör.

Während wir erzählten, fing es an. Wir sahen das Meer von innen. Von innen und von unten. Wie wenn wir am Zaun zu den Bahngleisen standen und uns das Land vorstellten, in das die Züge fuhren.

Das Meer sahen wir auf dieselbe Weise, genauso deutlich. Alles sahen wir.

Aber diesmal war ein Erwachsener dabei, und dieser Erwachsene war Fräulein Jonna.

Sie sang uns etwas vor, als wir uns schlafen legten.

Sie hatte meiner Mutter versprochen, uns zur üblichen Zeit zu Bett zu bringen, trotzdem hatte ich den Eindruck, es war später. Dass sie uns nicht loslassen wollte.

Wir hatten das Gefühl, dass sie unsere Gesellschaft genoss. Dass sie nicht wollte, dass es vorbei war.

Sie sang viele Lieder, Lieder, die wir noch nie gehört hatten. Manche vermittelten uns das Gefühl, unter dem Meer zu sein.

Schließlich stand sie auf und schloss die Tür.

Ich musste eben eingeschlafen sein. Plötzlich war Licht im Zimmer, Simon hatte es angemacht, er saß aufrecht im Bett.

»Wir können meine Mutter besuchen«, sagte er. »Sie lebt. Ihr geht's gut.«

Ich mochte das nicht. Ich sah Lisa an und merkte, dass sie es auch nicht mochte.

Maria hielt ihre Puppe an sich gedrückt und schlief.

»Ich besuche sie jede Nacht«, sagte Simon.

Er lehnte sich zurück und schloss die Augen. Wir zögerten. Dann folgten wir ihm.

Es dauerte einen Augenblick, dann öffnete sich die Traumebene. Ich sah mein Zimmer mit Maria verschwinden und die Wände des Zimmers, ich sah über Christianshavn, die Erlöserkirche und die Kanäle und die Refshaleinsel und Burmeister & Wain und den Raddampfer, wo die Werftarbeiter zu Mittag aßen. Dann verschwand das alles, und die Ebene war offen, die Ebene der zehntausend Träume. Simon ging vorneweg, er wusste, wo wir hin sollten, er drehte sich um und winkte uns.

Wir standen vor der Wohnung in der Wildersgade, wo er mit Maria und der Mutter gewohnt hatte.

Und wo wir gespielt hatten. Nicht sehr oft, aber ein paar Mal. Meine Mutter mochte das Viertel nicht, in dem die Wildersgade lag, die Hinterhöfe und Kneipen und Prostituierten.

Die Ziegelsteintapete an den Wänden blätterte ab.

Wir betraten die Wohnung. Am Küchentisch stand Simons und Marias Mutter und bereitete sich ihre persönliche Orangeade zu.

Dafür goss sie Orangeade in weiße Flaschen mit Bügelverschluss und füllte sie mit einer klaren Flüssigkeit auf, die einen durchdringenden Geruch verbreitete.

Später habe ich verstanden, dass es sich dabei um reinen Alkohol von 99,9 Prozent handelte; sie hatte ihn aus dem Carlsberg-Labor, wo man ihn zum Sterilisieren von Reagenzgläsern und Pipetten benutzte.

Die gefüllten Flaschen mit der bernsteinfarbenen Flüssigkeit bewahrte sie im Kühlschrank auf. Ich glaube, ich habe sie in der Wohnung nie ohne ein Glas mit dieser Orangeade gesehen.

Zwischen ihren Lippen steckte eine Zigarette, wegen des Rauchs kniff sie das eine Auge zu.

Simon stellte sich zu ihr, und sie legte den Arm um ihn.

Sie schaute ihn nicht an, sie war ganz darauf konzentriert, mit ihrer freien linken Hand die Flasche zu füllen.

Ihre Liebe hüllte ihn ein, und sein Gesicht entspannte sich und wurde ruhig.

Normalerweise hatte er eine Art dunklen Ring um die Augen. Er muss allmählich entstanden sein, im Laufe der Monate, wir hatten ihn erst in letzter Zeit bemerkt.

Nun verschwand er. Als würde er langsam und sanft von seiner Mutter weggewischt.

Wir vergaßen die Ziegelsteintapete. Wir vergaßen die Wohnung. Alles verschwand. Wir sahen nur noch Simon und seine Mutter.

»Simon! Sie ist ein Traum!«

Es wurde leise gesagt. Aber trotzdem unangenehm deutlich.

Es war Fräulein Jonna. Sie stand im Raum.

Erst dachten wir, sie sei ein Teil des Traums.

Aber ihre Konturen waren schärfer als die von Simons Mutter und dem Rest der Wohnung. Und ihre Augen waren wach, wie sie es nicht bei einem Menschen sein können, der schläft und träumt.

Sie kam näher und stand neben Simon.

»Sie ist ein Traum«, sagte sie. »Sie ist nicht wirklich.«

Er schloss die Augen. Als wollte er nichts hören. Als wollte er, dass Fräulein Jonna wegging. Er lehnte sich an seine Mutter.

»Sie liebt mich«, sagte er. »Ich besuche sie jede Nacht. Maria bringe ich es auch schon bei. Wir können jede Nacht zusammen sein.«

Fräulein Jonna kniete sich vor Simon hin, ihre Augen waren jetzt auf einer Höhe.

»Sie ist tot«, sagte sie, »sie kommt nicht mehr wieder.«

Jetzt machte er die Augen auf.

»Wir haben Klaus gerettet«, sagte er. »Wir können auch meine Mutter retten.«

Das war's, was er wollte, jetzt begriff ich es. Natürlich war es das.

»Klaus ist lebendig«, sagte sie. »Ein Mensch, der lebt, hat seine Träume bei sich. Ihr seid in einen davon gegangen und habt ihn gewarnt. Aber deine Mutter ist tot. Sie ist fort. Sie ist woanders hingegangen. Die Toten nehmen ihre Träume mit.«

Er schloss die Augen. Er wollte es nicht hören.

»Jedes Mal, wenn du hier hineingehst«, sagte sie, »verlierst du ein bisschen von dir selber. Ein bisschen von dir bleibt zurück, in dem Traum.«

Wir verstanden sie nicht, Lisa und ich. Verstanden die Worte nicht. Aber wir verstanden die Bedeutung. Wir wussten, sie hatte recht.

»Auf die Weise verlierst du deine Kräfte, Simon. Und langsam wird es schwer für dich, auf dich aufzupassen. Und dann wird es auch schwerer, auf Maria aufzupassen.«

Die Art, wie sie das sagte, war besonders.

Es war vollkommen ruhig. Es war nicht einmal eindringlich. Sie versuchte überhaupt nicht, ihn aufzurütteln. Es war, als sagte sie etwas, was gesagt werden musste, weil es eine Tatsache war. Aber ohne dass sie etwas anderes damit wollte, als es zu sagen.

Ich glaube, dadurch konnte sie ihn erreichen. Er hörte, wir alle hörten, dass sie wusste, dass es ganz allein seine Entscheidung war.

Er öffnete die Augen und setzte sich auf.

Dann floss seine Mutter in ihn hinein. Erst die Mutter, dann die Orangeade, dann wurde die ganze Wohnung in ihn hineingesogen, und dann verschwand alles, und wir saßen in meinem Zimmer im Bett.

Maria schlief auf dem Boden, und Lisa saß auf ihrer Matratze.

Fräulein Jonna saß auf meiner Bettkante.

Sie streichelte Simon.

Ich schreibe »streichelte«, weil das Wort es am besten trifft.

Damals berührten Erwachsene Kinder nicht sehr häufig. Und wenn, bestand die Berührung meist darin, dass sie einem den Kopf tätschelten. Oder die Hand gaben.

Fräulein Jonna berührte Simon am ganzen Körper. Sie drückte die Decke um ihn fest und strich an der Kontur seines Körpers entlang.

Sie machte es langsam, aber fest, und wiederholte es viele Male.

Und ganz allmählich entspannten sich seine Züge. Der dunkle Augenring, der verschwunden war, als seine Mutter den Arm um ihn gelegt hatte, und der zurückgekehrt war, als wir wieder in meinem Zimmer waren, dieser dunkle Augenring fing langsam an zu verblassen.

Schließlich war er ganz weg.

Sein Atem ging ruhig und tief. Nicht mehr lange und er würde einschlafen.

»Kannst du nicht unsere Mutter sein? Meine und Marias Mutter?«

Er sprach fast im Schlaf.

Fräulein Jonna nahm sich Zeit, bevor sie antwortete.

»Nein«, sagte sie dann. »Das ist unmöglich.«

Er lächelte unmerklich. Ein kleines Lächeln der Erleichterung. Als wäre er erleichtert, erfahren zu haben, dass es unmöglich war.

Weil es die Wahrheit war. Für Kinder ist die Wahrheit oft eine Erleichterung.

Dann sank er in den Schlaf.

Fräulein Jonna blieb noch ein wenig sitzen. Dann stand sie auf und löschte das Licht.

Dabei wurde ihr Gesicht kurz von der Lampe erleuchtet. Da bemerkten wir etwas, Lisa und ich.

Wir sahen die Trauer. Die Trauer und all das, was es sie gekostet hatte, Simon sagen zu müssen, dass es nicht möglich war. Dass sie nicht ihre Mutter sein konnte.

Simon und Lisa und ich sahen uns an. Über die Einweckgläser, die ein Meer von vor dreißig Jahren enthielten, sahen wir uns an, und dann verschwanden die Gläser, und wir waren wieder in der Klinik am Ende der Straße.

LISA SCHALTETE DIE Apparate aus.

Sie streckte ihre Hand aus und berührte die Tastatur neben ihr, und das tiefe Knurren der Scanner nahm ab und verklang.

Wir spürten die Erleichterung des Nervensystems, das zur Ruhe kam.

Und waren überrascht. Ich hatte noch nicht erlebt, dass sie eine Sitzung unterbrach.

Sie stand auf und nahm Helm und Kittel ab, wir taten dasselbe.

»Wir brauchen eine Pause«, sagte sie.

Sie hatte recht, jetzt merkten wir es auch. Auch ihre Assistenten fühlten es.

Es war die Erinnerung, die wir geteilt hatten: an Fräulein Jonna und die Einweckgläser und Simons Traum von seiner Mutter. Wir hatten sie wortlos geteilt, aber sie war aufdringlich wirklich gewesen, auf eine Art stand sie noch immer im Raum.

Außerdem wollte Lisa uns etwas zeigen.

Sie führte uns an den Büros vorbei und in einen Teil des Gebäudes, in dem ich noch nicht gewesen war, es musste die technische Abteilung sein, es sah aus wie eine Reihe von Werkstätten, an den hohen Decken hingen kleine Kräne an Schienen, und an den Wänden war Werkzeug aufgereiht.

Alles war glänzend sauber, als wäre es mit Spiritus abgewaschen und sterilisiert worden.

An Werktischen arbeiteten Männer und Frauen, völlig vertieft in ihre Tätigkeit, nur Einzelne warfen uns einen Blick zu, einen Blick, der ihren Respekt vor Lisa bezeugte.

Das war ein Teil dessen, was sie uns zeigen wollte. Wie groß das Unternehmen und wie wichtig ihre Position war.

Sie öffnete eine Tür zum Wasser hin, wir gingen zum Strand.

Wir stapften durch den Strandhafer. Als der Strand anfing, zogen wir die Schuhe aus, um den warmen Sand zwischen den Zehen zu spüren.

Nach dem Dämmerlicht in der Klinik war die Sonne grell.

Wir gingen nebeneinander, Lisa in der Mitte, wie damals, als wir Kinder waren. Lisa ist etliche Male mit meinen Eltern, Simon und mir in unserm Sommerhaus oben bei Rørvig gewesen.

Genauso sind wir dort am Strand spazieren gegangen.

Abgesehen davon, dass damals auch Maria dabei gewesen war.

Ohne zu sprechen, ohne ein Wort zu wechseln, erinnerten wir uns an Dinge, die wir zusammen gemacht hatten: Simon und ich hatten Lisa bis zum Kopf im Sand eingegraben. Sie war so braun gebrannt, dass ihr Bauch im Vergleich zum weißen Sand fast schwarz gewesen war.

Als wir ihren Hals mit Sand bedeckt hatten, sagte sie: »Auch den Kopf!«

Das durften wir nicht, das wussten wir. Aber meine Mutter war ein Stückchen entfernt. Und vertieft in die Lektüre einer Frauenzeitschrift.

»Einen Halm«, sagte Lisa. »Steckt mir einen Halm in den Mund.«

Wir suchten zwei feste, hohle Strandhaferhalme und steckten sie ihr in den Mund.

Dann bedeckten wir ihren Kopf.

Als sie unterm Sand verschwunden war, saßen wir still daneben. Wir hielten das Ohr an die Halme, um ihr Atmen zu hören. Aber wir hörten nichts.

»Wir sitzen an ihrem Grab«, sagte Maria. »Sie ist begraben, und wir sitzen an ihrem Grab.«

Maria kann nicht älter als vier gewesen sein. Aber sie hatte die Worte noch vom Begräbnis ihrer Mutter im Gedächtnis.

Es glich einem Grab in den Dünen. Vollständig.

Wir kriegten es mit der Angst zu tun, als Maria das sagte, und schoben den Sand weg, blitzschnell, nach fünf Sekunden hatten wir Lisa von der Sandschicht befreit. Sie setzte sich auf und lachte übers ganze Gesicht.

»Wie lustig das ist!«, sagte sie. »Als wenn man begraben wär. Noch mal!«

Wir deckten sie wieder mit Sand zu, Maria half auch mit, wir deckten sie vollständig zu, wir sahen den weißen Sand in ihrem Nabel. Auf ihren braunen Schenkeln, ihren breiten, braunen Füßen, dann war sie weg.

Wir schaufelten noch mehr Sand auf sie, bis ein richtiger Wall entstanden war, der so lang war wie sie.

Wir genossen den Anblick. Das glitzernde, stille Meer, das

sich kaum kräuselte, so dass jedes Glitzern ganz lange andauerte. Der weiße Sand. Der scharfe, salzige und frische Geruch vom Anfang und Ende allen Lebens, der am Meer zu finden ist.

Dann merkten wir, dass etwas nicht stimmte. Dass sie rauswollte. Unterm Sand machte sich Verzweiflung bemerkbar.

Wir dachten, sie bekomme keine Luft. In wenigen Sekunden schaufelten wir sie mit den Händen frei. Sie setzte sich auf.

Aber es ging nicht ums Atmen, das sahen wir sofort. Es ging um was anderes. Sie hatte etwas gesehen. Sogar mit Sand in den Wimpern sah sie Dinge, die weit entfernt waren.

»Mein Vater und meine Mutter«, sagte sie. »Irgendwas mit dem Auto. Ein Autounfall.«

Sie zitterte am ganzen Körper. Meine Mutter begleitete uns zum Eishaus, wie wir den Kiosk nannten. An der Seite des Hauses, bei den Toiletten, war ein Münztelefon. Von da rief Lisa zu Hause an. Es war alles in Ordnung. Sie sprach mit ihrer Mutter. Es war alles, wie es sein sollte. Trotzdem waren die Ferien von da an anders. Sie blieb still und nachdenklich.

Daran erinnerten wir uns alle drei, in unserm gemeinsamen Bewusstsein, dort am Strand an der Bucht von Aarhus.

Simon blieb stehen.

»Wir haben dich geliebt«, sagte er. »Peter und ich. Als wir Kinder waren. Wir haben dich beide geliebt.«

Das stimmte.

Wir gingen zur Klinik zurück. Zogen die Kittel an, setzten die Helme auf. Lisa schaltete die Scanner an.

Wie aus heiterem Himmel standen Simons Kinder zwischen uns. Es waren zwei Mädchen, im selben Alter wie meine. Ich kannte sie von Bildern, die er mir in einem Fotoalbum gezeigt hatte.

Ich weiß nicht, woher sie kamen, ob aus dem elektrischen Simulator oder weil wir am Strand spazieren gegangen waren oder durch die Türen im Bewusstsein, die wir als Kinder geöffnet hatten – ich weiß es nicht.

Das ist auch nicht wichtig. Wichtig war, damals und heute, dass sie da waren. Wirklich, aber trotzdem durchsichtig. Wie holographische Projektionen.

»Ich spüre keine Gefühle«, sagte Simon. »Nicht für die Kinder. Nicht für ihre Mutter.«

Die Kinder verblassten. Einen Augenblick lang tauchte hinter ihnen der Umriss ihrer Mutter auf, dann verschwand auch er.

Szenerien entstanden. Andeutungen von Straßenbildern, vielleicht Arbeitsplätzen, Gesprächen, Menschen, einer Gefängniszelle, Büros – Bilder, die entstanden und vergingen. Hastig. Kaleidoskopartig.

Die Umgebung der Klinik verschwand. Die Bilder übernahmen. Landschaften, Autos.

Die Bilder befanden sich nicht nur im Raum zwischen uns. Sie waren auch in uns, in unsern Körpern und unserm Bewusstsein. Sie trieben und wehten durch uns hindurch, wie Wolken am Himmel, wie Wind in den Büschen.

Es waren Simons Erinnerungen, das war uns klar. Wir waren in seinem Bewusstsein.

Wir merkten, wie offen es war. Wie offen und schutzlos. Wir hörten Repliken. Feststellungen, Einschätzungen. Musikfetzen. Und wir merkten: Sie gingen durch ihn hindurch. Lobende Bemerkungen, verletzende, beurteilende, anerkennende, abweisende. Und er konnte sich nicht schützen, hatte es nie gekonnt. Er war ganz offen, und das Leben trieb und hämmerte durch ihn hindurch. Er hatte versucht, einen durchtrainierten Körper aufzubauen, eine funktionierende Persönlichkeit, die die Flut der Eindrücke, die durch ein schutzloses System strömen, abzuwehren imstande war. Es war ihm nicht gelungen.

Das Tempo, in dem sich die Situationen abwechselten, ließ nach. Sie vereinfachten sich, eine Erfahrung der Weite trat ein.

Wir waren auf dem Weg in die Weite.

Der Lärm, die schnellen Wechsel, die vielen Millionen Einzelsituationen, gehörten der Oberfläche an. Weiter innen ging es langsamer zu. Fundamentaler.

Und sorgenvoller. Ich spürte die Trauer in seinem System, den Kummer auf seinem Herzen, wie ein schweres Gewicht spürte ich ihn. Und so wirklich und konkret, als läge er auf meinem eigenen Herzen.

Das Letzte, was ich noch denken konnte, betraf den Unterschied zwischen ihm und mir. Er war schutzlos durchs Leben gegangen, ich war abgegrenzt.

Diese Abgrenzung war meine Stärke und mein Fluch. Mit ihr hatte ich überlebt. Und mit ihr hatte ich die Welt und die Menschen auf quälenden Abstand gehalten.

Dann ließ ich jeden Gedanken fahren.

In der Weite kam Maria zum Vorschein.

Sie saß in einem Rollstuhl.

Ein Wort, das ich nie benutzt hatte, nahm Form an, das Wort »Auszehrung«. Maria hatte Schwindsucht, Tuberkulose, das muss ihrem Leben ein Ende bereitet haben.

»Ich konnte im Leben nie eine richtige Wahl treffen.«

Es war Simon, der sprach.

»Ich habe sozusagen nichts mit meinem Leben gemacht. Nichts damit angefangen. Es war das Leben, das was mit mir gemacht hat.«

Um seinen Mund spielte ein kleines Lächeln. Es machte mir Angst. Denn es gab keinen Grund zu lächeln. Und wenn es keinen Grund zum Lächeln gibt, lacht nur derjenige, der aufgegeben hat.

»Ich konnte sie nicht retten«, sagte er. »Ich konnte nicht auf Maria aufpassen. Danach konnte ich nicht auf meine Kinder aufpassen. Ich habe versagt. Die Situationen, in denen man versagt, häufen sich an. Sie sind wie Würfel, die aufeinandergestapelt, wie Zahlen, die zusammengelegt werden. Wie Steine, die man mit sich herumträgt. Das Gewicht wird immer schwerer. Bis es zu viel wird. Am Schluss hat man nicht mehr die Kraft zum Leben.«

Die Richtung des Kummers ging bergab. Als unterläge er der Schwerkraft.

Ich sah Lisa an. Sie war ruhig.

Sie fühlte in diesem Moment dasselbe wie Simon. Dasselbe wie ich. Aber sie war ganz ruhig.

Es war die einzige Möglichkeit, ihn zu retten. Wenn man mit ihm gemeinsam in seinem Kummer sein könnte, wenn man in einem Kummer sein könnte, der so groß war wie seiner, und ihm gleichzeitig zeigte, dass man ihn ertragen konnte, dass es möglich war, ihn auszuhalten, dann gab es vielleicht eine Chance.

»Maria ist erwachsen«, sagte sie. »Ein erwachsener Mensch muss das Gewicht seines Lebens selber tragen.«

Sie sagte »ist erwachsen«. Sie sprach in der Gegenwart. Weil die Frau im Rollstuhl, die Maria war und tot, in diesem Augenblick wirklich bei uns war.

»Sie ist ein Kind«, sagte Simon. »Innerlich ist sie ein kleines Mädchen.«

Das stimmte. Innerlich war die Frau im Rollstuhl ein kleines Mädchen. Ich konnte das Kind sehen, in ihrem ausgezehrten Gesicht und dem ausgezehrten Körper.

Ich sah Lisa an. Ich sah das kleine Mädchen in ihr, das sie im Kindergarten gewesen war.

Und ich merkte den Jungen in mir.

Wir befanden uns an einem gefährlichen Punkt. Dort, wo die große Weite beginnt und kaum noch ein Halt übrig ist und wo man ungeschützt ist wie ein Kind.

»Das ist eine Geschichte«, sagte Lisa. »Maria ist tot. Die Hälfte deines Lebens ist um. Die Situationen, in denen du versagt hast, sind Vergangenheit. Sie existieren nur, weil du sie weiterhin erzählst. Die Geschichte, die du erzählst, ist tot.«

Er hörte auf zu lächeln.

Maria verblasste. Dann war sie weg.

Wir standen an einem Rand. Es war nichts zu sehen, um uns herum war nur Weite, trotzdem standen wir an einem Rand.

Dann kam langsam etwas zum Vorschein. Es sah aus wie ein Eingang.

Es hat keinen Sinn, ihn räumlich zu platzieren. Trotzdem würde ich sagen, er zeigte aufwärts.

Es war der Tunnel, in dem Simons Mutter bei ihrem Tod verschwunden war. Der Tunnel, in den hinein wir ein paar Schritte gemacht hatten.

Da wusste ich, dass wir ihn verloren hatten.

Er zeigte auf den Tunnel.

»Ich erzähle das nicht«, sagte er. »Die Geschichte kommt von selbst. Sie ist keine Vergangenheit. Sie ist jetzt hier. Sie ist immer hier.«

»Es ist eine Geschichte«, sagte sie. »Du erfindest sie. Es ist eine tiefe Geschichte. Sie kommt aus einem tieferen Bereich als die andern Geschichten. Tief unten im Nervensystem. Von all den Besuchen, die du deiner Mutter im Traum abgestattet hast. Ihre Tiefe, ihre Verankerung im Körper lässt dich glauben, sie sei wirklich. Aber es bleibt eine Geschichte. Du kannst dich dafür entscheiden, sie *nicht* mehr zu erzählen.«

Es war zu spät. Er war losgegangen. Auf den Tunnel zu.

»Ich kann Maria sehen«, sagte er. »Und unsere Mutter.«

Das sagte er nicht mehr zu uns. Er sprach zu sich selbst. Sein Gesicht hatte den gleichen Ausdruck wie damals, als wir ihm in seinen Traum gefolgt waren und seine Mutter in der Wohnung in der Wildersgade Orangeade mit Alkohol aufgefüllt und den Arm um ihn gelegt hatte.

Den gleichen hingerissenen, friedvollen Ausdruck hatte er jetzt.

Und dann war er im Tunnel.

Ich rannte ihm hinterher.

Ich hätte es nicht tun sollen, ich wusste, es war falsch, aber ich rannte ihm hinterher.

Erst war es schwierig, sich zu bewegen, dann merkte ich, dass ich erhoben wurde. Als herrschte in der Röhre eine Schwerkraft, die einen nach oben zog.

Mich trieb der Zorn an. Ich hasste ihn in diesem Augenblick. Weil er seine Kinder verließ. Und mich.

Und ich liebte ihn, er war ein Teil von mir, und indem er ging, nahm er etwas von mir aus dieser Welt mit weg.

Ich packte ihn am Hemd. Es war eines meiner Kordhemden aus der Kinderzeit. Das meine Mutter ihm gegeben hatte.

»Du lässt alle im Stich!«

Ich weiß nicht, ob ich schrie oder zischte oder ob ihm meine Worte auf andere Weise zugetragen wurden.

Er drehte sich nicht um. Ich wurde hinter ihm hergeschleppt. Er ist immer stärker gewesen als ich. Aber ich wollte ihn nicht loslassen.

Ich spürte Rauch in der Nase. Weiter vorn war der Tunnel voller Rauch.

Da bekam ich einen Schlag auf die Finger.

Mir war nicht klar, ob ich ihn im Innern von Simons Bewusstsein bekam oder auf dem Stuhl in der Klinik am Ende der Straße. Aber es war ein harter Schlag. Ich nahm ihn in jeder einzelnen Zelle wahr.

Ich ließ los und fiel und drehte mich im Fall um, überzeugt davon, Lisa zu sehen. Mein Körper war bis zur Weißglut gereizt, weil sie mich gestört hatte.

Aber es war nicht Lisa, die ich sah. Es war Fräulein Jonna.

Der Anblick dauerte nur den Bruchteil einer Sekunde. Dann war er weg. Ich saß auf meinem Stuhl. Simon saß auf seinem Stuhl. Und Lisa auf ihrem.

Keiner war in meiner Nähe. Im Raum war keine Spur von Rauch zu bemerken.

Aber der Rücken meiner rechten Hand war aufgeplatzt. Er war noch ganz weiß, weil durch den heftigen Schlag das Blut aus der Hand gewichen war, und während ich sie betrachtete, platzte auf meinem Handrücken ein Blutgefäß nach dem anderen.

DRITTER TEIL

EINE WOCHE SPÄTER nahm sich Simon das Leben.

In der Nacht träumte ich, ich befände mich in einem geräumigen Haus. Irgendwo im Haus schliefen meine Eltern. Unter der Decke schwebte Simon in einer Art Raumkapsel. Er war ungefähr zweieinhalb.

Im Traum wollte ich ihm helfen. Ich flog oder schwebte zu der Kapsel empor und drang seitwärts in sie ein, und sein und mein Bewusstsein verschmolzen.

Am Vormittag rief mich seine Frau an. Sie sprach zusammenhängend. Aber mit großer Anstrengung.

Er hatte sich verbrannt.

In seinem Haus, das er nach der Scheidung gekauft hatte, war das Dach innen bis zum First geöffnet worden. Oben hatte er einen Hängeboden mit einem Bett eingezogen. Vielleicht, dachte ich später, um der Stelle nah zu sein, wo der Tunnel sich nach oben öffnete.

Er hatte diverse Stapel Papier und Bücher angesteckt, eine Flasche Schnaps und ein Glas mit Pillen geleert und war dann die schmale Treppe hinaufgestiegen, um sich in das Bett zu legen.

Als man den Rauch bemerkte, rief man seine geschiedene Frau und die Kinder an, sie standen draußen und sahen, wie das Haus brannte.

Die ältere Tochter wollte ins Haus laufen, aber sie hatten sie zurückgehalten.

Weil das ganze Erdgeschoss in Flammen stand, waren die Feuerwehrleute mit Leitern übers Dachgeschoss eingestiegen und hatten ihn dort heruntergetragen.

Es war eine kleinere Provinzstadt, alle kannten sich, zwei Feuerwehrleute waren Freunde von Simon gewesen, sie konnten es nicht mit ansehen.

Ich kam am Nachmittag an.

Der Leichenbestatter war eine Frau, sie hatte uns nahegelegt, wegen der Verbrennungen lieber auf den Anblick des Toten zu verzichten.

Ich bat darum, ihn doch noch einmal sehen zu dürfen. Wenn ich ihn jetzt nicht sähe, wusste ich, ich würde ihn immer vor mir sehen, wenn ich mich in Zukunft durch eine Menschenmenge bewegte.

Die Leichenbestatterin führte mich ins Leichenschauhaus, das neben der Krankenhauskapelle lag.

Simon lag im Kühlraum in einer Art Schublade.

Ich war mit der Leichenbestatterin allein im Raum. Sie zog die Lade heraus und hob ein weißes Tuch an.

Ich fand, er war schön. Er war verbrannt. Aber man konnte noch sehen, wie schön er war.

Er roch nach Rauch. Es war der Geruch, den ich während des Scannings im Tunnel bemerkt hatte.

Um die Augen hatte er tiefdunkle Ringe.

Zorn stieg in mir auf. Ich hätte auf die Leiche einschlagen können.

Der Zorn entlud sich über die Frau, die mir gegenüberstand.

»Man sagt von einem Toten, er habe seinen Frieden gefunden«, sagte ich. »Woher weiß man das, zum Teufel? Gucken Sie sich doch mal sein Gesicht an. Vielleicht findet man gar keinen Frieden. Vielleicht findet man eher eine neue Hölle. Die schlimmer ist als die hier.«

Jemand legte mir die Hand in den Nacken.

Lisa. Irgendwie hatte sie hergefunden.

Sie betrachtete Simon. Gründlich und lange. Sie strich mit den Fingern über die heil gebliebenen Stellen seiner Haut. Sie bückte sich und roch an ihm.

Die Leichenbestatterin rührte sich nicht.

»Wir hatten ein Spiel«, sagte ich, »ich und er und seine kleine Schwester Maria. Und meine Mutter. Das Spiel hieß ›Alle Wünsche erfüllt‹. Zuerst steckte uns meine Mutter in die Wanne. Simon und Maria haben das geliebt. Nie in ihrem Leben waren sie je in der Badewanne gewesen, außer bei uns. Wir drei passten genau rein. Dann cremte uns meine Mutter mit Elisabeth Ardens Nachtcreme ein. Simon und Maria, eingewickelt in Handtücher, standen ganz still auf dem Terrazzoboden, glänzend von der fetten Creme, mit geschlossenen Augen und mit geblähten Nasenlöchern, die das kostbare Parfüm einsogen. Danach war ich ihr Pferd und zog sie auf einer Decke durch den langen Flur. Und brachte ihnen Teller mit Obst, die meine Mutter arrangiert hatte, Kreise aus Mandarinenschnitzen und Bananenscheiben und Rosinen. Und ich gab ihnen von meinem Spielzeug ab.«

Ich konnte meine Gedanken nicht ordnen. Die Wörter sprudelten nur so hervor.

»Vielleicht war es das schlechte Gewissen. Dass wir etwas

besaßen, was sie nicht hatten. Vielleicht aus Angst, dies hier könnte sich einst in der Zukunft ereignen. Vielleicht habe ich damals schon darauf hingearbeitet, ihn nicht zu verlieren. Vielleicht war es das.«

»Vielleicht war es Liebe.«

Das hatte nicht Lisa gesagt.

Erst dachte ich, es sei sie gewesen. Wer auch sonst? Ich hatte nicht aufgeschaut, ich sah Simon an. Und ich hatte an der Lade gerüttelt, wie um ihn wieder zum Leben zu erwecken.

Da wurde mir klar, dass die Leichenbestatterin gesprochen hatte.

»Ich bin seit dreißig Jahren in diesem Amt«, sagte sie.

Das Wort »Amt« hatte ich in dem Zusammenhang schon lange nicht mehr gehört.

»Ich habe oft gedacht: Wer von uns weiß schon, ob es richtiger ist, dass ein Mensch lebt oder stirbt?«

Erst war ich wie gelähmt. Weil mir ihre Aussage so grob erschien.

Dann merkte ich, dass es keine Grobheit war. Es war Mitgefühl. Nicht das professionelle Mitgefühl der Leichenbestatterin, sondern eine umfassende Offenheit für meine Trauer. Und eine vollkommene Ehrlichkeit. Und ein Herzensmut, etwas zu sagen, das aus dem Rahmen fällt und nicht im Handbuch für Leichenbestatter steht.

Und es stimmte. Wer kann, wenn man es recht bedenkt, wissen, ob es richtiger ist, dass ein Mensch lebt oder stirbt?

Ich sah sie an. So ist diese Welt auch. Sie ist nicht nur Jugendwahn und Todesverneinung und ein Verhalten, als würden wir ewig leben.

Sie besteht auch aus Menschen wie dieser Frau, die täglich mit dem Tod zu tun haben und am Rande dieses Abgrunds noch die schwerste Möglichkeit offenhalten können.

Lisa und ich verließen den Krankenhausparkplatz und betraten dann eine Art Wald, der in ein Sumpfgebiet führte, das wir umrundeten, mehrmals, glaube ich.

Wir sagten kein Wort.

Dort begann der Trauerfluss oder die Trauerquelle, oder wie man es nennen mag, zu sprudeln und würde in gewisser Weise mein ganzes Leben lang strömen.

Anfangs war diese Trauerquelle schwarz, weil ich so wütend auf Simon war, weil er seine Kinder und mich und Lisa verlassen hatte. Später wurde sie klarer.

Auch weil Lisa neben mir ging und nichts sagte und wir beide das Gleiche fühlten.

Ohne dass wir uns abgesprochen hätten, schlugen unsere Füße wie von selbst den Weg zum Haus von Simons Kindern und deren Mutter ein.

Da sagte Lisa das Einzige, was sie je dazu sagen sollte.

Sie hakte sich bei mir unter und meinte dann:

»Trauer hat ihr eigenes Leben. Dagegen kann man nicht so richtig was ausrichten.«

ES WAR EINE afrikanische Beerdigung.

Es kamen fünfhundert Menschen. So was kannte ich nur aus Afrika, wo man sich den Tod teilt und ihn gemeinschaftlich bewältigt.

In Dänemark, dachte ich, sei der Tod einsam. Etwas, das meist in der Familie bleibt.

Aber zu Simons Beerdigung kamen fünfhundert Menschen.

Eine Reihe von Menschen, die ihn gekannt hatten, hielten Ansprachen. Dadurch erfuhr ich einiges über die Jahre seines Lebens, von denen ich nichts wusste.

Die meisten sprachen von Seiten, die mir unbekannt waren. In uns allen ist nicht eine, sondern sind viele Personen.

Aber alle erwähnten die Offenheit. Und Maria.

Ich redete mit seiner geschiedenen Frau und den Kindern. Sie waren schweigsam und gleichsam paralysiert.

In den folgenden drei Wochen zog ich mich zurück und sah nur meine Kinder. Die Mädchen fragten mich, was mit Simon geschehen sei, ich sagte es, wie es war: »Er hat in seinem eigenen Haus Feuer gelegt, sein Kummer war so groß, dass er nicht mehr leben wollte.«

Sie fragten mich, ob es nicht wehtue zu verbrennen, und ich sagte nein, man merke es nicht, man sterbe an einer Luftart, die Kohlenmonoxid heiße und die mit dem Rauch komme. Man sterbe ohne körperliche Schmerzen.

Morgens brachte ich sie immer in die Schule, nachmittags holte ich sie ab. Oft brachten sie Freundinnen mit. Ich machte Essen für sie und ließ sie spielen. Ging mit ihnen in den Wald oder ins Schwimmbad. Die Tage vergingen. Ich wünschte mir nichts anderes. Schon oft habe ich gedacht, dass ich mich in der Gesellschaft von Kindern am wohlsten fühle. Kinder fordern meine Grenzen nicht heraus. Kinder haben eine Sanftheit an sich, eine Weite.

Ab und zu aßen wir alle gemeinsam zu Abend, auch die Mutter der beiden. Sie fragte mich nach Simons Kindern. Ich sagte, ich sei mit ihnen in Kontakt. Dass ich überlegte, was ich für sie tun könnte.

An einem Sonnabendvormittag kam Lisa ins Wohnzimmer.

Sie klopfte an, machte die Tür auf, streifte die Schuhe ab und kam herein.

Die Freude der Mädchen, sie zu sehen, war deutlich spürbar. Ebenso wie ihre Wachsamkeit.

Wir machten alle zusammen einen langen Spaziergang durch den Wald zum See.

An seinem östlichen Ende ist ein Sandstrand, wir waren die Einzigen dort, im Sand lag ein verendeter Rehbock.

Wir rochen ihn, bevor wir ihn sahen.

Die Mädchen und ich blieben unwillkürlich stehen.

Lisa trat näher. Nach ein paar Sekunden folgten die Mädchen ihr nach. Dann ich.

Zusammen knieten wir vor dem Kadaver. Inmitten des schweren, überwältigenden Geruchs des Todes.

»Findest du nicht, es riecht eklig?«, fragte die Jüngere.

»Nein«, sagte Lisa, »eigentlich nicht.«

»Warum sind seine Augen weg?«

»Weil es das Erste ist, was andere Tiere fressen. Weil sie so weich sind. Das Fleisch zu fressen ist schwieriger. Und die

Organe. Denn dafür muss man erst das Fell in Stücke reißen.«

Die Neugier der Kinder war mit Händen zu greifen. Ihr unnachsichtiges Interesse. Alles, was sie brauchten, war, dass ein Erwachsener die Barriere durchbrach, die sie vom Tod trennte.

»Warum ist er tot?«

Wieder kam die Frage von der Jüngsten.

Ich zeigte ihr die beiden Löcher im Bauch, das eine etwas größer als das andere.

»Hier ist er in den Magen geschossen worden, siehst du? Danach ist er vor dem Jäger geflohen. Es wäre besser gewesen, ihn hier zu treffen, in Brust und Vorderkörper, das heißt ins Dreieck, da sitzen die Lungen und etwas tiefer das Herz. Dann wäre er sofort tot gewesen. Aber so hat er flüchten können. Und die Hunde haben ihn nicht gefunden. Wenn in Dänemark ein Tier angeschossen wird, aber flüchten kann, ruft man nach einem Hund, der darauf dressiert ist, einer Blutspur zu folgen. Um das Tier zu töten, damit es nicht unnötig leidet. Dieses Tier hier hat der Hund nicht finden können.«

»Woher weißt du das«, fragte die Ältere.

»Ich habe mal gejagt. Bevor ihr geboren wurdet.«

Sie sahen mich beide an. Sehr ernst.

»Wann hast du aufgehört?«, fragte wieder die Ältere.

»Als deine Mutter mit dir schwanger war. Eines Tages konnte ich plötzlich nicht mehr. Ich hatte im Meer gejagt, mit einem Harpunengewehr, und einen Fisch geschossen. Als ich ihm den Kopf abschnitt, fand ich auf einmal, er sehe aus wie du. Seitdem konnte ich keine Tiere mehr töten.«

»Aber du isst Tiere.«

So sind Kinder auch, so bewegen sich ihre Gedanken auch. Mit unerbittlicher logischer Konsequenz.

»Ja«, sagte ich. »Ich lasse andere für mich töten.«

Wir gingen durch den Wald nach Hause. In der Nähe des Strandes hatte jemand eine Bierdose weggeworfen.

Die Kleine hob sie auf. Sie goss einen letzten Rest aus, wobei sie wegen des Biergeruchs den Kopf abwandte.

Als wir eine Weile gegangen waren, zeigte Lisa fragend auf die Dose.

Die Kleine lachte bloß.

»Das hat sie immer gemacht«, sagte ich. »Seit sie ganz klein ist. Wenn sie draußen ist, sammelt sie immer ein Stück Abfall auf, um es später in den Mülleimer zu werfen.«

Die Kleine sah Lisa an.

»Das mach ich, um dem Wald danke zu sagen.«

Wir aßen zusammen zu Abend. Die Mädchen durften etwas länger aufbleiben als gewohnt.

Nach dem Essen wollte Lisa aufbrechen. Sie stand im Flur.

»Seit ich klein war«, sagte sie zu den Mädchen, »hab ich, wenn ich eine öffentliche Toilette benutzt habe, sie immer ein bisschen sauberer hinterlassen als vorher. Ich hebe Papier vom Boden auf. Oder wische das Waschbecken ab. Mach es einfach ein bisschen schöner. Um der Toilette zu danken, dass sie da ist. So hab ich immer zu mir selbst gesagt.«

Sie und die Kinder sahen sich an.

Zwischen ihnen fand eine Begegnung statt, eine Begegnung, an der ich auch teilnahm. Als befänden wir uns in den Scannern.

Der Ausgangspunkt, das Sprungbrett, die Rampe war dieser Tag. Der tote Rehbock. Die Bierdose. Das Zusammensein. Die Mahlzeit. Lisas Aussage, dass sie öffentliche Toiletten immer etwas sauberer hinterlasse, als sie vorher waren. Und hinter all dem Simons Tod.

Von dieser Rampe aus ließen wir, sie und die Mädchen und ich, die Sprache los. Und dann gab es Kontakt. Eine Verbindung auf der anderen Seite der Wörter.

Ich begleitete sie zum Auto.

»Wir haben viel zu tun in der Klinik«, sagte sie. »Es sind harte Schicksale. Das ist Dunkeldänemark.«

Es war Ende Juli. Vom Sonnenuntergang war ein Licht wie von einem kleinen Lagerfeuer übrig geblieben, irgendwo drüben hinter der Heide.

»Du hast mir einmal erzählt«, sagte sie, »dass du immer nach wirklichen Begegnungen zwischen Menschen gesucht hast. Die kommen nicht von selbst.«

Dann war sie weg.

AM NÄCHSTEN MORGEN rief ich sie an. In der folgenden Woche und die nächsten zwei Wochen auch war ich jeden Tag in der Klinik.

Es wurde der konzentrierteste Lernprozess meines Lebens.

Wir arbeiteten zehn Stunden am Tag, sieben Tage in der Woche.

Jeden Tag hatten wir fünf bis acht Sitzungen, auf jede Sitzung folgte eine kurze Besprechung und ein gemeinsames

Protokoll, während die Assistenten den nächsten Patienten klarmachten.

Erst dachte ich, die Klinik habe sich bereit erklärt, die Anzahl der Patienten um ein Vielfaches zu erhöhen. Dann wurde mir klar, dass es das Übliche war. Lisa hatte mich zu nichts anderem als ihrem gewöhnlichen Arbeitstag eingeladen.

Ich sah ein Dänemark, von dessen Existenz ich keine Ahnung hatte.

Der erste Patient war ein Zwilling mit psychisch kranker Mutter, die Pharmazeutin gewesen war. Als die Zwillinge drei waren, hatte sie sie im Kindergarten abgeholt, ihnen Gift eingeflößt, den einen mit einem Kissen erstickt, den andern zu erwürgen versucht und daraufhin selber Gift genommen. Nach einigen Jahren hatte der Vater wieder geheiratet, der überlebende Zwilling hatte die neue Mutter geliebt, die allerdings drei Jahre später auch Selbstmord beging.

In diese Finsternis haben Lisa und ich ihn begleitet.

Lisa zeigte mir, wie schwierig es ist, mit frühen Schäden umzugehen. Für den überlebenden Zwilling hatte es nur teilweise eine Sprache gegeben. Der kleine Junge hatte das alles nicht verstehen können, und die Erinnerung hatte das sprachlose Grauen nicht festhalten und verarbeiten können. Als die Scanner starteten und wir in sein Bewusstsein traten, kamen wir in eine fast orientierungslose Welt.

Ich meine es genau so: orientierungslos. Der Patient war ein großer, gefasster und schöner junger Mann. Schon als ich ihn sah, lange bevor die Scanner angingen, bemerkte ich seine Intelligenz und Integrität. Lisa und ich gingen ihm entgegen. Während Lisa mit ihm über sein Leben sprach, verschmolz unser Bewusstsein mit seinem. Wieder war es, als verschwände die Klinik, wir waren im System eines anderen Menschen.

Wir hatten den Eindruck, eine Landschaft zu betreten. Zunächst, als er von seiner Ausbildung und seinem erwachsenen Leben berichtete, war diese Landschaft wohlgeordnet, wie ein Park mit geharkten Sandwegen, die in alle Himmelsrichtungen angelegt waren.

Aber das Geordnete war oberflächlich. Ganz äußerlich. Einen Augenblick später verschwand der Park, und der Raum wurde orientierungslos. Alles wurde ein Nebel von unstrukturierter Angst. Es war unklar, wo oben und unten war. Alles war eine grenzenlose Weite unbearbeiteter Verluste.

Wir betraten sie mit ihm. Lisa ließ ihn führen, falls das das richtige Wort ist.

Ich beobachtete sie, sie tat nichts anderes, als ihm zu folgen. Sie beschrieb kein einziges Phänomen, dem wir begegneten, sie versuchte nicht, ihn in eine bestimmte Richtung zu lenken. Alles, was sie tat, war, hin und wieder, beinahe neugierig, zu fragen: »Ist es möglich, das auszuhalten?«

Ich dachte, es müsse eines ihrer Prinzipien sein. Das Nicht-Eingreifen. Bis sie plötzlich eingriff.

Es war gegen Ende, obwohl ich nicht wusste, dass wir kurz vor dem Ende standen. Ich war schweißnass, wir schienen in der namenlosen Angst des kleinen Kindes zu schwimmen und die Symptome und Wirkungen dessen, womit die Mutter die Kinder vergiftet hatte, am eigenen Leibe zu erleben. Und nicht nur des einen Kindes, nein, das Leiden beider war gegenwärtig, auch das Leid der Mutter, die geistesgestörte Paranoia und Verzweiflung, in der sie gehandelt hatte, all das wurde gleichsam auf uns zurückgestrahlt.

Ich blieb nur, weil ich nicht aufgeben wollte. In dieser Landschaft ging es für mich nicht um Mitgefühl. Nicht darum, zu helfen und zu stützen und das Herz offenzuhalten. Es ging lediglich ums Überleben.

Gegen Ende kam eine Form zum Vorschein.

Es war eine Öffnung, es war wie ein Ausgang, und ich sah, wie der junge Mann sich darauf zubewegte.

Es war eine Art Tunnel. Verlockend, denn er versprach Erlösung.

Er war mit der Farbe Violett verbunden. Während alles andere farblos gewesen war – farblos, wie Angst und Depression es sind, wie ich gerade lernte –, war der Tunnel violett.

Ich sage »mit der Farbe Violett verbunden«. Um das, was wir sahen, nicht konkreter und eindeutiger zu machen, als es war.

An dem Tunnel stellte Lisa sich ihm in den Weg.

Ich kann nicht sagen, ob es eine physische Handlung war. Denn wir saßen ja auf unsern Stühlen in der Klinik. Obwohl die Verbindung zu unseren Körpern verändert und geschwächt war, saßen wir auf unsern Plätzen.

Aber man erlebte es so, im Bewusstseinsraum erlebte man es, als stellte sie sich ihm in den Weg.

»Was ist denn«, fragte er.

Ohne dass ich genau sagen kann, ob auch nur ein Wort fiel.

»Das ist der Weg, den deine Mutter nahm, als sie starb«, sagte sie. »Du warst mit ihr eng verbunden, sehr eng. Du hast registriert, dass sie im Sterben lag, obwohl du so klein warst, hast du es registriert. Und hast versucht, mit ihr zu gehen. Du hast sie ein langes Stück begleitet.«

Dieser Mann, damals ein kleiner Junge von drei Jahren, war allein gewesen. Was er getan hatte, was sein Herz getan hatte, war der Versuch, seine Mutter festzuhalten.

»Das hat dein System porös gemacht«, sagte Lisa. »Du musst dich daran gewöhnen, auf einem Grat zu leben. Lange Zeit, vielleicht dein ganzes Leben lang, wirst du diese drei Welten spüren: Da ist der schmale Pfad, auf dem du gehst, der das wirkliche Leben ist, der Alltag, das Leben hier und jetzt. Und auf der einen Seite der Abgrund, der die Angst ist. Und auf der andern Seite der Abgrund, der offen ist in der Richtung, wo deine Mutter hinging. Die Frage an dich lautet: Kannst du die beiden Abgründen aushalten? Und trotzdem das Leben wählen, das ein schmaler Pfad ist?«

»Das ist komplex«, sagte er.

Er war Mathematiker. Deshalb benutzte er dieses Wort.

»Ja«, sagte Lisa, »das ist komplex. Aber es ist auch ganz einfach. Willst du leben, oder willst du sterben?«

Sie schaltete die Scanner aus, Verdunkelungen und Wand gingen auf.

Wir hörten hier auf. Er war erschüttert. Eine Assistentin führte ihn hinaus.

Ich sah Lisa an. Es war, als hätte ich eine neue Seite an ihr gesehen. Eine harte Seite.

Vielleicht weil wir immer noch an die Scanner gekoppelt waren, vielleicht weil wir das Bewusstsein des andern noch nicht verlassen hatten, schien sie zu wissen, was ich dachte.

Sie antwortete mir nicht direkt. Aber da sie mich ansprach, wusste ich, dass es eine Antwort war.

»Weißt du, was einen Menschen am schnellsten weiterbringt?«

Ich schüttelte den Kopf.

»Bewusstes Leiden. Das ist der schnellste Weg. Das zu sagen sind wir denen schuldig, die es ertragen können.«

Wir hatten nur eine kurze Pause, um uns herum wurden schon die Vorbereitungen für den nächsten Patienten getroffen. Wir setzten uns ein paar Minuten ins Büro, sie schrieb einen stenographisch kurzen Bericht und las ihn mir vor. Ich konnte mich nicht konzentrieren, es war, als käme ich von dem System des jungen Mannes nicht los, als hinge ich immer noch im Scanning fest.

»Bewusstes Leiden«, sagte ich. »Was ist mit Liebe?«

»Ja«, sagte sie. »Die vielleicht auch.«

Ich fixierte sie.

»Was wäre für dich bei einem Liebespartner am wichtigsten?«, fragte ich sie.

Sie antwortete ohne Zögern.

»Dass er den Mut hat, mich ins Unbekannte zu begleiten.«

Sie nahm meine Hand. Als wollte sie etwas sagen.

Stattdessen lachte sie, plötzlich, perlend, glücklich.

DIE DREI ZUSAMMENHÄNGENDEN Wochen in der Klinik erschienen wie ein Tag. So wie wir die Monate und Jahre im Kindergarten erlebt hatten.

Eigentlich gab es gar nicht viele Patienten, es gab nur einen. Eine Situation, ein Scanning.

Gleichzeitig erinnere ich mich an jeden einzelnen. Jeden einzelnen Menschen, jedes Scanning, jede Minute jedes einzelnen Scannings.

Es ist ein Paradox. Vielleicht nähert man sich so der Ewigkeit. Dass alles zu einem einzigen Augenblick wird, der alle Einzelheiten enthält, die wir normalerweise über einen langen Zeitraum verteilen.

Einer der Patienten war nur ein großer Junge. Er und die Assistenten umarmten sich, Lisa und er umarmten sich, er setzte sich wie zu Hause auf den Stuhl, seine Bewegungen waren so eingeübt, dass es jedem einleuchtete, dass er hier schon etliche Male gewesen war. Dass er sich zu Hause fühlte.

In dem Augenblick, in dem die Scanner angingen, änderte sich die Stimmung. Die familiäre Atmosphäre verschwand, das Gesicht der Assistenten war angespannt, Lisas Miene vollkommen konzentriert. Ich hatte das Gefühl, wir säßen in großer Höhe in einem Flugzeug und die Tür ginge auf und gleich würden wir springen und uns im freien Fall befinden.

Lisa sah mich an. Ihr Gesicht verriet mir, dass wir die Baumgrenze erreicht hatten, jetzt waren wir auf dem Weg ins ewige Eis. In ein Gebiet, das schlimmer war als der Piz Bernina.

Um mich einzuweihen, fasste sie die Geschichte des Jungen zusammen. Er war Mitte zwanzig, seine Eltern bekleideten beide hohe Staatsämter, als die Kinder klein waren, hatten die Eltern Pornofilme mit ihnen gedreht.

Ich dachte erst, ich hörte nicht recht. Dann öffnete sich die visuelle Seite der Scannings. Ich sah die Villa, die Eltern, die Kameras, es hatte mehrere gegeben. Es hatte eine Gruppe von Erwachsenen und Kindern gegeben.

Die Bilder strömten wie ein reißender Fluss auf mich ein, während Lisa berichtete, es war zu spät, sich an Land zu retten. Ich sah, wie der Vater den Jungen vergewaltigte, darauf seine kleine Schwester, die Mutter kniete nackt über dem Jungen und drückte ihm ihr Geschlecht ins Gesicht, er erlebte es, als würde er erstickt.

Der Junge und Lisa waren schon oft in dieser Landschaft gewesen, das war deutlich. Sie gingen vor mir, mit großer Ruhe, an den grotesk verrenkten Figuren vorbei, ich versuchte, ihnen zu folgen.

Dabei waren sie nicht mit den Menschen und Ereignissen an sich beschäftigt. Die musste der Junge schon irgendwie verarbeitet haben.

Es war für mich nicht zu entscheiden, ob diese Bilder Erinnerungsfetzen waren, die von ihm oder von Lisa oder von beiden kamen. Oder ob es Fabrikationen meines eigenen Bewusstseins waren, die auf den Signalen basierten, welche ich von den Scannings und durch die Nähe der beiden erhielt.

Lisa, der Junge und ich gingen durch die Villa. Ich sah die Antiquitäten, von Reisen mitgebrachte exotische Gegenstände, ich erkannte Massaispeere und Masken aus Papua-Neuguinea.

In einem andern Zusammenhang hätte man es ästhetisch

nennen können. Angesichts der verrenkten, von Spots beleuchteten Körper aber, die Luft geschwängert vom Geruch diverser Körperflüssigkeiten, verstärkten die Ästhetik und die Museumsgegenstände nur das Gefühl eines Albtraums, dem zu entgehen nicht möglich war.

Unaufhörlich wurde ich aufgehalten. Lisa und der Junge waren an diese Umgebung gewöhnt, ich nicht. Die exotischen Gegenstände, das dumpfe, unerträgliche Leid der Kinder, die Gesichter der Erwachsenen – all das hielt mich fest.

Es waren keine groben Gesichter. Sie hatten feine Züge. Teure Frisuren. Diamantohrringe. Perlenketten. Zwei Wände waren von Bücherregalen bedeckt. Die Buchrücken zogen mich an. Es war, als würde durch die Anwesenheit der Bücher an diesem Ort die Unterdrückung noch verstärkt. Ich hatte geglaubt, Bücher seien Aufklärung und Aufklärung sei ein Schutz gegen eine Finsternis wie diese.

Das Heim, die Bücher, die gepflegten Körper und Gesichter. Und dann gleichzeitig die Übergriffe. Ich konnte nur mit Mühe daran vorbei. Übergriffe, die in der obersten Schicht des dänischen Beamtenbürgertums stattfanden.

Lisa und der Junge waren mir weit voraus. Ich riss mich los und schloss zu ihnen auf.

Sie standen an einer Wand in der Villa. Die Wand löste sich auf. Wir blickten auf Dänemark.

So war es. Die verschwundene Wand gab den Blick frei auf das kollektive Bewusstsein.

Es war nicht das Dänemark, das ich kannte. Es war Dunkeldänemark, so hatte Lisa es genannt.

Es war eine endlose Reihe von Übergriffen. Von Vergewaltigungen. Grotesk verrenkten Körpern. Einem gefühlsmäßigen Winter, in dem Geschlechtsteile und Brustwarzen steif gefroren in den Raum ragten.

Den kollektiven Aspekt der Übergriffe sah der Junge zum ersten Mal. Das merkte ich. Diese Sitzung, diese Wanderung diente dazu, ihm das zu zeigen. Ihm und mir.

Er streckte die Hand aus, und sie ergriff sie. Er schaute zurück und streckte mir die andere Hand hin, und ich ergriff sie.

Er konnte nicht wissen, dass ich gegen das, was wir sahen, schlechter gewappnet war als er.

So standen wir drei da. Und schauten in die Hölle.

»Das ist eine Erleichterung«, sagte der Junge.

Wie konnte jemand, der noch bei Trost war, diesen Anblick eine Erleichterung nennen?

»Dass nicht nur wir es waren. Wir Kinder. Die das erlebt haben. Dass es auch viele andere gab. Man denkt, man sei nichts wert. Man sei des Lebens unwürdig. Deshalb ist die Scham so brennend. Weil man denkt, man sei das wertloseste Wesen der Welt. Und dann sieht man«, er hob die Hand, »dass es ganz furchtbar viele gibt.«

»Aber denk dran, versuch, dran zu denken, dass es nichts mit Sex zu tun hat. Nichts, es hat absolut nichts mit Sex zu tun«, sagte Lisa. »Wenn Erwachsene Kinder vergewaltigen, ist es wie Rache. Sie wollen ihre eigene Kindheit rächen. In der sie selber missbraucht wurden. Das ist Wut, Wut und Machtausübung. Kein Sex.«

Sie wollte die Sexualität des Jungen von dem befreien, was er erlitten hatte. Einerseits stand sie neben ihm, ganz ruhig. Andererseits beugte sie sich über ihn. Und holte aus dem verstümmelten System einen gesunden Kern. Einen Teil von ihm, der nicht verkümmert war.

»Wut ist immer auch nach innen gerichtet«, sagte sie. »Wut ist immer auch Selbstzerstörung.«

Es zuckte in seinem Körper, ich bildete mir ein, ein Klacken zu hören. Wie wenn aus dem Gelenk gezogene Körperteile wieder an ihren Platz rutschen.

Sie war dabei, die Stränge durchzuschneiden, die ihn an sein Trauma banden. Jedes Mal, wenn er bisher etwas mit Liebe oder Sex erlebt hatte, wurden die Bilder aus der Villa hinter uns aktiviert. Und zwar wegen der Verbindungen mit diesen Ereignissen, Verbindungen, die dünn waren, aber stark wie Stahltrossen.

Diese Verbindungen zertrennte sie. Als hielte sie einen kleinen glänzenden Bolzenschneider in der Hand. Damit zertrennte sie eine dünne Trosse nach der andern, mit chirurgischer Präzision.

Deshalb standen wir hier.

Deshalb mutete sie sich das zu. Mutete es ihm und mir zu. Nur hier waren die Stahltrosse sichtbar. Nur hier konnte sie sie zerschneiden. Und nur hier, wo er sah, dass er seinen Schmerz mit andern teilte, konnte er sie an sich herankommen lassen.

Er drehte sich um und sah zurück, in den Raum hinter uns.

»Sie haben selbst gelitten«, sagte er. »Mein Vater und meine Mutter. Deshalb.«

Der Raum veränderte sich, als er es sagte. Als würde er entdämonisiert. Nach meinem Gefühl fing hier vielleicht die Vergebung an.

Lisa führte uns zurück.

Es war höchste Zeit. Ich hatte meinen Körper vergessen.

Die Villa verblasste. Wir saßen auf den Stühlen. Das Geräusch der Apparate verklang. Der Junge und die Assistenten und Lisa sprachen miteinander. Und wieder lächelten sie vertraut, als wäre nichts passiert.

Erst nach einigen Minuten kehrte mein Gehör zurück.

Der Junge war auf dem Weg nach draußen. Und blieb stehen.

»Meine Mutter verging sich an meiner Schwester mit einem Schraubenzieher«, sagte er.

Er sagte es gedankenverloren.

Dann war er weg.

Wir blieben auf den Stühlen sitzen. Lisa schrieb ihr Protokoll auf dem Rechner.

»Wenn er ihnen vergeben kann«, sagte ich, »wird er frei.«

Sie schüttelte den Kopf.

Sie sah nicht einmal vom Bildschirm auf, sie schüttelte bloß den Kopf.

Aber sie muss meine Reaktion gespürt haben, denn nun blickte sie hoch.

»Er wird nie eine normale Sexualität haben«, sagte sie. »Und möglicherweise nie ein tieferes Verhältnis zu einer Freundin.«

Ich verstand es nicht.

»Da drinnen«, sagte ich. »Da hast du alles versucht, um ihm zu helfen. Er hat es verstanden. Du hast die Stahltrossen gelöst. Die Verbindungen zu den Übergriffen. Ich hab es gesehen, sie waren lose.«

Sie hob die Hand und stoppte mich.

»Du bist nicht er!«, sagte sie heftig. »Das ist das Risiko, wenn wir mit den Patienten da zusammen hineingehen. Die Haut zwischen deinem und seinem Bewusstsein wird sehr dünn. Wir verlieren das Gefühl für die Grenzen. Wir unterstellen den Patienten die Erwartungen, die wir an unser eigenes Leben haben. Er erwartet keine normale Liebesbeziehung. Weiß nicht mal, was das ist.«

»Du hast ihm geholfen, hast ihm etwas gezeigt. Du hast Hoffnung ausgestrahlt!«

Der Raum um uns herum war still. Ich sah nur sie. Aber ich wusste, nicht weit von uns standen ihre Mitarbeiter und hörten zu.

»Das ist das Paradox«, sagte sie langsam. »Wir tun unser Äußerstes. Voll Zuversicht tun wir alles, was in unserer Macht steht. Und gleichzeitig wissen wir, dass wir es nie schaffen werden.«

Wir hatten an dem Tag noch weitere Patienten, ich weiß nicht mehr, wie viele. Es war schon dunkel, als sie das letzte Protokoll schrieb und wir anschließend gemeinsam zum Parkplatz gingen.

Die Gedanken an den Jungen wollten mich nicht loslassen.

»Ich konnte seine Ressourcen spüren«, sagte ich. »Sein Körper ist nicht zerstört. Er nimmt seinen Körper wahr. Hat Freude daran. Das seh ich, wenn er sich bewegt. Ich konnte sein Herz fühlen. Seine Herzlichkeit. Seine Gefühlskapazität. Ich kann es einfach nicht glauben, dass er verloren ist!«

Sie war stehen geblieben.

»Er war anwesend«, sagte sie. »Das hast du bemerkt. Er erinnert sich an die Übergriffe. In vielen Einzelheiten. Selbst als seine Mutter ihren Schoß auf sein Gesicht presst, selbst kurz vorm Erstickungstod, ist etwas in ihm Zeuge dessen, was geschieht. Das ist selten. Deswegen hat er es auch bis zu uns geschafft. Das ist auch der Grund, dass wir sehen, wie sich die Bilder in unserem eigenen Bewusstsein formen. Weil sein Bewusstsein sie bewahrt hat. Deshalb kann damit gearbeitet werden. Diese Gegenwärtigkeit ist seine Chance.«

Sie fasste mich an den Oberarmen. Als wäre das, was sie jetzt sagen wollte, besonders wichtig, und als wollte sie mir das Gesagte körperlich übermitteln, durch physischen Kontakt.

»Es ist der tiefere Teil des Paradoxons, wenn wir den Menschen zu helfen versuchen. Wir tun unser Bestes, wohl wissend, dass es uns nicht gelingen wird. Und lassen gleichzeitig die Tür zu der Möglichkeit offen, dass es uns vielleicht doch gelingt.«

Sie warf den Kopf zurück und lachte. Die Umgebung hellte sich auf. Ich versuchte zu verstehen, was sie gesagt hatte, aber ich nahm nur ihren Griff um meine Arme wahr. Die Berührung entfernte jede Form von Verständnis, sie saugte allen Inhalt aus meinem Geist. Ich fühlte bloß, dass sie sehr nah war, und wünschte, sie bliebe dort bis in alle Ewigkeit.

DIE DREI WOCHEN lebten wir in Dunkeldänemark.

Wir betraten es mit einem Jungen, der wegen Mordes an seinem Vater und seiner Mutter zu lebenslangem Maßregelvollzug verurteilt worden war.

Er wurde von drei Wächtern aus der Sicherheitsverwahrung der Psychiatrie in Slagelse in die Klinik gebracht. Er trug Handschellen, die aus einer Art schwarzem Plastikband bestanden. Jedes Mal, wenn ihm Essen gebracht wurde – hatte Lisa mir erzählt –, musste er zunächst die Arme durch die Gitterstäbe strecken, damit ihm Handschellen angelegt werden konnten. Erst dann gingen sie in seine Zelle, und immer zu dritt.

Wir betraten Dunkeldänemark gemeinsam mit einer fünfundsechzigjährigen Frau, deren Leben aus einer langen Reihe von Sexualdelikten bestand, die an ihr verübt worden waren, es fing mit ihrem Vater an und ging mit den ersten Freunden und Ehemännern weiter. Männer hatten sie begrapscht, vergewaltigt und schließlich an Gruppen anderer Männer verkauft.

Wir betraten es mit dem Leiter eines großen christlichen Chors, der zwanzig Jahre lang Chormädchen missbraucht hatte, er konnte sich gar nicht daran erinnern, wie viele. Anklagen konnte er in all den Jahren immer vermeiden, aber zuletzt war ihm die Last des Gewissens zu groß geworden.

Lisa erzählte mir von ihm, bevor er kam.

»Er kam in die Klinik, als wir hier den Tag der offenen Tür hatten. Ich spürte die Dunkelheit, die ihn umgab. Er blieb noch, so wie du, und erzählte seine Geschichte. Noch während er erzählte, wusste ich, dass wir ihn aufnehmen sollten. ›Sehen Sie, dass ich ein Monster bin‹, fragte er. ›Nein‹, sagte ich, ›Sie haben etwas Monströses getan, aber Sie sind kein Monster.‹ Er blickte auf die Aktentasche, die er dabeihatte. ›Sie müssen wissen‹, sagte ich, ›dass ich Sie auffordern werde, sich zu stellen.‹ Er machte die Tasche auf, zog eine flache Pistole heraus und legte sie auf den Tisch. ›Sie ist geladen‹, sagte er. ›Wenn Sie etwas Falsches gesagt hätten, hätte ich erst Sie und dann mich erschossen.‹ ›Was wäre das Falsche gewesen‹, fragte ich. ›Alles andere als das, was Sie gesagt haben‹, antwortete er.«

Wir betraten Dunkeldänemark mit einem Internatslehrer, der sich an seinen Schülern vergriffen hatte. Er hatte sie betäubt und von einer Gruppe Pädophiler vergewaltigen lassen.

Wir betraten es mit einem der Opfer, das jetzt ein erwachsener Mann war. Innerhalb von weniger als vierundzwanzig Stunden durchlebten wir dieselben Situationen, dieselben Bilder, aber über zwei verschiedene Systeme: erst das des Peinigers, dann des Opfers.

In der kurzen Pause, in der wir das Protokoll schrieben, fragte ich Lisa nach den Missbrauchsfällen. Ich fragte, wie viele in der Statistik standen, in einem Land wie Dänemark. Ob es in anderen Kulturen anders sei. Ich fragte, warum die Opfer keinen Widerstand geleistet hätten. Die Übergriffe nicht anzeigten. Nicht zurückkämen und Rache nähmen.

Sie sah mich an, ohne etwas zu sagen. Bis meine Fragen ausklangen und mir klar wurde, dass ich fragte, um zu verstehen. Um mit dem Verständnis einen Schild zu erschaffen, der mich vor der Wirklichkeit beschützte.

Sie schüttelte den Kopf.

»Wir werden es sowieso nie verstehen«, sagte sie.

Es war der entscheidende Augenblick dieser Wochen.

»Wer hierherkommt, braucht nicht in erster Linie Verständnis. Er braucht Begegnung. Einem Menschen zu begegnen ist etwas anderes, als ihn zu verstehen.«

Am Abend, als der Arbeitstag hinter uns lag, fragte sie mich, ob sie noch mitkommen könne zu den Kindern.

Ich wusste, warum sie fragte. Wir hatte uns beide so lange in der Finsternis aufgehalten, dass uns ein bisschen Licht nicht schaden konnte.

Wir spielten mit den Mädchen auf dem Rasen Fußball. Wir durften lachen. Die Kinder und das Dasein gaben uns die Erlaubnis zu lachen.

Hinterher schauten wir den Mädchen beim Spielen zu. Irgendwann schaute ich auf. Die Mutter der Mädchen stand an der Hausecke und betrachtete Lisa und mich. Ich weiß nicht, wie lange sie dort gestanden hatte.

Sie hatte einen Ausdruck im Gesicht, den ich nicht so recht einordnen konnte.

Sie rief die Kinder zum Abendessen herein. Lisa und ich gingen zum See hinunter. Wir umrundeten ihn, es dauerte etwa anderthalb Stunden. Ein Unwetter zog auf, ich hatte einen Regenschirm dabei.

»Ich habe für eine kirchliche Einrichtung gearbeitet«, sagte sie. »Sie ist in mehreren Ländern tätig. Schickt Missionare in die Dritte Welt. Betreibt Internate für die Missionarskinder. Meine Arbeit bestand darin, die Anzahl gewalttätiger und sexueller Übergriffe auf den Schulen zu verringern. Und diejenigen aufzuklären, die stattgefunden hatten.«

Der Regen wurde stärker, ich spannte den Regenschirm auf, so gingen wir dicht beieinander.

»Es gibt Nationen, auch in Europa, in denen ein großer Teil der Kinder auf Internate geht. Ganze Nationen müssen in Europa durch Übergriffe traumatisiert sein.«

Das war alles, was sie sagte. Ich sah sie von der Seite an. Das war alles, was sie jemals darüber zu sagen bereit war.

Es gab Bereiche in ihr, in ihrer Seele, zu denen ich nie Zugang erhalten würde. Nicht weil sie sie versteckt hielt. Sondern aufgrund der Kombination von Berufsethik und Unlust. Sie hatte sich zur absoluten Geheimhaltung verpflichtet. Und sie war an Orten gewesen, zu denen sie auf keinen Fall zurückkehren wollte.

Wir standen am Ufer, wo wir den verendeten Rehbock gefunden hatten. Wir standen Schulter an Schulter, der Regen war heftig geworden. Er war nicht kalt, eher warm, aber wie eine Sturzwelle vom Himmel, wie ein immenser Druck von oben auf den Schirm. Es donnerte, Blitze und Donnerschläge folgten immer dichter aufeinander, bis sie nicht mehr voneinander zu trennen waren.

»Ich erinnere mich an etwas.« Ihr Gesicht leuchtete.

»Durch das Wetter erinnere ich mich plötzlich an etwas. Bei Gewitter hatte ich Angst. Als ich klein war. Wir lagen im Zelt. Meine Mutter, mein Vater und ich. Es war in Lappland. Sie hatten mich nach Lappland mitgenommen. Wir wanderten mit Rucksäcken und schliefen im Zelt. Und kochten unser Essen überm Lagerfeuer. Wir sahen Bartkäuze und Wölfe. Einmal sogar einen Bären.«

Ihr Körper erzitterte. Vom Erinnerungsstrom. Als hätte sich eine Schleuse geöffnet.

»Wir sehen die Mitternachtssonne. Ein Gewitter zieht auf. Ich hab solche Angst. Mein Vater hält mich im Arm. Und dann sagt er: ›Lisa, das sind nur die Engel, die ihre Möbel umstellen.‹ Als er das sagt, vergeht meine Angst.«

Sie sah mich an und lachte. Vor Freude, sich daran erinnert zu haben. Darüber, dass es im Dunkel des Vergessens Blitze der Erinnerung gab.

Dann küsste sie mich.

Wir gingen nach Hause, ohne ein Wort zu sagen. An ihrem Auto blieben wir stehen.

Die eben vergangene gemeinsame Stunde umgab uns wie eine Eigenschaft des Raums, wie unser eigenes Wetter.

In diesem Wetter: die Erinnerungen an die Patienten, die Dunkelheit und den Schmerz.

»Wer«, sagte sie, »kann, wenn man es recht betrachtet, wissen, ob es notwendig oder sinnlos ist, dass ein Mensch leidet? Ob es das Böse wirklich gibt?«

»An dem Tag, als Fräulein Jonna auf uns aufpasste«, sagte ich, »fragte Maria sie nach Gott. Ihr Vater hatte Maria und Simon in den Gottesdienst mitgenommen, in die katholische Messe. Wie aus heiterem Himmel fragte sie Fräulein Jonna: ›Wie ist Gott?‹ Und Fräulein Jonna entgegnete, ohne auch nur eine Sekunde zu zögern: ›Gott ist gut.‹ Und die beiden Frauen sahen sich an. Die kleine Frau, die Maria war und erst vier Jahre alt, die aber in diesem Augenblick einer Frau glich. Und die größere Frau, sie sahen sich an. Und dann sagte Fräulein Jonna: ›Und der Teufel ist auch nicht so übel.‹«

Sie stieg ins Auto, ich hob den Arm und winkte, dann war sie weg.

Ich blieb noch stehen, im Regen, unter dem Schirm.

Ich blickte auf. Aus der offenen Eingangstür ihres Hauses beobachtete mich die Mutter der Kinder.

Ich ging zu ihr hin.

»Ich hatte mal eine Polizeidirektorin«, sagte sie, »am Anfang meiner Laufbahn. Damals trennte sich mein Freund von mir, es war eine intensive Beziehung gewesen. Meine Chefin kriegte mit, dass es mir dreckig ging. Eine ganze Weile sagte sie nichts. Und dann rief sie mich eines Tages in ihr Büro. Wir hatten vorher nie über irgendwas Persönliches geredet. Und seitdem auch nicht mehr. Sie sagte nur eine Sache: ›Das Wichtigste ist, wie gut er in einer neuen Beziehung zurechtkommt.‹ Ich hab sie überhaupt nicht verstanden. Wieso sollte es für mich das Wichtigste sein, wie gut er in Zukunft klarkommt? Aber jetzt glaube ich, ich fange langsam an, sie zu verstehen.«

AM NÄCHSTEN TAG hatten wir innerhalb weniger Stunden zwei Patienten in der Klinik, die beide Soldaten gewesen waren.

Es gab zwischen ihnen keine Verbindung. Der erste war Deutscher und jetzt mit einer Dänin verheiratet, er war im Anti-Terror-Einsatz der Bundeswehr gewesen, und bei einer Aktion gegen somalische Piraten war es zum Gefecht gekommen, er hatte drei Piraten getötet. Als er die Kopftücher von den Leichen entfernte, musste er erkennen, dass es Kinder waren.

Der andere war mit den dänischen Streitkräften in Afghanistan gewesen, in der Begegnung mit seinem Bewusstsein beim Scanning erlebte ich zum ersten Mal ein Kriegsszenario. Direkt unter der Oberfläche war sein Bewusstsein etwa so fragmentiert wie bei denen, die als Kinder missbraucht worden waren.

Als Lisa und ich das Protokoll schrieben, fragte ich sie nach dem Grund.

»Kein gewöhnlicher Soldat ist darauf vorbereitet oder trainiert, einen wirklichen Krieg zu erleben«, sagte sie. »Wenn sie sich plötzlich im Kampf befinden, schleudern das Geräuschniveau und der psychische Druck sie in eine Art kollektive Psychose. Nur Elitesoldaten können ›zentriert‹ bleiben.«

Dann schrieb sie wieder. Nach einer Weile hob sie den Blick.

»Es sind umfassende Untersuchungen gemacht worden. Die zweihundert Jahre zurückgehen. In die Zeit der Vorderlader. Man hat entdeckt, dass die meisten Soldaten ohne Spezialtraining vorbeischießen. Und zwar willentlich. Oder sie vermeiden zu schießen. Jeder Mensch hat, wenn ihm die Gewalt nicht eingetrichtert wurde, einen natürlichen Widerwillen dagegen, anderen zu schaden. Wir werden nicht zur Gewalt geboren. Wir müssen sie lernen.«

Ihr Tonfall war der gleiche wie bei ihrem Bericht über die Jahre, als sie mit den Missbrauchsfällen an Internaten beschäftigt war. Offen und abweisend zugleich. Sie wollte mir etwas sagen. Aber dann wollte sie doch nicht mehr.

Sie schrieb wieder. Und las gleichzeitig meine Gedanken. Wie selbstverständlich. Unser beider Bewusstsein, unsere Gedankensysteme waren in diesen Tagen kaum frei voneinander.

Sie sagte, was ich dachte.

»Jedes Mal, wenn wir mit einem Menschen da hineingehen, in die Scanner und den Simulator, durchleben wir ein ganzes Leben. Das ist der Lohn, und das ist der Preis.«

Der Lohn und der Preis.

Das ist vielleicht ein Teil der Wahrheit über die wirkliche Begegnung mit einem anderen Menschen. Dass man teilhat an der Essenz seines Lebens. In dieser Essenz sind Schönheit und Schmerz. Schrecken und Trost.

Wir begleiteten einen Mann, der in Bandenkriminalität verwickelt war und einen Menschen getötet hatte, indem er ihn mit dem Auto überfuhr, und zwar mehrmals.

Wir begleiteten eine Frau mit Verfolgungswahn. Als sich ihr Bewusstsein öffnete, schien sich alles bedrohlich gegen uns zu wenden, sogar die Weite, sogar der leere Raum erschienen hasserfüllt.

Sie beschrieb die digitale Stimme, die in ihren Körper hineinoperiert worden sei und ihre Handlungen steuere, und wir hörten diese Stimme. Ich sah, wie Lisa mit ihr zum Ursprung der Stimme ging. Sie entsprang einer Reihe dunkler, Unheil verkündender Gestalten, die sich dort befanden, was ich als kollektives menschliches Bewusstsein zu identifizieren gelernt hatte. Ich sah, wie Lisa die Sitzung früher als sonst abbrach. Auf freundlichste Art hörte ich, wie sie der Frau, die zum ersten Mal hier war, sagte, sie möge nicht wiederkommen, in der Psychiatrie werde für sie gesorgt, auf andere Weise. Und ich sah und spürte Lisas Kummer, als sie hinterher nur das eine sagte: »Zu verletzlich.«

Mit einer jungen Frau von neunzehn Jahren betraten wir

deren Bewusstsein, ihre Mutter hatte schon sehr früh versucht, sich das Leben zu nehmen, hatte versucht, sich und die Tochter mit Gas umzubringen; als das Mädchen siebzehn war, gelang der Selbstmordversuch der Mutter, ihre Tochter fand sie tot zu Hause. Wir spürten die Tapferkeit des Mädchens, seinen Mut. Als die Scanner ausgegangen waren, sah sie uns dankbar an und sagte: »Bevor ich hier in der Klinik anfing, wollte ich nicht mehr leben. Jetzt glaube ich, dass ich vielleicht doch ein annehmbares Leben haben kann.«

Als sie gegangen war, sah ich Lisa an. »›Ein annehmbares Leben‹«, sagte ich, »sie ist doch erst neunzehn.«

»Sie sieht sehr klar«, sagte Lisa, »das ist das, worauf sie hoffen kann: ein annehmbares Leben. Das ist gar nicht so wenig, das ist mehr, als viele andere jemals haben werden.«

An dem Abend kam sie mit zu mir nach Hause. Sie fragte nicht, sie sagte nur: »Ich komm mit dir mit.«

Das war keine Grenzüberschreitung. Wir waren uns in diesen Wochen so nah, dass wir wussten, genau so musste es sein.

Wir setzten uns auf die Terrasse. Die Luft war kühl. In den Wolken rund um den Sonnenuntergang leuchtete ein fluoreszierendes Regenbogenlicht. Wie das Innere einer Miesmuschel. Als blickten wir in große Perlmuttschalen, die am Himmel hingen.

Sie trat zu mir. Ganz nah an mich heran.

Es war nicht physisch. Physisch blieben wir auf den Deckstühlen sitzen, jeder auf seiner Seite des kleinen Terrassentischs.

Vielleicht waren es die Wochen, die wir in den Scannern verbracht hatten. Vielleicht waren es die Menschen, die wir in ihr Bewusstsein begleitet hatten. Vielleicht war es auch Simons Tod.

Das ist das Schwierige dabei, wenn man einem anderen Menschen begegnet. Dass man nie genau wissen wird, was die Begegnung möglich macht.

Und was sie verhindert oder verschleiert. Ich spürte eine intensive Angst. Ich wollte nicht, dass Lisa mir noch näher kam.

»Woher kommt die Angst?«, fragte sie.

»Meine Eltern haben sich scheiden lassen. Meine Mutter hatte ein Verhältnis mit einem andern, und dann wurden sie geschieden. Ich hatte das Gefühl, meine Welt gehe entzwei. Zerreiße buchstäblich in zwei Stücke.«

Sie wartete. Wir nahmen beide die Schwelle wahr.

Die Schwelle war das, was ich noch nicht gesagt hatte. Der Schleier zwischen den Menschen ist das Ungesagte.

»Als die Mädchen kamen, fasste ich einen Entschluss. Obwohl, ich war es eigentlich nicht selber, der den Entschluss fasste, sondern etwas Tieferes oder Umfassenderes: dass ich alles dafür tun würde, um mit ihrer Mutter zusammenzubleiben. Damit die Kinder das erleben könnten, was ich selber nicht erlebt hatte. Nämlich im Liebesbereich zwischen einem Vater und einer Mutter aufzuwachsen. Diesen Entschluss hatte etwas gefasst, das irgendwo in mir steckte.«

»Und es ist dir nicht gelungen?«

Ich nickte. Unser beider Bewusstsein glitt ineinander. Weil das Ungesagte gesagt war.

Es verschmolz nicht. Ich habe es schon gesagt, und ich sage es noch einmal, weil es eine große Bedeutung für etwas hat, das ich später noch sagen werde, das ich gleich sagen werde.

Unser beider Bewusstsein verschmolz nicht. Aber es glitt ineinander.

Möglich wurde das durch ihre Frage und durch meine Antwort.

Bilder tauchten auf aus den Jahren, als die Mädchen ganz klein waren. Bilder von uns vieren, ihnen, mir und ihrer Mutter. Bilder von der Scheidung. Aus der Zeit nach der Scheidung.

Lisa und ich standen vor der Wand eines Gebäudes im Innern des Bewusstseins.

Ich hatte das jetzt schon oft gesehen, schon oft erlebt. Wenn man einem Menschen begegnet und ihn auf dem Weg in sein Inneres begleitet oder wenn man tiefer in sich selber hinuntersteigt oder wenn man sich gleichwertig begleitet, wie Lisa und ich es jetzt auf der Terrasse taten, dann hat man zunächst den Eindruck, man habe ein Gebäude betreten.

Ich weiß nicht, warum es so ist. Vielleicht weil die Menschen seit Jahrtausenden in Häusern und Hütten und Zelten wohnen. Vielleicht aus anderen Gründen. Aber es ist so: Wenn man sich nach innen wendet, wird das Bewusstsein zunächst als Gebäude erlebt.

Bei manchen ist dieses Gebäude wohlgeordnet, durchgelüftet, die Türen stehen offen, ohne Hindernisse kann man sich von Zimmer zu Zimmer bewegen, von Stockwerk zu Stockwerk.

Für andere ist es komplizierter.

Für mich war es kompliziert.

Lisa und ich hatten uns in diesem Augenblick durch Zimmer mit Bildern der Mädchen bewegt, als sie klein waren, und dann stießen wir an eine Wand.

Man könnte meinen, wenn man erst einmal im Bewusstsein ist, im eigenen oder dem eines anderen, kann man sich frei bewegen. Aber so verhält es sich nicht. Die Schwelle, die Lisa und ich eben überschritten hatten, war nur die erste Schwelle. Danach kommt die nächste. Und wieder die nächste.

»Wie war es denn nach der Scheidung? Wie ist es?«

Es war ein Test. Aber nicht sie testete mich. Es war mein eigenes System. Wenn ich jetzt schwieg, würden wir stehen bleiben.

»Ich habe mich geirrt«, sagte ich. »Wir haben uns geirrt.«

Darauf hätte sie alles Mögliche entgegnen können. Dass die Hälfte aller Paare geschieden wird. Dass die Kinder den Eindruck machten, als hätten sie es gut verdaut. Dass ihre Mutter und ich ein gutes Verhältnis hätten.

Hätte sie etwas in der Richtung gesagt, wäre der Prozess ins Stocken geraten. Dann wären wir stehen geblieben. An der Oberfläche.

Sie sagte nichts dergleichen. Sie wartete ab.

»Ich glaube, ich muss ein Versprechen abgegeben haben«, sagte ich. »Lange allein zu bleiben. Vielleicht für immer. Vielleicht für den Rest meines Lebens.«

Ich wusste es selber nicht. Ich wusste nicht, dass es so war, bevor ich es gesagt hatte.

»Das klingt ... schwülstig.«

Ich weiß nicht, was ich erwartet hatte. Jedenfalls etwas anderes als das. Etwas anderes als dieses Wort und diese Art zu lächeln.

Ich empfand Hass gegen sie. Ich würde sie bitten zu gehen.

Sobald ich wieder sprechen könnte, würde ich sie bitten zu gehen.

Der Zorn in mir nahm zu, bis er mich vollkommen ausfüllte.

Dann sah ich ihn von außen.

Weil sie da war. Und wegen der Scannings. Wegen unserer gemeinsamen Geschichte. Daher der Abstand zu mir selbst. Aber in erster Linie ganz einfach, weil sie da war.

Für den Bruchteil einer Sekunde wechselte mein Bewusstsein zu ihrem. Ich lieh mir ihr Bewusstsein. Sie lieh mir ihre Perspektive. Damit sah ich mich selbst von außen. Durch ihre Augen.

Und ich sah, dass sie recht hatte. Dass ich mich schwülstig ausgedrückt hatte.

»Du hast eine Geschichte fabriziert«, sagte sie. »Dass du es den Kindern oder dir selber oder deinem Schicksal schuldig bist, allein zu bleiben. Was passiert, wenn du, nur einen Augenblick lang, damit aufhörst, diese Geschichte zu erzählen?«

Als sie das sagte, löste sich die Wand auf. Oder richtiger: Als sie das sagte und ich es wirklich hörte und wusste, dass sie recht hatte, löste sich die Wand auf.

Einen Augenblick lang hörte ich auf, eine Geschichte zu erzählen, die ich, ohne es zu wissen, über Monate und Jahre aufrechterhalten hatte.

»Nimm mich in den Arm«, sagte sie.

Ich umarmte sie.

Wie sahen ins Offene.

Das Offene ist kein Ort. Nicht einmal eine Ebene. Es ist ein Kontinent in vielen Dimensionen.

Und doch gibt es dort Lokalitäten. Es gibt Koordinaten.

Von einer dieser Koordinaten wurden wir angezogen.

Wir gelangten in das große Bierfass im Kindergarten von Carlsberg.

An und für sich war es Vergangenheit. In der Gegenwart standen wir auf meiner Terrasse und hielten uns im Arm. Die Sonne war fast untergegangen. Der Himmel glich der Innenseite einer Miesmuschel. Das war die Gegenwart.

Über diese Gegenwart, oder mitten in diese Gegenwart, legte sich eine Wirklichkeit, die dreißig Jahre zurücklag und in der wir in dem großen Fass im Kindergarten saßen, diese Wirklichkeit kam zum Vorschein.

Das heißt, sie war keine Vergangenheit.

Es war keine Erinnerung. Eine Erinnerung ist ein verblichenes Bild aus der Vergangenheit. Dies hier war etwas anderes. Es war die Vergangenheit, wenn sie Gegenwart wird.

Wir saßen auf den Bänken am Tisch in unserem Fass. Lisa, Simon und ich.

Fräulein Jonna war auch dabei.

Sie wollte uns gerade etwas zeigen.

»Warum ist Fräulein Jonna hier?«

Es war Lisa, die gefragt hatte. Lisa auf der Terrasse, an mich geschmiegt. Aber sie sprach in der Gegenwart. Denn Fräulein Jonna saß in diesem Moment mit uns zusammen hier.

»Sie möchte uns was zeigen. Gleich zeigt sie uns was. Das unser Leben verändern wird.«

Es gab da etwas, das ich erklären musste. Weil ich mir selber nicht darüber im Klaren war.

»Drei Wochen lang«, sagte ich. »Nachdem Fräulein Jonna

auf uns aufgepasst hatte, lebten wir drei Wochen lang in der wirklichen Wirklichkeit.

Ich bin gezwungen, das zu erzählen, um es mir selbst wieder ins Gedächtnis zurückzuholen. Es war, als tauchte es erst wieder aus dem Vergessen auf, wenn ich erzählte.

»DREI WOCHEN LANG«, sagte ich, »haben wir, also du, Simon und ich, etwas gesehen, das wir ›die wirkliche Wirklichkeit‹ nannten.«

Die wirkliche Wirklichkeit. Das hört sich wie ein Kinderausdruck an.

Und das war es auch. Wir waren sieben Jahre alt.

Ich weiß nicht, warum das so war. Warum die Wirklichkeit so offen war. Durch die Bewusstseinswege, die wir zusammen aufgeschlossen hatten? Durch die Reisen in die Träume? Durch den Tod von Simons Mutter? Ich weiß es nicht. Aber drei Wochen lang öffnete sich etwas, das wir die wirkliche Wirklichkeit nannten.

Keine Ahnung, woher ich weiß, dass es drei Wochen waren. Drei Wochen sind eine abstrakte, eine unverständliche Zeitspanne, wenn man sieben Jahre alt ist. Aber ich weiß, dass es drei Wochen waren. Und dass sie an dem Morgen im Kindergarten anfingen, nachdem Fräulein Jonna auf uns aufgepasst hatte und wir glaubten, Simon habe es aufgegeben, seine Mutter zu retten.

Unvermittelt kam es nicht. Irgendwann im Laufe des Vormittags, wann genau, kann ich nicht sagen. Ob vor oder nach dem Morgenobst. Aber irgendwann war es da. So deutlich, so unmissverständlich und natürlich, dass wir wussten, wir sahen es alle drei. Dass es unnötig war, darüber ein Wort zu verlieren.

Wir sahen die Gegenwart. Und zugleich mit der Gegenwart sahen wir etwas von der Zukunft.

Die Zukunft ist keine Verlängerung der Gegenwart. Oder eine Fortsetzung der Gegenwart. Die Zukunft ist ein Feld von Virtualitäten.

Wir kannten diese Wörter nicht. Keiner kannte damals diese Wörter. Aber so war es.

Wir sahen die Gegenwart sehr klar. Wie Kinder sie sehen, wir sahen sie ganz klar. Aber um sie herum und durch sie hindurch sahen wir die Möglichkeiten, die in Kürze eintreten konnten.

Wir sahen, dass es gleich regnen konnte, dann würden wir reingerufen werden, wir wurden immer reingerufen, wenn es regnete. Und so geschah es.

Wir sahen, dass Fräulein Grove uns gleich zur Gymnastik rufen konnte oder dass wir erfahren konnten, dass wir unsere Regensachen anziehen sollten, dann würde man den Kleinsten dabei helfen und wir würden wieder rausgeschickt.

Aber das geschah nicht, es waren Möglichkeiten, die nicht realisiert wurden. Die im Möglichkeitsraum schwebten.

Aber dann geschah es, dass ein Feuerwehrmann kam und alle Erwachsenen und Kinder an einer Brandschutzübung teilnahmen, und wir hatten die Übung gesehen und wie sie sich entwickeln würde, das hatten wir alles im Voraus gesehen. Der

Feuerwehrmann war in einem Feuerwehrauto mit Drehleiter gekommen, mit dem wir eine Runde mitfahren durften, und all das hatten wir als Möglichkeit gesehen, als Virtualität im Möglichkeitsraum.

Wir sahen, dass uns meine Mutter auf dem Heimweg vom Kindergarten in die Fleischerei mitnehmen und Bratwürste kaufen würde. Und gleich neben oder gewissermaßen über dieser Möglichkeit – wie zwei Bilder, die übereinandergehalten werden – sahen wir, dass sie uns in eine andere Fleischerei mitnahm und Schweinekoteletts kaufte und der Fleischer uns Kindern eine mordsmäßig heiße und gesalzene Speckschwarte schenkte, und keine der beiden Möglichkeiten verwirklichte sich an dem Tag, sondern erst Wochen später; an diesem Tag hielt sie an den Obst- und Gemüsebuden, die an Deck der niedrigen Prahme standen, welche der Börse gegenüber am Kai lagen, und kaufte Porree und Eier und Sahne für ein Porree- und Schinkengratin.

Wir sahen Froschmänner, die im Christianshavnskanal nach einem ertrunkenen Dreijährigen tauchten, der nach Einbruch der Dunkelheit allein am Kai gespielt hatte, wir sahen den Moment, in dem sie mit der Leiche an die Oberfläche kamen, aber das geschah nicht zu dem Zeitpunkt, sondern erst Jahre später.

Wir sahen, wie der Fischhändler auf dem Fischkutter im Kanal einen Welpen bekam und dass der Welpe kurz darauf der Staupe erlag, nichts davon trat ein, es waren Möglichkeiten, die nie wahr wurden.

Wir hörten, wie die Sirenen auf den Hausdächern losheulten, aber es war Montag, und sie ertönten mittwochs, trotzdem hörten wir sie und nicht nur am folgenden Mittwoch, wir hörten sie die ganzen folgenden Jahre am Mittwoch, und sie erfüllten uns immer mit fernem Schauder, als spürten wir in uns ein Echo der Furcht jener Erwachsenen, die den Krieg erlebt hatten. Und wir hörten, wie sie verstummten, wir hörten den Mittwoch viele Jahre im Voraus, als der Krieg dann so weit weg war, dass man dazu überging, die Sirenen nur noch einmal im Jahr zu testen. Und alle diese Mittwoche mit dem eisigen Geräusch und alle Mittwoche, die von dem Geräusch befreit waren, waren für uns gleichzeitig anwesend.

In den ersten Tagen taten wir nichts, wir wussten bloß davon, wir waren Zeugen.

Am dritten Tag handelten wir zum ersten Mal. Da verhinderten wir, dass Rickardt Löwenherz ein Loch in den Kopf bekam.

Lisas Vater gab allen Menschen Spitznamen. Simon nannte er Simon Säulenheiliger und Lisa war Brindiza und ich Klein-Peter der Große, und Brian hieß bei ihm Brian de Bois-Guilbert.

Wir wussten nicht, wo die Namen herkamen, sie waren einfach da, Rickardt war ein Junge aus dem Kindergarten und Lisas Vater nannte ihn Rickardt Löwenherz.

Rickardt hätte Mitglied im Klub der schlaflosen Kinder sein können. Wenn er nicht so ein gutes Schlafherz gehabt hätte. Er konnte überall schlafen, ich habe einmal gesehen, wie er sich nicht weit vom Kindergarten im Park Søndermarken in seinem Schneeanzug in den Schnee gelegt hatte und in einer großen Schneewehe eingeschlafen war, bis ihn die Großen gefunden und geweckt hatten.

Rickardt ging immer dahin, wo man nicht mehr weiterkam. Er kletterte über Zäune und Stacheldraht und sprang die Böschung zu den Gleisen hinunter, als die Leute vom Zoo den Dachs einfingen. Einmal sprang er auf die Brüstung der Eisenbahnbrücke, als wir einen Ausflug zum Südhafen machten. Wo er einmal eine Kohlenhalde hinaufrannte und fast die Spitze erreicht hatte, bevor die Erwachsenen ihn entdeckten.

Es lag an Rickardt Löwenherz, dass im Kindergarten ein Tau eingeführt wurde, an dem sich alle Kinder festhalten mussten, wenn ein Ausflug gemacht wurde.

Drei Tage nachdem die wirkliche Wirklichkeit angefangen hatte, baute Rickardt eine Rutschbahn von der obersten Sprosse der Sprossenwand bis zur entferntesten Wand des Spielzimmers.

Wir hatten es gar nicht bemerkt, keiner hatte es bemerkt, Rickardt schaffte es immer wieder, seine Kunststücke zu vollbringen, bevor es jemand entdeckte.

Als er fertig war, holte er uns.

Er kletterte die echt hohe Sprossenwand nach oben, es war die Einweihung der Rutschbahn.

Wir sahen es alle drei gleichzeitig, Simon, Lisa und ich. Dass er gleich, mit dem Kopf zuerst, gegen den Heizkörper sausen und sich ein Loch im Kopf holen würde.

Heizkörper sahen damals anders aus als heute. Ihre Form war gefährlicher. Und sie standen weiter von der Wand ab.

Lisa sprach mit Rickardt. Der auf der obersten Sprosse hockte.

»Rickardt«, sagte sie. »Du hast wahrscheinlich gleich ein Loch im Kopf.«

Das war die Möglichkeit, die wir sahen. Was wir sahen, liegt im Wort »wahrscheinlich«. In der Zukunft ist nichts sicher. Sie ist nicht festgelegt. Heutzutage würde man vielleicht sagen, das Eintreffen gewisser Ereignisse habe eine gewisse Wahrscheinlichkeit.

Aber derlei Wörter hatten wir damals nicht. Lisa sagte also einfach: »Du hast wahrscheinlich gleich ein Loch im Kopf.«

Er verstand sie nicht. Natürlich verstand er sie nicht. Er ließ also los und ließ sich nach vorn auf die Bank fallen, die er angelehnt hatte und die den ersten Teil der Rutschbahn bildete.

Wir handelten gleichzeitig, Lisa, Simon und ich.

Wir handelten in der wirklichen Wirklichkeit.

Lisa bedeckte den Heizkörper mit einer Decke. Und Simon und ich bremsten Rickardts Tempo, und dann schubsten wir ihn auf den Boden.

Einen Moment lang blieb er sitzen und guckte uns an.

Er war total baff. Unsere Aktion war ihm vollkommen unverständlich. Wir hatten ihn nicht stören wollen, das konnte er sehen. Oder ihn necken. Oder Spielverderber sein.

Unsere Tat kam von irgendwo außerhalb der gewöhnlichen Wirklichkeit. Deshalb war sie unverständlich. Deshalb war er baff.

Im nächsten Augenblick stand das Fräulein im Raum, das auf Fräulein Christiansen gefolgt war. Sie war sich unsicher. Sie musste irgendwie gemerkt haben, dass sie Zeugin von etwas Unerklärlichem war.

Aufgrund dieser Unsicherheit wurde Rickardt nicht ausgeschimpft. Er wurde kaum zurechtgewiesen. Sie schickte uns aus dem Raum, und dann baute sie die Rutschbahn ab.

Als wir drei aus dem Raum gingen, sahen wir Fräulein Jonna.

Das war nicht so ungewöhnlich, wir sahen sie ja ständig. Sie machte den ganzen Tag sauber, vielleicht weil wir so viele Kinder waren und immer Erde und Sand hereinschleppten, und die Toiletten mussten auch dauernd geputzt werden.

Ungewöhnlich war also nicht, dass wir sie sahen. Ungewöhnlich war, wie sie uns anschaute.

Sie stand an ihrem Eimer und wollte gerade den Wischlappen auswringen, als wir herauskamen.

Sie hielt inne und schaute uns an.

Wir sahen alle drei, dass auch sie die wirkliche Wirklichkeit sah.

Ich kann nicht sagen, woher wir das wussten. Aber wenn jemand die wirkliche Wirklichkeit sieht, erkennt er den Menschen, der sie auch sieht.

Sie sah also das Gleiche wie wir, das war die eine Besonderheit.

Die andere war ihre Unruhe. Sie war sehr unruhig, das sahen wir.

Das verstanden wir nicht. Wir hatten doch soeben Rickardt gerettet. Wir hatten ihn vor einem Loch im Kopf bewahrt und vielleicht vor der Unfallstation und davor, genäht werden zu müssen.

Rickardt war schon öfter zur Ersten Hilfe gebracht und genäht worden, an der einen Augenbraue hatte er immer noch eine dicke Narbe von damals, als er ein Fallrohr zur ersten Etage hochgeklettert war und sich oben an der Dachrinne festgehalten hatte, die leider abbrach, so dass er runterfiel. Aber jetzt hatten wir ihn ja gerettet.

Es vergingen drei Wochen, bevor wir eine Erklärung für ihre Unruhe erhielten.

In den drei Wochen lebten und handelten wir in der wirklichen Wirklichkeit.

Wir wussten im Voraus, dass mich meine Mutter mit dem Fahrrad abholen würde und den Fahrradkorb voller Birnen hätte, so dass Lisa ihre Mutter noch in der Garderobe festhielt, bis meine Mutter mit den Birnen hereinkam und wir alle drei Birnen aßen.

Wir wussten im Voraus, dass alle Krippenkinder im Laufe weniger Tage Windpocken kriegen würden, Maria zwar weniger als die andern, aber dafür im Gesicht, wo sie tiefe Narben hinterließen, die sie ihr Leben lang behielt. Wir wussten nicht, was wir mit diesem Wissen anstellen sollten, denn es war zu groß, um etwas dagegen unternehmen zu können, es betraf viele, viele Kinder und Erwachsene, so dass wir nichts taten, und alle Kinder erkrankten an Windpocken, Lisa hatte drei in den Augenwinkeln, deren Narben auch nie wieder verschwanden.

Wir wussten, dass wir in zwei Tagen einen Ausflug in den Søndermarken-Park machen würden und dass ein kleines Mädchen, das neu war, sich hinter dem großen Springbrunnen vorm Schloss Frederiksberg verstecken würde und dass die Kindergärtnerinnen nicht richtig zählen und sie vergessen würden. Das sagten wir Fräulein Grove, wir sagten: »Wenn wir in Søndermarken sind und ein Kind fehlt, dann ist es Gitte, sie steckt hinterm Springbrunnen.«

Fräulein Grove sah uns nachdenklich an, vergaß es aber wieder. Sie war bei dem Ausflug dabei, und als wir zurück sollten, zählte sie durch, aber sie vertat sich, und wir wollten gerade los, als sie uns sah und ihr unsere Geschichte einfiel. Da zählte sie noch einmal, und tatsächlich fehlte ein Kind, es war Gitte, und dann ging Fräulein Grove ganz langsam um den Springbrunnen herum, und da hockte Gitte.

Auf dem Heimweg drehte sich Fräulein Grove mehrmals nach uns um und schaute uns an. Da sahen wir, dass es sehr schwer sein würde, den Erwachsenen von der wirklichen Wirklichkeit zu erzählen, denn sie würden sich nur erschrecken.

Wir wussten, dass am nächsten Tag die Pferdewagen von Carlsberg kämen, mit zwei Bierkutschern und den Brauereipferden, und dann würden wir hinaufgehoben werden und eine Runde mitfahren dürfen, aber der Wagen kam doch nicht und wir vergaßen es, aber ein paar Tage später kam er plötzlich doch noch, und wir wurden alle drei auf dasselbe Pferd gehoben, das so breit war, dass wir kaum die Beine so weit spreizen konnten. Und als wir da oben saßen, merkten wir, dass die Zukunft nicht genau ist. Selbst wenn man weiß, was vielleicht passieren wird, ist es sehr schwer, genau zu wissen, wann es passiert.

Das entscheidende Ereignis kam nach drei Wochen.

Wir hatten es sich schon so lange ankündigen sehen, dass wir wussten, es war wichtig und es würde wirklich eintreten, früher oder später. Aber als es schließlich eintrat, war es ganz anders, als wir gedacht hatten.

Wir wussten, es würde was mit Elefanten sein, das hatten wir schon gesehen und gespürt.

Elefanten waren wichtig für uns.

Elefanten sind Kindern sowieso wichtig. Aber auch wegen der Elefanten in Scherfigs Dschungel an der Wand waren sie für uns wichtig. Und wegen der Elefanten, die das Elefantentor von Carlsberg trugen, durch das wir so oft liefen. Lisa und ich hatten gerade in diesen Tagen die Erlaubnis bekommen, vom Kindergarten zu Lisa nach Hause zu gehen, ganz allein, das würde man Kindern heute nicht mehr erlauben, aber damals war es anders, und große Straßen mussten wir auch nicht überqueren. Und unser Weg zu den Carlsberg-Labors, wo Lisa zu Hause war, führte durch das Elefantentor.

Wir wussten, es würde etwas mit Elefanten passieren, mit lebenden Elefanten, und dass sie von blauer Farbe umgeben wären, wie im Dschungel an der Wand.

Das war alles, was wir wussten. Das war alles, was wir sahen.

Es geschah nach drei Wochen, und am Tag vorher wurde deutlich, was es war.

Wir sahen drei kleine Elefanten, wir dachten, es seien Elefantenkälber, und einer von ihnen stahl den Handschuh einer Dame und steckte ihn ins Maul, und die Dame gab den Handschuh schon verloren.

Aber dann sahen wir uns selbst. Es war das erste Mal, dass wir uns in der wirklichen Wirklichkeit von außen sahen. Wir sahen nämlich, dass wir der Dame zeigten, wie sie die flache Hand ausstrecken und den Elefanten gewissermaßen um ihren Handschuh bitten sollte, dann würde sie ihn auch zurückbekommen.

Am selben Tag zur Mittagszeit kam Fräulein Grove herunter und sagte, der thailändische König habe dem dänischen Königspaar zwei Zwergelefanten geschenkt, die im Zoologischen Garten wohnen sollten, und weil Carlsberg die neue Anlage bezahlt hatte, durften wir sie vor allen anderen sehen.

Am nächsten Tag war es so weit.

Es war nur für die Ältesten aus dem Kindergarten, für die Kleinen war der Marsch zum Zoo zu weit.

Für die Elefanten war ein Haus gebaut worden, das mit blaugrünen Fliesen wie ein feines Badezimmer ausgekleidet war, das war die blaugrüne Farbe, die wir gesehen hatten.

Wir berührten ihren Rüssel, ihre Haut war sehr dick und hatte schwarze Haare. Aber die Rüsselspitze war ganz weich und sensibel, das konnte man sehen.

Als Fräulein Grove den Rüssel des einen Elefanten streichelte, schnappte er sich mit seiner sensiblen Rüsselspitze ihren Handschuh, zog in ihr von der Hand, führte den Rüssel zum Maul und stopfte den Handschuh hinein, da war er weg.

Es war ein schöner Handschuh, aus weichem Leder, elegant und teuer, wie Fräulein Groves Kleidung überhaupt.

»Du musst so machen«, sagte Simon und zeigte ihr, wie sie den Elefanten um ihren Handschuh bitten sollte, und das tat sie dann auch, und der Elefant legte den Handschuh ganz vorsichtig auf ihre flache Hand.

Wir machten keinen Mucks, Simon und Lisa und ich.

Um uns herum lachten die andern Kinder und die Tierhüter und die Kindergärtnerinnen darüber, dass die Elefanten so süß und so klug waren. Aber wir lachten nicht.

Wir hatten dafür gesorgt, dass Fräulein Grove ihren Handschuh zurückbekam. Und wir hatten es gemacht, weil wir es uns selbst in der wirklichen Wirklichkeit hatten tun sehen.

Noch heute, als Erwachsener, fällt es mir schwer, das, was wir damals gespürt haben, innerhalb des engen, begrenzten Rahmens zu formulieren, der die Sprache eben auch ist.

Jedenfalls sahen wir und waren Zeugen davon, dass wir einer zukünftigen Handlung, die wir selbst ausführten, Informationen entnehmen konnten, mit denen wir wiederum die Gegenwart beeinflussen konnten.

So muss man es heute wohl formulieren.

Damals aber erfüllte uns ein Gefühl der Macht.

Macht ist ein grobes Wort. Aber es war kein grobes Gefühl. Zunächst kam es ja daher, dass wir einem anderen Menschen geholfen hatten, Fräulein Grove.

Als wir da vor der neuen Elefantenanlage im Zoo standen und merkten, was wir konnten, dass wir imstande waren, Informationen aus der Zukunft zu holen, kam einer der kleinen Elefanten näher. Er streckte seinen Rüssel aus, legte ihn um Lisas Hüften, hob sie behutsam in die Höhe und setzte sie sanft auf seinen Rücken.

Keiner konnte rechtzeitig reagieren. Das Tier bewegte sich gleichzeitig so schnell und weich, als sähe man es in Zeitlupe. Keiner konnte schreien, vielleicht nicht einmal Angst bekommen, da saß Lisa schon auf dem Elefantenrücken, gleich hinter den Ohren.

Sie blickte über die Köpfe der Menschen hinweg. Über den

Zoologischen Garten. Sie sah Simon und mich an. Ihr Gesicht strahlte. Ich wusste, dass in diesem Augenblick etwas Entscheidendes vor sich ging.

Am nächsten Tag erfuhren wir, was in ihr vorgegangen war.

Lisa hatte uns gesagt, wir sollten uns im Fass treffen, während die anderen ihren Mittagsschlaf hielten. Die Sonne schien, es war kalt. Wir saßen am Tisch, Lisa legte uns ein paar von den kleinen holländischen Zwiebäcken mit Glasur hin. Wie Fräulein Jonna sie uns gegeben hatte. Das unterstrich, dass der Augenblick rituell war, in rituellen Situationen isst man etwas.

»Wir können die Welt verändern«, sagte sie.

Wir wussten sofort, was sie meinte.

Obwohl dieses Wissen nicht in Worten auszudrücken war, wahrscheinlich nicht einmal heute. Und damals schon gar nicht.

Es zeigte sich in Form von Bildern. Manche waren aus der Vergangenheit, manche aus der Gegenwart, manche aus möglichen Zukunftszeiten.

Wir fassten uns bei der Hand. Es kam ganz von selber. Wir hatten das noch nie getan, aber jetzt taten wir es. Wir fassten uns bei der Hand und bildeten dadurch einen Kreis.

In der Mitte des Kreises erschienen die Bilder.

Wir sahen den Dschungel und die violette Eidechse. Wir sahen die Träume, in denen wir ein und aus gegangen waren. Wir sahen Maria, die mit den andern Kindern ihren Mittagsschlaf hielt, und die Spuren der Windpocken, die noch nicht ganz verheilt waren.

Wir sahen Simons Mutter durch den Tunnel gehen, wir sahen sie, ehe sie krank wurde, wir sahen Klaus am Abwasserrohr stehen, wir sahen den Platz hinter der Christianskirche, wo Simon und ich uns zum ersten Mal getroffen hatten.

Wir sahen den Denker vor den Carlsberg-Labors. Wir sahen ihn in der goldenen, tief stehenden Herbstsonne und mit den gelbroten Blättern auf dem Boden, auf dem seine Füße ruhten. Wir sahen ihn im Winter, mit Schnee auf den Bronzeschultern, und wir schüttelten uns und fühlten, wie ihn frieren musste, denn obwohl er doch aus Metall war, war er so lebendig, dass wir dachten, er müsse die Jahreszeiten spüren.

Wir sahen Lisas heimlichen Freund Niels, wir sahen seine Frau, wir sahen die Wissenschaftler, die die Labors besuchten. Viele von ihnen waren Nobelpreisträger, wir wussten nicht, was das bedeutete, aber wir sahen es, wir sahen die Orden, die Medaillen, sahen in Bildern, die zwischen uns auftraten, die Wirkung und Bedeutung ihrer Arbeit.

Wir sahen den Christianshavns Torv während der Kubakrise. Den ruhenden Verkehr, die Extrablätter, den Würstchenwagen, wir spürten die Angst der Menschen, die sich über ganz Kopenhagen ausgebreitet hatte. Wir sahen all das. Wir sahen Fräulein Christiansen und das, was mit ihr geschehen war. Wir sahen Simons Vater, der versuchen musste, allein mit den Kindern klarzukommen.

Wir sahen die Sonne auf den Büschen mit den kleinen roten sauren Beeren vor dem Fass. Wir sahen und hörten eine Diesellokomotive vorbeirattern, aus dem Schornstein stieg dicker schwarzer Qualm, und kurz darauf rochen und schmeckten wir den Rauch.

Wir waren nur drei Kinder in einem Fass im Enghavevej. Aber gleichzeitig war die ganze Welt gegenwärtig, bei uns und um uns herum. Und wir wussten, wir könnten Einfluss auf sie nehmen. Dass wir etwas entdeckt hatten, dass wir einen Ort im Bewusstsein erreicht hatten, an dem eine Art Schlüssel steckte. Wenn wir Zugriff auf diesen Schlüssel hätten, würden wir die Welt verändern können.

Wir sahen nicht ganz klar, wie diese Änderung vonstattengehen könnte. Aber das war auch nicht nötig. Wenn das, was man entdeckt hat, tief genug ist, wenn es nahe genug am Kern liegt, dann weiß man: Man hat die Macht, eine Veränderung herbeizuführen.

Es wurde kurz dunkel im Fass, jemand stand in der Öffnung.

Dann wurde es wieder hell, es war Fräulein Jonna, sie hatte sich gebückt und war durch die Tür geschlüpft, jetzt saß sie mit uns am Tisch.

Jetzt sahen wir erst, wie schmächtig sie war. Bislang hatten wir alle Erwachsenen als etwa gleich groß eingeschätzt, weil sie sich immer vor uns auftürmten.

Aber als sich Fräulein Jonna zu uns auf die Bank setzte, sahen wir, wie schmächtig sie war, ein wenig wie ein Vogel. Und wie jung. Ihr Gesicht war glatt und zart wie das eines jungen Mädchens.

Wir hörten einen Krankenwagen. Das Geräusch drang nicht von der Straße zu uns herüber. Es kam aus der möglichen Zukunft. Es war ein mögliches Geräusch.

Krankenwagen waren damals selten, und sie klangen anders als heute. Die Sirene kam näher, und wir hörten, wie der Wagen vor dem Kindergarten bremste.

Wir sahen in die verschiedenen Räume. Die Bilder öffneten sich oder erschienen, als wären wir selbst zur Stelle. Wir sahen Rickardt Löwenherz. Er hatte sich aus dem Schlafsaal gestohlen, wo die andern ihren Mittagsschlaf hielten. Das war nur deshalb möglich gewesen, weil das wachhabende Fräulein selbst eingeschlafen war. Er war in die Räume geschlichen, die verlassen waren, weil die andern Fräulein in der Küche saßen und sich mit der Wirtschafterin und ihren Mitarbeiterinnen unterhielten, und dann hatte er die Bank angelehnt und seine Rutschbahn wieder aufgebaut. Er war die Sprossenwand hinaufgeklettert und hatte sich mit Karacho bäuchlings auf die Bank geworfen, um eine höchstmögliche Anfangsgeschwindigkeit zu erreichen, der Aufprall war so heftig, dass seine Konstruktion zusammenbrach, er wurde mit dem Kopf zuerst gegen den Heizkörper geschleudert, und wir hörten das dumpfe Geräusch, als sein Schädel gegen die scharfen Metalllamellen prallte.

»Er hat sich einen Schädelbruch zugezogen«, sagte Fräulein Jonna. »Er wird sich einen Schädelbruch zuziehen können.«

Sie sagte es ruhig, beinahe nachdenklich.

Wir hörten knallende Türen, Stimmen, die kurze Anweisungen gaben, wir sahen Rickardt auf einer Trage, wir hörten und sahen, wie der briefkastenrote Krankenwagen wegbrauste.

All dies geschah in der möglichen Zukunft.

»Manchmal«, sagte Fräulein Jonna, »passiert etwas, damit nicht etwas noch Schlimmeres passiert.«

Mehr sagte sie nicht.

Dann öffnete sich die wirkliche Wirklichkeit.

Oder richtiger: Sie weitete sich aus.

Sie war ja ohnehin offen, seit drei Wochen schon. Heute würde man wohl sagen, dass wir drei Wochen lang ununterbrochen in Aspekte der Zukunft geblickt hatten.

Aber jetzt öffnete sie sich vollständig.

Um es zu beschreiben, fällt mir nur ein Bild ein: Mein Vater war Rundfunkamateur, als ich klein war, baute er »Kristallapparate«. Ungefähr Mitte der sechziger Jahre kauften er und meine Mutter eine Stereoanlage von B & O. Ich hörte sie zum ersten Mal, als wir im Wohnzimmer saßen, mein Vater stellte erst den Kristallapparat an, über Kopfhörer hörte ich einige Takte eines klassischen Musikstücks, eines Konzerts mit dem Rundfunksinfonieorchester. Dann nahm er mir vorsichtig die Kopfhörer ab und drehte an einem Knopf der neuen Stereoanlage.

Dass es einen solchen Klang, wie er da aus den großen Lautsprechern kam, überhaupt gab, hätte man sich nicht vorstellen können. Es war dieselbe Musik wie eben noch im Kristallapparat, jetzt aber wurden wir Zuhörer, meine Mutter und ich, in einen Raum erhoben, der unendlich viel größer war, wo jedes Instrument zu unterscheiden war, wo die Klänge der einzelnen Musiker gehört werden konnten. Und diesen Raum konnte man körperlich spüren, fast konnte man ihn sehen.

Das Gleiche geschah im Fass, als Fräulein Jonna sich zu uns setzte. Der Raum der wirklichen Wirklichkeit wurde erweitert, sein Inhalt vervielfältigt, die unendlich vielen Verbindungen zwischen Vergangenheit, Gegenwart und möglicher Zukunft wurden verzehntausendfacht.

Wir waren dem Schwindel nahe. Vielleicht waren wir kurz ohnmächtig. Aber nur kurz.

Ich weiß noch, dass ich Fräulein Jonnas Hand auf meiner Schulter spürte. Wir standen alle vier auf und traten einer nach dem andern ins Licht draußen vor dem Fass. Keiner hatte etwas gesagt, wir wussten, wohin wir gingen.

In den Büschen spielte die Sonne, eine Diesellok fuhr vorbei.

Wir überquerten den Spielplatz und betraten den Kindergarten, der ganz still war, weil siebzig Kinder ihren Mittagsschlaf hielten. Wir gingen durch den Gruppenraum auf die Tür zum Spielzimmer zu. Sie stand offen. Wir sahen den Heizkörper, sahen die zweite Bank, die die erste verlängerte. Wir gingen hinein.

Im selben Augenblick warf Rickardt Löwenherz sich von der Sprossenwand.

Er entdeckte uns noch im Sprung, seine Augen waren aufgerissen. Die Heftigkeit seines Sprungs ließ die Bank aus ihrer Befestigung in der Sprossenwand rutschen. Die Bahn brach in sich zusammen. Mit dem Kopf zuerst wurde er dem Heizkörper entgegengeschleudert.

In der einen Sekunde stand Fräulein Jonna noch neben uns, in der andern stand sie am hinteren Ende der Heizung. Rickardt zu halten war unmöglich für sie. Aber sie streckte ihre Linke aus und legte den Handrücken an die Lamelle, auf die Rickardts Kopf prallen würde, und sein Kopf rammte die Hand, und dann hörten wir das Geräusch der splitternden Knochen in Fräulein Jonnas Hand.

Rickardt wurde auf den Boden geschleudert und blieb einen Moment lang bewusstlos liegen. Dann setzte er sich langsam auf, fasste sich an den Kopf und lächelte.

Und Fräulein Jonna? Sie stand kerzengerade an der Heizung. Sie war blass.

Sie sah mir und Lisa und Simon in die Augen. Ganz ruhig, nahezu nachdenklich.

Leute kamen angerannt. Jemand musste den Krankenwagen gerufen haben, wir hörten, wie er näher kam. Diesmal klang er anders.

Ich hielt inne.

Es war ganz dunkel geworden. Lisa und ich hatten nicht bemerkt, dass die Dunkelheit eingebrochen war, wir waren woanders gewesen. Immer noch standen wir eng beieinander. Und hielten uns im Arm.

»Was war mit Fräulein Jonnas Hand passiert?«

»Sie kam ein paar Tage später wieder, ihre Hand war in Gips.«

»Und Rickardt? Was war mit dem passiert?«

»Nichts.«

Ich begleitete sie hinaus. Im Flur blieben wir stehen. Ich erwartete, dass sie mich wieder berühren würde. Das tat sie nicht.

»Peter«, sagte sie. »Erinnerst du dich an alles, was du erzählst? Oder erscheint es erst beim Erzählen?«

Sie umarmte mich kurz.

»Morgen«, sagte sie, »haben wir ein wichtiges Treffen. Ich will dich meinen Mitarbeitern vorstellen.«

Dann drehte sie sich um und ging zu ihrem Auto.

Als sie auf halbem Weg zwischen Haustür und Auto war, wusste ich die Antwort auf ihre Frage.

DAS TREFFEN FAND im Gebäude ganz oben statt, vom Strand aus gesehen war es die dritte Etage, es war ein länglicher Sitzungsraum mit einem langen ovalen Tisch und großen Fenstern zum Wasser.

Es waren etwa dreißig Personen anwesend. Manche erkannte ich wieder. Lisas drei Assistenten. Den Wachmann, der mich seinerzeit gefragt hatte, was ich hier suchte, und mich daraufhin vor dem Gebäude hatte sitzen lassen. Menschen, denen ich flüchtig auf den Fluren oder dem Parkplatz begegnet war.

Zwei Frauen, die ich gesehen hatte, als sie die Klinikkantine aufräumten, brachten regelmäßig Tee, Kaffee und Mineralwasser. Die Frau, die ich von ferne beim Saubermachen gesehen hatte, half ihnen.

Ich erkannte auch das eine oder andere Gesicht von den wenigen Malen wieder, die Lisa mich durch andere Abteilungen geführt hatte.

Die meisten der dreißig Männer und Frauen am Tisch umgab eine verdichtete Atmosphäre von Einfluss und natürlichem Selbstwertgefühl. Es erinnerte an die Stimmung in den Labors von Carlsberg. Die Aura von Männern und Frauen aus der Wissenschaft. Von Laboranten und Sekretärinnen. Es war die gleiche Energie.

Die meisten von ihnen würden zukünftige Abteilungsleiter sein, wenn sie es nicht schon waren, das war sehr deutlich.

Aber ihre Ausstrahlung hatte nichts mit Prahlerei oder dergleichen zu tun. Es war die stille Selbstverständlichkeit, die einem Menschen eigen ist, der in wichtigen Lebensbereichen nicht mehr an sich zweifeln muss.

Alle hatten sich Lisa zugewandt. Als sie zu sprechen anfing, wurde es ganz still. Ja, schon vorher. Sie stand nicht auf, sie hob kaum die Stimme. Sie hatte mich neben sich platziert und mir leise zu verstehen gegeben, dass sie mich vorstellen wolle, sie blickte in die Gesichter rund um den Tisch, nun hätte man eine Stecknadel fallen hören können.

Es war keine Stille aus Gründen der Disziplin. Sie enthielt keine Autoritätsangst. Es war die Stille der Konzentration von Fachleuten, denen die Relevanz dessen bewusst ist, was gleich folgen würde.

Sie begann mit der Vorstellung meiner Person.

»Peter ist neu in unserer Runde«, sagte sie, »er hat unsere Arbeit in den letzten Monaten begleitet, er wird darüber schreiben.«

Davon war nie die Rede gewesen.

Ich hatte den Eindruck, dass wir offenbar so lange und so eng zusammen gewesen waren, dass sie das Gefühl dafür, wo sie aufhörte und ich anfing, verloren hatte. Dass sie auftrat, als könnte sie über mich verfügen wie über sich selbst.

»Man hat den Zusatz ›mit besonderen Aufgaben‹ aus meinem Titel gestrichen«, sagte sie. »Er lautet jetzt nur noch Professorin.«

Die Nachricht löste einen Beifall aus, den ich zunächst nicht verstand. Erst nach einigen Minuten wurde mir klar, dass die Streichung des Zusatzes eine Beförderung bedeutete, eine Aufwertung ihres akademischen Grads.

»Ich war auf einem Treffen mit der Universitätsleitung«, sagte sie, »mit dem Forschungsrat und den größten Fonds, unser Basisetat wird um dreihundert Prozent erhöht. *Science* und *Nature* werden die erste Zusammenfassung unserer Scannings bringen.«

Diesmal gab es keinen Beifall. Nur eine weitere Verdichtung der Atmosphäre.

»Wir haben entscheidende Fortschritte gemacht. Die Zeit ist gekommen, einen Schritt in Richtung Öffentlichkeit zu machen.«

Sie stellte sich hinter eine ihrer Assistentinnen und legte die Hände auf ihre Schultern.

»Als ich ein kleines Mädchen war, habe ich Niels Bohr kennengelernt. Er zeigte mir, dass wir, wenn wir mit einem Stöckchen gegen eine Fläche stoßen …«

Sie hob einen Bleistift in die Höhe und stieß sein Ende gegen die abgerundete Kante der Tischplatte.

»… die Begegnung unserer Hand und des Gegenstands erleben, als läge er unmittelbar außerhalb von uns. Als befänden sich Gefühlsnerven in dem Bleistift. Ganz ähnlich erleben wir Begegnungen mit anderen Menschen, als fänden sie außerhalb von uns statt. In dem Raum zwischen ihnen und uns. Aber das tun sie nicht. Sie finden im Bewusstsein statt. In uns selbst. Und in demjenigen, dem wir begegnen. Wir alle, die wir hier sitzen, und alle übrigen Mitarbeiter haben Wichtiges zu Wissenschaft und Forschung beigetragen, das es uns nun ermöglicht, einen forschungsrelevanten Dialog über das zu erleben und zu etablieren, was Begegnungen zwischen Menschen einerseits fördert und andererseits verhindert. Über das, was Bewusstsein im tieferen Sinne ist. Wir haben die existierenden Scanningmethoden verfeinert, und mit dieser Verfeinerung haben wir ein Verfahren etabliert, das es zwei Menschen ermöglicht, das Bewusstsein des jeweils anderen direkt zu betreten. Das heißt, durch einige der Firewalls des Gemüts hindurchzugehen, die einem tieferen Kontakt im Wege stehen. Mit diesem Verfahren haben wir in den letzten Monaten derart durchgreifende Erfahrungen gemacht, dass wir bereit sind, unsere Forschung drastisch zu erweitern. Mit dem Ziel, in ein, zwei Jahren alle unsere Ergebnisse zu veröffentlichen. Elisa hier wird im Laufe des kommenden Jahres in Skejby und drei andern Hospizen in Dänemark hundert Scannings mit Sterbepatienten durchführen, um zu untersuchen, was es für ihr Verhältnis zum Tod bedeutet.«

Sie ging zur nächsten Assistentin.

»Henriette wird an der Uni hundert Scannings mit Studenten durchführen.«

Dann trat sie hinter Kabir.

»Kabir wird fünfzig Scannings mit Schülern der siebten Klasse durchführen. Letzte Woche habe ich vom Ethikrat die Genehmigung erhalten, Kinder und Jugendliche scannen zu dürfen. Peter und ich wollen einer Gruppe von vierzig Psychiatern und Chefpsychologen einen Scanningdurchgang anbieten.«

Lang anhaltender Applaus. Per Handzeichen bat sie um Ruhe, wie ein Dirigent sein Orchester zügelt.

»Das ist ein besonderes Gefühl. Nur diese kleine Versammlung hier und unsere Mitarbeiter im Gebäude wissen Bescheid. Dieser Augenblick ist schwerelos, in wenigen Tagen wird die Öffentlichkeit über Teile des Projekts informiert sein, und wir werden Opfer der Gravitation der Medien werden. Aber noch besitzen nur wir dieses Wissen. Dass wir die Neuropsychologie einen entscheidenden Schritt nach vorn gebracht haben. An einen Punkt, an dem man erstmals in der Weltgeschichte ein wirklich wissenschaftliches Gespräch darüber einleiten kann, was Bewusstsein eigentlich ist.«

Sie machte eine kurze Pause.

»Ich habe immer versucht, übertriebene Furcht oder Hoffnung in Bezug auf die Zukunft zu vermeiden. Aber ich glaube, das, was wir vollbracht haben und noch vollbringen werden, wird die Zukunft entscheidend verändern.«

Ich sah mir nacheinander die Gesichter am Tisch an. Ihre Augen hingen an ihren Lippen. Sie hatte sie alle in ihren Bann geschlagen. Sie waren in diesem Augenblick sehr glücklich.

Dann schaute ich sie an. Ich hatte sie schon zweimal so gesehen. Vor vielen Jahren im Zoo, als der kleine Elefant sie auf seinen Rücken gehoben und sie von dort die Welt überblickt hatte. Und am nächsten Tag im Fass, als sie sagte, wir könnten die Welt verändern.

Das machte mir Angst. Es hatte mir damals Angst gemacht, es machte mir jetzt Angst.

Das Treffen löste sich auf. Man konnte kaum den Raum verlassen, alle scharten sich um Lisa und ihre Assistenten, ich schlängelte mich durch die Menge, an der Tür holte ich den Wachmann ein.

Natürlich war er nicht einfach nur Wachmann, das hatte ich gemerkt, als ich ihm während dieser Viertelstunde gegenübergesessen hatte, er war ein Sicherheitsoffizier, vielleicht von der Polizei, vielleicht von der Universität.

»Ich habe eine Frage«, sagte ich. »Könnte ich wohl mal die Liste der Institutsangestellten einsehen?«

»Das erfordert Lisas Genehmigung.«

»Sind alle vor ihrer Einstellung auf die eine oder andere Weise gecheckt worden?«

Er nickte.

»Alle sind durchleuchtet worden im Hinblick auf Strafanzeigen, frühere Anstellungen und persönliche Verhältnisse?«

»Ja.«

»Ich auch?«

Er lächelte. Ich mochte seine Ausstrahlung. Er war die Unbestechlichkeit und Ausgewogenheit des dänischen Beamtentums in Person.

»Sie auch. Darüber hinaus sind alle, die Zugang zur Klinik haben, von Lisa genehmigt worden.«

Die Leute waren gegangen. Lisa und ich saßen allein am langen Sitzungstisch. Leise und zügig entfernten die Kantinenfrauen die leeren Flaschen und Tassen.

»Du hattest recht«, sagte ich. »Ich erinnere mich nicht an alles aus dem Kindergarten. Das ist kein einfach so verfügbares Wissen. Es steigt im Bewusstsein auf, während ich es erzähle.«

Sie sah zu den Frauen hinüber, die das Geschirr abtrugen.

»Könnten Peter und ich bitte allein sein«, sagte sie.

So sahen ihre Befehle aus, sanft, unumgänglich, eingewoben in eine Frage.

Die Frauen zogen sich zurück und schlossen die Türen, dicke Schallschutztüren, die sanft gegen die Gummipuffer stießen.

Wir waren allein.

Wir brauchten die Scanner nicht. Wir waren uns so nah, als säßen wir auf den Stühlen und hätten die Helme auf.

»Am nächsten Tag trafen wir uns wieder im Fass«, sagte ich.

Der Enghavevej erschien, die Gebäude, die Eisenbahnbrücke, der Drahtzaun, der Spielplatz, die Bepflanzungen. Und wir drei, Simon, Lisa und ich.

Die äußere Welt wurde blasser, sie verschwand nicht, aber sie wurde blasser.

»Schau auf meine Vergangenheit«, sagte ich.

Wir sahen mein Leben, die ersten sieben Jahre meines Lebens.

So ist das mit den tieferen Teilen des Bewusstseins. Was man benennt, worauf man seine Aufmerksamkeit richtet, das kommt zum Vorschein.

Wir blickten zurück, von dort, wo wir standen, auf dem sonnigen Spielplatz im Enghavevej. Von dort, einem Ort und einer Situation, die dreißig Jahre zurücklag, blickten wir über die Erinnerungen, die wir hier in der Klinik, in Mitteljütland, in den letzten drei Monaten geteilt hatten. Indem ich von ihnen erzählt und indem Lisa angefangen hatte, sich zu erinnern.

Dieser Teil der Vergangenheit lag klar und geordnet vor uns.

Drehten wir uns aber um und blickten nach vorn, dem entgegen, was damals Zukunft war, herrschte Dunkelheit.

Ich sage »drehten wir uns um«, meine es aber nicht physisch. Ich meine Folgendes: Wandten wir unsere Aufmerksamkeit von dem Jetzt vor dreißig Jahren ab und blickten auf das, was gleich geschehen würde, wenn wir in das Fass hineingingen, dann war es dunkel.

Nicht rabenschwarz, aber dunkel und undurchsichtig.

»Ich konnte mich nicht an meine Kindheit erinnern«, sagte ich, »jedenfalls nicht richtig. Sie erschien erst, als ich angefangen hatte, dir davon zu erzählen. Ich dachte, ich erzählte, woran ich mich erinnerte. Aber das ist nicht wahr. Sie erschien erst beim Erzählen. Warum ist das so?«

»Wir werden es jetzt verstehen«, sagte sie. »Ich glaube, wir werden es jetzt verstehen.«

Wir gingen ins Fass. Es wirkte größer als sonst. Wir nahmen am Tisch Platz. Kurz darauf verdunkelte sich der Eingang, dann war Fräulein Jonna bei uns.

Sie legte die Hände auf den Tisch. Sie waren so schön. Sie waren stark wie die Hände eines Mannes, und man sah alle Adern.

Ich streckte die Hand aus und streichelte ihren Handrücken, der nicht in Gips war.

Er war so weich.

Sie hatte uns einmal gezeigt, wie sie den Wischlappen auswrang, sie hatte eine besondere Methode, um keine Sehnenscheidenentzündung zu bekommen. Und wie sie dann den Lappen wirbelnd durch die Luft warf, damit er ganz flach auf dem Boden landete.

Sie wrang ihn beinahe genießerisch aus. Sie hatte nichts gegen das graue, schmutzige Seifenwasser.

»Ich liebe den Geruch der Seife«, hatte sie mal gesagt.

Sie hatte keine Probleme damit, schmutzige Sachen anzufassen, nicht einmal Kot. Wenn eine Toilette verstopft war – was oft der Fall war, weil man damals in solchen Einrichtungen das braungelbe Klopapier Nummer 00 benutzte, das auf der einen Seite ganz hart und glatt war, damit kein Kot und keine Bakterien durchdringen konnten –, dann riefen die Kindergärtnerinnen und die Kinder nach Fräulein Jonna, die einfach ihren Arm in die Toilette steckte und die Verstopfung entfernte und nachspülte.

Nie bemerkte man in solchen Fällen irgendeinen Ekel in ihrem Gesicht, auch nicht, wenn sie danach an einem der langen Waschbecken stand und langsam und ruhig und gründlich ihren Arm und ihre Hände einseifte.

Einmal hatte sie sogar die Klärgrube draußen vor der Küche gereinigt, weil Herrn Andersen, unserm Hausmeister, von dem Gestank übel geworden war.

Wir hatten auf der Treppe zur Garderobe gestanden und zugesehen, wie sie eine lange Stange mit einer Kugel, die man wie einen Löffel öffnen konnte, in die Grube steckte und den Dreck herausfischte und in eine Schubkarre füllte.

Es hatte fürchterlich gestunken, aber sie verzog keine Miene.

»Das ist Fett, das verrottet«, sagte sie. »Das riecht nicht so gut. Aber jetzt sammeln wir's ein und vergraben es.«

Dabei fiel mir ein, während ich hier im Sitzungssaal saß und gleichzeitig den Handrücken der Putzfrau vor dreißig Jahren streichelte, dass Lisa neulich mit meinen Töchtern genauso ruhig vor dem toten Rehbock gekniet und den Geruch des Todes eingesogen hatte.

Dann öffnete sich die wirkliche Wirklichkeit.

Nicht im Sitzungssaal. Sondern die Erinnerung daran vor dreißig Jahren öffnete sich.

Es hatte irgendwas damit zu tun, dass Fräulein Jonna damals dabei gewesen war.

Ich weiß nicht, wie und was. Wieso ihre Anwesenheit es uns möglich machte, in die Zukunft zu schauen. Das haben wir nie erfahren und werden es auch nie erfahren.

Vielleicht liegt es an Dingen aus ihrer eigenen Kindergartenzeit. Es könnten Spuren sein, die sie zusammen mit andern Kindern im Bewusstsein geöffnet hat, ich weiß es nicht. Vielleicht hat sie wie wir als Kind entdeckt, dass man durch Träume das Bewusstsein anderer betreten kann. Oder irgendwas anderes.

Ich glaube nicht an übernatürliche Fähigkeiten. Ich glaube an Training. Daran, dass man einen Weg ins Bewusstsein finden und den Zugang dazu trainieren kann.

Dort im Fass vor dreißig Jahren blickten Fräulein Jonna und Simon und Lisa und ich über ein Bewusstseinsmeer. Das weiß ich. Das Meer umgab uns von allen Seiten, es war neben und über und unter uns.

Wir sahen den Tod von Lisas Eltern, wir sahen das Auto fahren, den Pflanzenbewuchs an der Straße, der so hoch war, dass er die Sicht erschwerte, die tief stehende, grelle Sonne, die blendete, das andere Auto, das mit viel zu hoher Geschwindigkeit ins Blickfeld kam.

Ich sah den Tod meines Vaters, dreißig Jahre später, wegen

seiner Raucherlunge. Den Tod meiner Mutter. Den Tod meiner Großeltern. Wir sahen das Feuer in einem Haus, die Feuerwehrautos, die Drehleiter, und erst dreißig Jahre später sollte ich verstehen, dass wir Simons Tod gesehen hatten.

Wir sahen Liebespartner, Freundschaften, Arbeitsplätze. Triumphe und Niederlagen. Globalen Fortschritt und Katastrophen.

Wir sahen, was später eintreten sollte.

Und was stattdessen hätte geschehen können.

Während wir all das sahen, nahm der Druck um uns herum zu.

Unser Fass, in dem wir saßen, ähnelte keinem Bierfass mehr, es glich einem Weltraum.

Wir wussten, dass man das, dessen Zeugen wir jetzt waren, nur kurzzeitig ertragen konnte. Hielte es noch länger an, würden wir umkommen.

Wir sahen unsere möglichen Taten und ihre möglichen Folgen.

Wir sahen es nicht als Theorie oder als etwas, das man hätte in Worte fassen können. Wir sahen es unmittelbar, in seiner Gesamtheit.

Im Bewusstseinsmeer, das da im Fass einen Moment lang offen stand, waren alle denkbaren Taten und all ihre möglichen Konsequenzen gegenwärtig.

»Es ist sehr schwer, darauf zu achten, was wichtig ist. Und das Wichtige in die Zukunft mitzunehmen.«

Fräulein Jonna hatte das gesagt. Eine schmächtige achtzehnjährige Putzfrau mit großen, starken und glatten roten Händen, von denen die eine in Gips war und die ganz ruhig auf dem Tisch lagen, sprach mit uns drei Kindern von sieben Jahren.

»Aber an eins kann man vielleicht denken. Vielleicht können wir eine Sache von hier aus in die Zukunft mitnehmen. Wenn wir nicht mehr so sehen können wie im Augenblick. Woran wollt ihr euch am liebsten erinnern? Was ist das Wichtigste? Wenn das alles in ein paar Sekunden weg sein wird. Was ist das Wichtigste?«

Es war kein Märchen. Ja, es war eigentlich eine ganz banale Situation. Fräulein Jonna war keine Fee. Sie versprach uns nichts. Wir wussten, während wir in und über das Meer schauten, dass alle Menschen es sehen könnten. Dass alle Menschen es einmal würden sehen können. Das hier war die Wirklichkeit.

»Ich möchte meine Mutter sehen«, sagte Simon. »Dass Maria und ich meine Mutter wiedersehen, das ist das Wichtigste.«

»Sie ist tot«, sagte Fräulein Jonna.

Er hörte sie nicht. Er hatte denselben Ausdruck im Gesicht wie in dem Traum, in dem er seine Mutter geträumt und sie ihren Arm um ihn gelegt hatte.

»Sie zu sehen«, sagte er, »ist das Wichtigste. Für Maria und mich.«

Fräulein Jonna sah mich an.

»Dass wir dich wiedersehen«, sagte ich, »ist das Wichtigste.«

Das ergab keinen Sinn. Überhaupt keinen Sinn. Ich hörte, wie ich es sagte, und verstand es nicht.

Trotzdem war es richtig. Es hatte nichts mit Verständnis und Sinn zu tun. Verständnis und Sinn sind Flaschenhälse,

Verengungen, und zuweilen ist die Wirklichkeit zu groß, um durch so eine Verengung schlüpfen zu können.

Ich hatte irgendetwas in dem Fass gesehen. Was die Wirkung hatte, dass das Einzige, das ich in die Zukunft mitnehmen wollte, das Erlebnis der Notwendigkeit war, später, irgendwann einmal, eine achtzehn oder neunzehn Jahre alte Putzfrau wiederzusehen, die einmal auf uns aufgepasst und uns etwas gesagt hat und mit uns in dem Fass gewesen ist, als es einem Weltraum glich und als die wirkliche Wirklichkeit sich ausweitete.

»Dass wir dich wiedertreffen«, sagte ich, »ist das Wichtigste.«

Lisa hatte das gesagt. Sie musste das Gleiche gesehen haben wie ich. Oder fast das Gleiche.

Ich versuche ein letztes Mal, etwas von dem zu sagen, was nicht gesagt werden kann:

Wir waren erst sieben Jahre alt. Wir waren kleine Kinder mit den Wünschen kleiner Kinder. Wir träumten davon, im Kiosk gegenüber vom Kindergarten ein Stück Pernille- oder Senator-Schokolade zu bekommen, wenn wir abgeholt wurden. Damals bekam man viel weniger Süßigkeiten geschenkt als heute, Pernille hieß die helle und Senator die dunkle Schokolade.

Wir träumten von salzigen Lakritzpastillen. Von einem Micky-Maus-Heft. Davon, im Sommer im kühlen Meerwasser zu baden und auf dem Bauch im warmen Sand zu liegen und in der Sonne zu trocknen.

Wir liebten unsere Eltern. Wir liebten unsere Teddybären. Wir liebten den Geschmack von Grahambrot mit Butter und Käse.

Wir weinten, wenn wir hingefallen waren, und hörten auf zu weinen, wenn wir getröstet wurden.

Wir mochten Erwachsene, die freundlich mit uns sprachen, und hatten Angst vor denen, die unfreundlich waren.

Wir besaßen die natürliche Freude der Kinder. Das Dunkel, das wir erlebt hatten, hatten wir von uns weggeschoben, wie Kinder es tun, es lag in uns verborgen und wartete darauf, zwanzig Jahre später wieder aufzutauchen.

Wir waren normale Kinder von vor dreißig Jahren, vor dreißig Jahren und jetzt.

Aber in uns war auch etwas anderes, in allen Menschen ist etwas anderes, das viel älter ist, vielleicht ohne Zeit ist, und in andere Aspekte der Wirklichkeit blicken kann.

Eben dieser andere Teil unseres Menschseins war in diesem Augenblick offen.

Lisa erhob sich von der Bank am Tisch, sie war die Erste.

Aber nicht physisch. Physisch, körperlich, blieb sie sitzen.

Trotzdem sah ich, wie sie sich erhob, eine virtuelle Gestalt könnte man sie nennen, eine virtuelle Lisa-Ausgabe stand auf und betrat die Zukunft, so wie wir in den letzten drei Monaten so häufig erst den Dschungel durchquert und später dann direkt einen Traum betreten hatten.

Ich sah, wie sie sich über einen Tisch beugte, in diesem Zukunftstraum schrieb sie etwas auf ein Stück Papier, und dann trat sie zurück in die Gegenwart und setzte sich wieder auf die Bank im Fass.

Ich sah, wie ich selber aufstand.

Ich blieb sitzen und stand trotzdem gleichzeitig auf.

Das Blut rauschte in meinen Ohren, wie wenn man unter

Wasser etwas zu lange die Luft anhält, aber man *will* eine ganze Bahn tauchen, man *will* den anderen Beckenrand erreichen.

Vor mir lag ein Stück Papier. Es steckte in einer Art Spiralblock. Ich hatte einen Bleistift in der Hand, und auf den Zettel schrieb ich einige Zahlen.

Dann merkte ich, dass ich anfing zu fallen. Das Blickfeld wurde verschwommen. Eine Hand ergriff meinen Arm, eine große, schöne, starke rote Hand an einem schmächtigen Handgelenk zog mich auf die Bank zurück.

»Wir verabschieden uns jetzt davon.«

Es war Fräulein Jonnas Stimme.

Wir sahen übers Meer.

Und dann verschwand es. So schloss sich, definitiv, vielleicht für den Rest des Lebens, die wirkliche Wirklichkeit.

Wir waren wieder in dem großen Fass. Mit der Sonne auf den Steinplatten draußen. Dem Geruch des feuchten Sandes auf dem Boden. Dem Rattern vorbeifahrender Züge, dem Geräusch der Autos. Der Straßenbahnen. Der Fahrradklingeln.

Dem Gefühl physischer Erleichterung.

Wir waren alle an dem Punkt gewesen, Todesangst zu verspüren.

Wir wussten, wenn es bloß einen Augenblick länger gedauert hätte, wäre etwas Furchtbares geschehen.

Deshalb saßen wir hier mit jener Erleichterung, die sich einstellt, wenn man überlebt hat.

Und mit dem Gefühl eines unwiederbringlichen Verlusts.

Wir hatten etwas verloren. Und wir waren dabei, alles zu verlieren, jetzt, während wir in dem Fass saßen und uns ansahen und das Sonnenlicht draußen, schloss sich alles, was wir in den letzten drei Monaten erlebt hatten, und dahinter die Erlebnisse des letzten Jahres – alles hörte auf.

Es verblich, es löste sich auf und verwandelte sich in jene vereinzelten Inseln unzusammenhängender Erinnerungsfragmente, mit denen wir uns an unsere frühe Kindheit zu erinnern pflegen.

Zusammenhang und Sinn verschwanden.

Wir sahen uns an.

»Irgendwann sind wir groß«, sagte Lisa. »Irgendwann sind wir erwachsen.«

In diesem Satz lag die letzte Ahnung der wirklichen Wirklichkeit. Die letzte Einsicht.

Dann war auch sie weg.

ICH SCHWIEG. Es war Nachmittag. Das Wasser in der Bucht von Aarhus vor den Fenstern der Klinik war still, blank, glitzernd, langsam schwappend wie Öl.

Lisa stand auf.

Ich ging ihr hinterher.

»Das ist das große Risiko«, sagte ich. »Ich glaube, das ist das große Risiko. Wenn man an den Punkt im Bewusstsein kommt, von dem aus die Welt erschaffen wird, dann will man sie verändern. Dann will man seine Macht gebrauchen.«

Sie trat mir entgegen. Wie damals im Hafen, vor einer Ewigkeit, wie ein angriffslustiges Tier.

»Es war ein Traum«, sagte sie. »Eine Phantasie! Wir haben gespielt! Wir hatten eine Phantasiewelt. Fräulein Jonna hat mit uns gespielt. Es waren Vorstellungen, Ausgeburten der Phantasie. Die Scannings sind real. Sie können Menschen helfen.«

»Die Welt drängt seit fünfhundert Jahren nach außen«, sagte ich. »Und davor auch schon seit Tausenden von Jahren. Du willst sie zwingen, dass sie sich nach innen bewegt. Das wolltest du damals schon. Du wolltest die Welt verändern. In erwachsene Träume gehen. So was wie die Kubakrise verhindern. Wir sind an dem Punkt, an dem wir schon einmal waren. An dem wir damals waren. Wir stehen an einer Grenze. Das hier ist ein Test.«

Für einen Moment sah sie aus wie eine Wahnsinnige.

»Das hier ist real«, sagte sie. »Damals waren es Kinderphantasien.«

Sie legte ihren Arm um mich und zog mich an sich.

»Das hier ist wirklich«, sagte sie. »Du und ich sind wirklich.«

Behutsam schob ich sie weg.

»Die Papiere«, sagte ich. »Die Bescheinigungen, die bestätigen, dass das ganze Personal der Klinik durchleuchtet wurde. Kannst du mir die zeigen?«

Sie sah mich an, verletzt, zurückgewiesen, misstrauisch, durchdringend, verständnislos.

Sie drehte sich um und ging voran, ich folgte ihr. Durch das Gebäude, über Treppen, durch die langen Gänge, durch die Stimmung optimistischer Erwartungen, die sich seit der Vormittagssitzung überall verbreitet hatte.

Wir kamen zu ihrem Büro.

Sie öffnete den Rollschrank. So war sie. Sie hatte keinen Wandsafe. Sie bewahrte die Papiere in einem Holzschrank auf, der sich durch die Schlichtheit und Sorgfalt auszeichnete, mit denen sie sich immer schon umgeben hatte.

Sie nahm einen Stapel Papiere heraus. Sie waren grün.

Sie spürte meine Frage.

»Schreibbögen«, sagte sie. »Der Staat hat sie in den Siebzigern abgeschafft. Sie waren zu teuer. Zu hohe Qualität. Ich habe mir den Rest aus dem Lager der Universität gesichert.«

Sie lachte triumphierend, stolz über ihre Voraussicht, ihren Qualitätssinn.

Die Papiere waren nach Mappen geordnet. Sie zog eine Mappe heraus. Auf dem Deckel stand »Institut für neuropsychologische Bildgebung«.

Sie schlug sie auf und zog eine Klarsichthülle mit meinem Namen hervor. Ich überflog die Seite. Alles war da, die ganze Familie, meine Anstellungen, die Titel meiner Bücher, die Steuererklärungen, die Bußgelder wegen Geschwindigkeitsüberschreitung, die Kinder, meine Wohnorte.

»Die Putzfrau«, sagte ich. »Die diese Maschine durch die Flure schiebt.«

Sie kniff die Augen zusammen.

»Die haben wir übernommen«, sagte sie. »Die Reinigung, die läuft über eine Firma. Wir haben sie übernommen. Sie putzt seit zwanzig Jahren für die Uni.«

»Mach die Akte auf«, sagte ich.

Sie öffnete die Mappe. Holte eine Klarsichthülle heraus.

»Sie heißt Lillian«, sagte sie. »Ich kenne sie ganz gut. Wir haben ein gutes Verhältnis. Du hast sie heute gesehen.«

Sie zog den grünen Bogen aus der Hülle. Er war mit der Schreibmaschine beschrieben, sehr eng.

»Weiter«, sagte ich.

Sie hob das Blatt an.

Darunter war ein weiteres Blatt. Sie las langsam vor.

»›Lillian‹«, las sie.

Sie stockte.

»Lillian Jonna.«

Sie sah mich an. Ich zeigte auf den unteren Teil der Seite. Ihr Blick folgte meinem Finger.

Ganz unten stand »Genehmigt«.

Unterschrieben von »Lisa Skærsgård«.

Der Name war richtig geschrieben. Fehlerlos.

Aber in der Handschrift einer Siebenjährigen. Mit Bleistift. Vor dreißig Jahren.

»Du hast dich abgesichert«, sagte ich. »Vor dreißig Jahren, in dem kurzen Zeitfenster, als die wirkliche Wirklichkeit offen war, hast du sichergestellt, dass wir sie wiedersehen würden. Du hast eine Bake in der dreißigjährigen Zukunft errichtet. So dass wir und sie sich wieder begegnen konnten.«

Ich legte ihr Simons Kalender hin. Es war ein gewöhnlicher Mayland-Kalender, im A3-Format, mit Spiralrücken.

Ich schlug ihn an der Seite auf, wo er mir seinen Abschiedsbrief geschrieben hatte. Sie las ihn langsam vor:

»Liebster Peter – ich kann nicht mehr leben, es ist mir unmöglich …«

Sie fing an zu weinen, still.

»Versuch mal, durch den Brief zu sehen«, sagte ich. »Durch das Geschriebene.«

Sie verstand mich nicht.

»Das Datum«, sagte ich.

Ich wies auf das Datum der Seite, die er ausgewählt hatte.

»Das war vor einem halben Jahr«, sagte ich. »Es ist das Datum seines ersten Selbstmordversuchs. Er schrieb seinen Abschiedsbrief an mich auf dem Blatt, das das Datum seines ersten Selbstmordversuchs trug.«

Sie verstand mich immer noch nicht.

Ich zeigte noch mal mit dem Finger darauf. Auf dem Blatt, über dem Brief, standen drei Wörter. Und eine Telefonnummer.

Die Nummer war die meines Handys. Die Wörter lauteten »Der beste Freund«.

Es war richtig geschrieben. Auch die Nummer. Mit Bleistift.

Aber nicht von Simon. Und nicht von einem Erwachsenen. Die Buchstaben wackelten quasi übers Papier.

Die Handschrift war mehr als dreißig Jahre alt und gehörte einem Kind, das damals sieben Jahre alt war.

Es war von mir geschrieben. Von dem, der ich damals gewesen bin.

Vor dreißig Jahren hatte ein siebenjähriger Junge eine Telefonnummer notiert, die erst dreißig Jahre später existieren würde. Auf einem Kalender, der erst dreißig Jahre später gedruckt werden würde. Um anzugeben, wen man im Falle eines Selbstmordversuchs anrufen sollte, der erst dann stattfinden würde.

»Du hast eine Bake errichtet«, sagte sie. »Damit du angerufen werden würdest. Nach dem ersten Versuch. Damit du versuchen könntest, ihn zu retten.«

»Das ist nicht gelungen«, sagte ich.

Wir gingen in die Klinik.

In der Mitte des Raums standen sich die beiden Stühle gegenüber.

Schweigend, in gegenseitigem Einverständnis, holten wir jeder einen weiteren Stuhl von der Wand und stellten ihn so zu den beiden anderen, dass sie alle vier auf einen gemeinsamen Mittelpunkt ausgerichtet waren.

So hatten wir vor mehr als dreißig Jahren in unserem Fass gesessen. Sie und ich, Simon und Fräulein Jonna.

Lisa fuhr die Maschinen nicht hoch. Wir setzten auch keine Helme auf. Sie schloss weder die Rollläden noch die Vorhänge, noch ließ sie die Wände zugehen.

Wir saßen uns einfach gegenüber, und das Licht und die Reflexe vom Meer strömten herein und erfüllten die Klinik.

Fräulein Jonna betrat den Raum und setzte sich auf einen der leeren Stühle.

Ich bemerkte, dass ihre linke Hand missgebildet war, kleiner Finger und Ringfinger standen nach außen ab.

Sie folgte meinem Blick und lächelte.

»Sie sind schief verheilt«, sagte sie. »Mittlerweile sind die Ärzte tüchtiger.«

»Aber Sie haben es nicht operieren lassen?«

»Nein«, sagte sie. »Ich habe es behalten. Als … Mahnung.«

Sie musste um die fünfzig sein. Ihr Haar war schon grau, kurz geschnitten, sie hatte es nicht gefärbt. Ihre Gesichtshaut war immer noch glatt, aber man erkannte den Schädel darunter.

Man konnte viele Altersstufen in ihr wahrnehmen. Ein kleines Mädchen, die junge Frau, die wir im Kindergarten kennengelernt hatten, eine Fünfundzwanzigjährige, eine Fünfunddreißigjährige. Die Altersstufen wechselten, sie durchflossen sie und änderten sich von einer Sekunde zur andern.

Wir brauchten die Maschinen nicht mehr. Wir waren gerade dabei zu begreifen, wie wir einander begegnen sollen. Wie man einem Mitmenschen begegnet.

»Haben wir eine Spur gelegt?«, fragte Lisa. »War es das, was wir bei unserm letzten Mal im Fass gemacht haben? Haben wir wirklich Baken errichtet? So wie wir herausgefunden hatten, dass man einen Gegenstand aus einem Traum holen kann, so gingen wir also auch in die Zukunft und legten eine Spur? Damit diese Begegnung, diese Situation würde stattfinden können? Haben wir das getan?«

»Du willst verstehen«, sagte ich. »Du versuchst zu verstehen, um die Wirklichkeit zu kontrollieren. Aber wir werden nie verstehen.«

Sie hörte mich nicht.

»Wir haben«, sagte sie, »wir haben beide unsere Kindheit vergessen. Weil wir ins Offene geblickt haben. Aber damit kann man nicht leben. Damit kann ein Kind nicht leben. Also haben wir vergessen. Erinnert sich deswegen keiner so richtig an seine Kindheit? Weil die wirkliche Wirklichkeit irgendwann für alle offen steht? Und das eine Erfahrung ist, die zu heftig ist? Und wir daher lieber abschalten? Ist das der Grund?«

Ihr Zorn schlug mir entgegen wie der eines Tiers. Dann erkannte sie ihre eigenen Worte wieder und lachte lauthals.

Mit dem Lachen gab sie es auf, verstehen zu wollen. Gaben wir alle es auf.

Das Bewusstsein von uns dreien glitt ineinander.

Wir befanden uns in einem Gebäude, dem Gebäude der Persönlichkeit, der Persönlichkeiten.

Hier hätten wir gestoppt werden können.

Wir sahen Bilder aus unserem Leben, von allen drei Leben, Myriaden von Bildern, wir ließen sie vorüberwehen wie Wolken am Himmel.

Die Klinik wurde allmählich blasser, wir fühlten die Erschütterung, als wir uns von der Fabrikation der äußeren Wirklichkeit verabschiedeten.

Auch hier hätten wir gestoppt werden können. Aber wir ließen die Erschütterung los, und die äußere Wirklichkeit war nur noch ein bleicher Traum, und wir fuhren fort.

Die Wände des Gebäudes verblichen und wurden durchsichtig, die Brandmauern der individuellen Persönlichkeiten verschwanden, unsere Besonderheiten, persönlichen Erinnerungen, unser Alter, Geschlecht, alles verschwand.

Es war nicht weg, nichts davon war weg. Aber es war nicht von Belang.

Wir blickten über das Meer allgemeinmenschlichen Bewusstseins.

Hier hätten wir gestoppt werden können.

Die Intensität war sehr hoch. Die Erfahrung der Schutzlosigkeit, der Schutzlosigkeit und des Risikos, war bedrohlich.

Wir bemerkten, gleichzeitig, Lisas Wunsch, die Öffentlichkeit zu erreichen. Direkt zu dem Meer vor uns zu sprechen, darauf zu surfen, Einfluss zu gewinnen, Ruhm, etwas für die Menschen zu bewegen.

Und wir spürten das gleichzeitige Vorhandensein von Größenwahn und Mitgefühl in ihr. In uns allen.

Wir ließen es los.

Meine Kinder erschienen. Das, was ich für sie getan, und das, was ich nicht geschafft habe. Mein Wunsch, der Wunsch aller Eltern, ihnen ein besseres Leben zu ermöglichen, als ich es selbst gehabt habe.

Diesen Wunsch konnte ich nicht loslassen. Wollte ich nicht loslassen.

»Stimmt da vielleicht was nicht mit dem Wunsch …?«

Das war Fräulein Jonna.

»Mit dem Wunsch ist, glaub ich, alles in Ordnung. Es ist wohl nur so, dass man sich an das klammert, was man loslassen soll.«

Ich ließ den Wunsch fahren. Nach einem besseren Leben. Wir ließen ihn alle drei fahren.

Zorn stieg in mir auf, plötzlich, wie aus heiterem Himmel. Zorn, der sich gegen Lisa richtete.

»Du hast gesagt, ich würde darüber schreiben«, sagte ich.

»Das hab ich nie gesagt. Das ist unmöglich. Keiner hat Lust, diese Geschichte zu hören. Sie kann von der Sprache gar nicht erfasst werden.«

»Aber vielleicht als – sagt man nicht – Fiktion? Als Erzählung?«

Das war wieder Fräulein Jonna. Sie sprach das Wort mit Vorsicht aus. Als wäre es ungewohnt für sie. Als sagte sie es zum ersten Mal.

Wir waren nur drei Menschen. Wir hätten vier sein müssen. Aber Simon war nicht bei uns.

Lisa und ich sahen uns an. Meine Sehnsucht nach ihr und ihre Sehnsucht nach mir wurden einen kurzen Moment sichtbar, standen im Raum, realer, als die äußere Welt je gewesen war.

In der Liebe gibt es immer eine Bindung, immer einen Versuch, sich am Leben zu erhalten, immer eine Geschichte, das war es, was wir beide sahen. Was wir alle drei in diesem Augenblick sahen.

Und dann gibt es da noch etwas anderes, etwas, das völlig frei ist, auch das sahen wir.

Wir ließen die Bindung fahren, alle Hoffnung und Erwartung, gleichzeitig und ohne ein einziges Wort darüber gewechselt zu haben.

Die äußere Wirklichkeit war nun durchsichtig.

Unsere Körper wurden blasser, für einen Moment hatten wir alle Geschichten hinter uns gelassen.

Es war das gleichzeitige Erlebnis blinder Angst und des Gefühls, dass genau dies immer der Sinn gewesen war.

Diese Angst und dieses Gefühl der Sinnfülle war die letzte Geschichte.

Wir machten uns bereit, auch sie fahren zu lassen.

Was wird erzählt, was erzählt die Wirklichkeit, dort, wo die letzte Erzählung aufhört?